여행이 아니면 알 수 없는 것들

여행이 아니면 알 수 없는 것들

손미나의 사람, 여행

여행이 아니면 어쩔 뻔했을까?

　지금도 종종 생각한다. 여행을 하지 않았다면 내 삶은 어떻게 바뀌었을까.

　여행 없이도 별 문제 없이 잘 살고 있겠지. 하지만 곳곳에 숨겨진 보물들을 발견할 기회를 얻지는 못했을 것이다. 여행을 통해 나는 길 위에서 많은 선물을 받았다. 유학생 시절 위축되어 있던 내게 아무 대가 없이 커다란 도움을 주었던 비행기 옆자리의 노신사는 내 평생에 잊을 수 없는 은인이 되었다. 가방을 도둑맞는 바람에 타국의 토크쇼에 출연하기도 했고, 길을 잃어 만나게 된 사람이 절친한 친구가 되기도 했고, 나와 비슷한 어려움에 처한 사람이 재기하는 모습을 보며 용기를 내게 되었다. 사람과의 인연뿐일까. 골목길에서 만난 시원하고 맑은 물을 뿜어내는 작은 분수대, 돌바닥에서 발견하는 조형미, 해질 녘의 고요한 광경…… 여행에서 만난 아름다운 사람들과 그들이 빚어낸 문화와 풍경, 건축과 사물들, 새로운 것들을 만날 때 느끼는 흥분과 호기심, 그리고 긴 여정 끝에 돌아와 느끼는 내 방의 편안함 같은 것들. 그런 선물을 통해 나는 성장해왔고, 또 계속 성장해가고 있다고 믿는다.

그리고 무엇보다 여행을 통해 나의 인생은 통째로 바뀌었다. 안정적인 직장인으로 살 수도 있었을 내 삶은 길 위의 만남과 배움 덕에 생각지도 못한 방향으로 전개되었다. 마음이 시키는 대로, 인연이 이끄는 대로 따라가다 보니 어느새 나는 여행을 하고 글을 쓰는 사람이 되었다. 그리고 여러 사정으로 여행을 경험하지 못한 분들에게 여행을 선물하고 오십대 이후의 중년들에게 배낭여행하는 법을 알려주는 등 새로운 콘셉트의 여행을 연구하는 회사를 운영하고, 글로벌 뉴미디어 허핑턴포스트 코리아의 편집인으로 활동하며, 학교에서 배우지 못한 인생의 기술을 가르쳐주는 '알랭 드 보통의 인생학교' 서울 분교의 교장으로서 진짜 삶에 필요한 커리큘럼을 짜고 최고의 강사와 수요자를 연결해주는 일을 고민하며 살고 있다. 아나운서로 일할 때보다 몇 배는 바쁘지만, 내가 원하는 일에 내 삶을 온전히 던질 수 있어 행복하다.

다행스럽게도 나는 살면서 용기 있는 선택들을 할 수 있었고 그 것들이 쌓여 여행자의 삶을 살고 있다. 그러다 보니 내 주변에는 여 행을 통해 성장하고 세상을 변화시키며 살아가는 멋진 분들이 많다. 그런 여행자 열네 명을 만나 여행에 관한 이야기를 나누었다. 나이, 성별, 직업, 성격 모두 다양한 분들이다. 각자 자기만의 이유로 세계 곳곳을 여행한 그들이 보고 느끼고 얻은 것들을 나누어주었다. 이 열네 명의 여행자를 만나 대화하는 것은 내게는 또 다른 여행과 같 았다. 여행이 줄 수 있는 설렘과 호기심, 통찰과 지혜를 대화를 통해 선물 받을 수 있었으니. 그들이 이야기하는 여행이란 새로운 것을 발견하고, 다름을 알고 인정하며, 몰랐던 자신의 뒷모습을 마주하 며, 다시 돌아올 일상의 소중함을 되새기는 것, 그렇게 자기만의 우 주를 넓혀가는 일이었다.

삶이란 거의 매일 크고 작은 도전을 마주하며 때로는 기뻐하고 때로는 위축되는 희비를 오가는 과정이다. 누군가 어깨를 짓누르는 현실의 무게 앞에서 용기를 잃고 있다면 이 책 속 이야기들에서 힘을 얻기를 진심으로 소망한다. 함께 여행에 대화를 나누어주신 나의 멋진 '인생 여행 친구들'에게 깊은 감사의 마음을 전한다.

여행이 아니면 알 수 없었을 이 많은 이야기들을 엮어 독자들과 나눌 수 있어 기쁘다.

2016년 가을

손미나

차례

삿된 빛이
없어야
별이 온전히
보인다

**크리에이티브 디렉터 최인아의
인도 여행**

최
인
아

∶

1984년 제일기획에 입사해 광고 크리에이티브 디렉터로서 수많은 광고를 제작했다. 제일기획
상무, 본부장, 전무를 거쳐 삼성그룹 최초의 여성 부사장을 역임했다. 1998년 제45회 칸국제
광고제 심사위원. 2016년 최인아 책방을 열었다.

사람들은 때로 인생을 등산에 비유한다. 그 이유는 여러 가지이지만 예를 들어 이런 것이다. '힘들고 고통스러운 오르막길과 달콤하지만 짧게만 느껴지는 내리막길이 이어지는데, 그 과정을 참고 가다 보면 어느새 달콤한 정상을 맛보게 된다.' 이처럼 등산에 비유되는 인생에 대해 내가 존경하는 선배 한 분은 이렇게 말씀하셨다. "어차피 오르막, 내리막, 다시 오르막, 내리막⋯⋯. 그런 과정을 피할 수 없는 것이 인생이라면, 결국 슬럼프를 어떻게 관리하는가가 성공 여부를 가를 것이다."라고.

아무리 연륜과 경험이 쌓여도 좀처럼 느긋해지기 힘든 게 인생길이고, 슬럼프란 놈은 지나가나 싶으면 또 다시 돌아오니 도대체 어

샷된 빛이 없어야
별이 온전히 보인다

떻게 극복해야 할지 알기 힘들다. 아마 누구라도 이런 생각을 한 번쯤은 해봤을 것이다. 그런 고비를 겪지 않고 인생이라는 터널을 지날 수는 없는 법이니까. 그런데 문득 이런 생각이 든다. 어쩌면 슬럼프라는 것이 반드시 쓰디쓴 것만은 아닐지 모른다는 것. 어떻게든 때가 되면 지나갈 테고, 옆에서 짐 같이 지고 두런두런 이야기 나눠줄 친구가 있으면 훨씬 더 나을 테니까 말이다. 누구보다 위기의 순간을 지혜롭게 넘기고 슬럼프란 녀석을 잘 관리해서 후배들의 귀감이 되고 있는 광고 크리에이티브 디렉터 최인아 선배님을 만났다. 창백하리만큼 하얗고 고운 피부에 여성스러운 말투, 차분한 시선과 행동. 굵직한 기록을 남긴 커리어우먼으로 대한민국 광고계를 쥐락펴락한 인물이라 믿기 어려운 이미지이지만, 그 안에 감추어진 번뜩이는 아이디어와 강인함을, 몇 마디만 나누어 보면 곧 느낄 수 있다.

· · ·

손미나 화려한 수식어들을 많이 가지고 계신데요. 삼성그룹 최초의 여성 부사장, 성공한 카피라이터, 대한민국 최고의 크리에이티브 디렉터……. 그동안 걸어오신 멋진 행보를 지켜보며 광고업계에 종사하는 분이라면 말할 것도 없고 다른 분야에서도 남녀를 막론하고 닮고 싶은 선배라고 꼽는 이들이 많을 텐데요, 한편으로는 범접할 수 없는, 대하기 어려운 인물이라고 생각하시는 분도 많을 것 같아요. 하지만 제가 겪어본 선배님은 너무나 편안하고 수더분하시고, 순수함마저 느껴지는 분이라 오늘 인터뷰 이후 혹시라도 선입견을 갖고 계신 분들의 생각이 바뀌지 않을까 싶어요. 선배님의 작품부터 이야기해볼까요? 공전의 히트를 기록한 카피를 여럿 만드셨죠?

최인아　아주 옛날 것부터 얘기하면, '그녀는 프로다. 프로는 아름답다.' 베스티벨리라는 여성 패션 브랜드였죠. '당신의 능력을 보여주세요.' 삼성카드, '당신의 향기가 자꾸자꾸 좋아집니다.' 맥심, '모든 것을 할 수 있는 자유, 아무것도 하지 않을 자유' 클럽메드…… 이런 게 있었죠. 그 다음엔…… 언뜻 생각이 안 나네요.

대한민국 대표 광고인이라 해도 과언이 아닌데요. 전에 이런 말씀을 하셨더라고요. 광고가 내 길이라고 결론 내리기까지 십 년이 걸렸다.

더 걸렸어요.

선배님 같은 분은 처음부터 '아, 이거야.' 하고 한 길만 정해서 후회한 적도 없이 앞으로 막 질주하셨을 것 같은데요.

전혀 아니었어요. 지난 시절을 되돌아보면서 우리 사회는 변화가 굉장히 빠르고 많았다는 걸 느껴요. 제가 사회생활을 시작한 것이 1984년이니, 1983년에 대학교 4학년이었죠. 그때 여학생들에게 취업의 현황이란 것은 지금과 무척 달랐어요. 지금도 매우 어렵지만, 남녀를 가리지 않는 상황이잖아요. 그때는 여자들에게 원서 자체가 주어지지 않았어요. 저도 그런 경험이 있는데, 모 대기업에서 신입사원을 뽑는다고 해서 원서를 가지러 갔더니 안 주는 거예요. 왜 안

016

016

삿된 빛이 없어야
별이 온전히 보인다

주냐 물으니 여자 안 뽑는다고 해요. 이런 일이 태반인 시절이었어요. 지금과는 좀 다르죠? 저는 어릴 때부터 이다음에 내가 말을 하거나 글로 뭔가를 쓰거나 하는 일을 할 거라는 예감은 있었어요. 중간에 두세 번 정도 직업이 바뀌기는 했지만, 제게는 그것들이 다 같은 종류의 일이었어요. 왜냐면 제 생각을 글로 표현하는 직업이었으니까요. 제가 입사한 곳은 제일기획이었어요. 거기서 카피라이터를 뽑는다고 하는데, 잘은 모르지만 아무튼 뭔가를 쓰는 거니까 시작을 하자는 생각이었죠. 물론 그때까지 광고를 제 업이라 생각하지는 않았기 때문에 일 년만 해야지, 하고 시작을 했어요. 회사를 다니면서도 실은 다른 시험공부를 하기도 했는데, 시간이 지나면서 이 일에 조금씩 재미를 느꼈죠. 그렇지만 처음부터 적극적으로 선택했던 직업은 아니었기 때문에, 완전히 마음을 주지 못하기도 했어요. 나한테 재능이 있나? 그런 회의가 많이 들었고, 이 일이 어떤 의미가 있는지 그런 생각도 했고, 그러다가 아, 이 생에서는 이게 나의 일이로구나 하고 받아들이기까지 십수 년이 걸렸던 것 같아요. 고민의 시간이 길었죠.

그때마다 선배님을 지탱해준 힘은 뭐였을까요?
완전히 떠나지는 못할 만큼의 애정이 생기는 거였어요. 지금 생각해보면 내가 만약 다른 일반 회사에 들어갔다면 못 견뎠을 것 같아요. 그런데 제가 일한 분야에서, 통칭 '쟁이'들은 똑같은 과제가 주어져

도 그것을 자기의 생각과 살아온 인생의 이력과 다 버무려서 다른 답을 내놓아야 해요. 보통은 직원들에게 야, 시키는 대로 해, 이러잖아요. 저희는 그러기보다 네 생각을 얘기해봐, 똑같은 거 말고, 라고 합니다. 그런 업종이 그렇게 많지 않은 것 같고, 아마 그것이 저를 떠나지 못하게 붙잡은 것 같아요. 시간이 오래 흐른 다음에 보니까 뜻밖에도 저한테 이 일을 잘할 수 있는 소양 같은 게 있구나 그런 걸 깨닫게 된 거죠.

편안히 조용조용 말씀하시지만 강인함이 엿보입니다. 그런 게 없었다면, 그 길을 그렇게 오랫동안 가시기 힘들었을 테고, 지금 같은 말씀을 하실 위치에 계시지 않았겠지요. 더구나 아까 말씀하신 것처럼 여성에 대한 차별이 많이 존재하던 시대에 입사하셔서 오랫동안 한 분야에서 일을 하셨잖아요. 최인아 선배님의 인생 이야기, 여행 이야기, 기대됩니다. 여행을 정말 많이 하셨더라고요. 혼자서 여행을 많이 다니시는 편인가요?
주로 그렇죠. 어느 순간이 되니, 저하고 놀아줄 사람이 다 없어져버렸더라고요.

저는 여행을 많이 다니지만 사실 겁쟁이예요. 어떻게 해서든 짝을 만들어서 가지 않으면 무서워하는 편이거든요. 혼자서 다닐 수 있는 분이 저는 부럽고 멋져 보여요.
외로워요. 저도 누구 같이 갈 사람이 있었으면 좋겠어요. 제가 처음으로 혼자 숙박하는 여행을 했던 게 스물여섯? 일곱? 겨울이었어요. 휴가철이 아니었죠. 해인사를 가고 싶은데 같이 갈 사람이 없는 거예요. 고민이 되는 거죠. 자, 그럼 안 갈 건가 혼자 갈 건가. 그런데 생각을 해보니까 앞으로도 특별히 저하고 놀아줄 사람이 생길 것 같지가 않아요. 이미 친구들은 결혼을 했고, 아이도 생기고. 자기 남편 내놓고 저하고 며칠씩 여행 다닐 사람이 점점 없어지는 거예요. 앞으로 같이 갈 사람이 없다고 주저앉을 거냐. 여기서 주저앉으면 나는 앞으로 영원히 갈 수 없을 거야. 두려웠지만 그럼에도 이걸 한 번 넘어보리. 그런 생각을 한 거죠. 겨울에 시외버스를 타고 혼자 해인사에 가서 방을 잡고……. 지금처럼 인터넷으로 예약을 하고 그런 시절이 아니잖아요. 그게 1987년이었으니까요.

그때는 여행을 흔히 다니는 분위기도 아니었죠.
그때는 그냥 가면 민박집 문 두드려서 방 있나요? 그랬죠. 휴대전화도 없었고요. 터미널에 내려서 빈방 있는 집에 들어갔고, 저녁을 먹고 깜깜하고 무서우니까 못 나가고 아홉시부터 잤어요. 그 다음날 눈을 떴는데 지금도 명확히 기억하는 게, 처음 들었던 생각이 아, 내가 밤새 무사했구나.

그 정도의 상황이었군요. 그런데도 그렇게 기를 쓰고 여행을 가셨던 이유는 뭐였어요?

어떻게 혼자 다녀왔어? 그런 질문들을 간혹 받는데, 두렵지 않았기 때문이 아니고, 두려움보다는 하고 싶은 욕망이 더 컸던 거예요. 무섭고 외로웠지만 그럼에도 불구하고 하고자 하는 의욕이나 욕망이 크니까 그것이 저를 그리로 데려간 거죠.

그 열정이 지금 막 느껴지는데요, 그렇게 뜨거운 여행자의 피를 가진 최인아 선배님께서 80년대 중반부터 여행을 다니셨다고 하시니 그동안 여행을 얼마나 많이 다니셨겠어요. 그 중에서 어느 지역 이야기를 들려주실 건가요?
제가 처음으로 혼자 갔던 해외 여행지인데요, 인도예요.

영혼이 고갈되었을 때 떠난 곳, 인도

첫 해외여행으로 인도를요? 역시 정말 용감하신 것 같아요. 이건 중간 단계 다 건너뛰고 처음부터 하드코어로 시작하신 건데요. 언제 가셨어요?
처음부터 센 데를 갔죠. (웃음) 1991년 10월 29일에 출발했죠. 입사 8년차였어요.

저도 입사 8년차에 스페인으로 유학 갔었거든요. 한창 마음의 동요가 있을 때였어요. 서른 살 무렵이기도 했고요. 과연 이대로 계속 갈 건가? 고민도 하고, 제대로 된 사춘기였던 것 같아요. 선배님은 왜 인도를 택하셨을까요?

나중에 보니까 이상하고도 야릇한 것이, 그해 1월 2일 회사에서 시무식을 하고, 팀장님 이하 모여 차 한잔 하면서, 올해 계획들 한마디씩 해보지? 그러는데 제 입에서 뜬금없이, 저는 올해 히말라야와 인도에 가보겠습니다. 그런 말이 나왔어요. 전혀 생각해보지 않았던건데. 저도 얘기해놓고 어? 이랬고, 듣는 사람들도 미국이나 유럽도 아니고 인도를 간다고? 그렇게 된 거죠. 그해에 제가 몸이 무척 아팠어요. 두세 달을 앓고 그러니 생각이 많았겠죠. 한꺼번에 뭔가가 터진 해였어요. 나중에 제가 어디에 쓴 걸 보니까 일도 자리를 잡아가는데, 제가 만족하고 늘 해피하고 그런 사람이 아니다 보니까 월급 받아서 구두 사고, 옷 사 입고, 그냥 이렇게 사나? 그런 생각이 들었던 것 같아요. 내 영혼은 지금 뭐지? 어떻게 되어가고 있는 거지? 오래됐지만 요약을 하자면 그런 생각이 들었던 것 같아요. 지금 이대로는 안 될 것 같고. 그래서 이걸 끊고 어딘가를 가야 할 것 같았는데 새해 첫날 뱉어놓은 말도 있고, 돌아보니 영혼이 고갈된 것 같고. 이럴 때 갈 곳은 하와이나 그런 곳이 아니라 인도라는 생각을 했어요.

저는 아까 그 말씀이 확 와 닿았어요. 이렇게 월급 받아서 가방 사고 구두 사고……. 물론 그런 게 필요하죠. 하지만 그런 걸 하기 위해 인생을 사는 건 아니잖아요. 그런데 많은 경우에 바쁘게 살다 보면 그냥 막 달리게 됩니다. 인생의 의미에 대해 생각하는 기회를 갖지 못한 채. 그래서 느리게 생각할 수 있는 장소로 인도를 떠올리신 게 조금은 이해가 갑니다.

제 안에서 무언가 균열이 일어났다는 소리예요. 소설가 김영하 씨가 이렇게 적확하게 표현을 했어요. 그분도 이런 경험이 있었나봐요. "인생의 어느 시기에는 다 각자가 자기 인생의 예언자가 되는 시기가 있다." 그분은 언젠가 일을 그만두고 시칠리아에 가서 오래 있었는데 그때가 그런 시기였던 것 같아요. 제게는 서른한 살 때 인도 여행이 그랬어요.

아까 마음속의 균열이라고 표현하셨는데, 흔히 말하는 슬럼프라고 해도 될까요? 무엇이 가장 힘드셨어요?

슬럼프라고 부를 수 있겠죠. 슬럼프는 가장 어려운 시기가 아니에요. 뜻밖에도 한창 힘들 때 오지 않아요. 예를 들면 저는 입안에 혓바늘이 자주 돋아요. 아, 나 혓바늘 돋았어. 가까운 친구에게 혀를 내밀어 보여주잖아요. 그럴 때 남의 눈에 심하게 아파 보일 때는 한창 아플 때는 지났을 때예요. 가장 아플 때는 그게 가시적으로 드러나기 전이에요. 마찬가지로 슬럼프라는 것도 사실은 막 어려울 때 오는 것이 아니고, 조금 지나가고 돌아볼 여유가 생겼을 때 비로소 이게 뭐지? 이래도 괜찮은가? 이 의미가 뭐지? 이렇게 자각하게 되는 것 같아요.

인도에 얼마나 머무르셨어요?

두 달 동안 있었어요. 지금까지 이런저런 성취를 해왔는데, 그걸 가능하게 한 것이 무엇이냐는 질문을 가끔 받아요. 생각해보면 어떤 봉우리가 제 앞에 왔을 때 정직하게 대면했던 것 같아요. 피하거나 지름길을 찾거나 하지 않고, 심각하면 심각한 채로, 온몸을 던져 대면하고 길을 찾아왔던 것 같아요. 그때도 서른한 살 그 나이에 돈을 많이 벌어놓은 것도 아니었지만 이대로는 안 될 것 같아서 그만둘 생각을 했어요. 그만두고 나서 내가 어떻게 되는 건지 한번 보자. 그랬더니 회사에서 그럼 휴직을 하라고 권유했어요. 그래서 직장인들한테는 드문 기회지만 두 달의 시간을 얻어서, 그럼 저는 인도로 배낭여행을 다녀오겠습니다, 그렇게 가게 된 거죠.

인도는 지금 가도 문화 충격이 크다고 하는데, 그 당시에 무섭지 않으셨어요?
무서웠어요. 무식이 용감이라고, 거기가 여자에게는 꽤 위험한 곳이라는 걸 가서 알았어요.

사실 모르니까 떠나는 걸 수도 있어요. 처음에 딱 도착했을 때 느낌이 어떠셨어요?
예전에는 인도 가는 비행기 스케줄이 다 새벽이었어요. 새벽 두시에 도착해 공항 밖에 나갔는데, 그 시간에 인도 사람들이 공항 주위에 새카맣게 나와 있는 거예요. 택시, 릭샤, 숙박 호객꾼들……. 픽업하러 나오기로 한 사람이 있었는데 공항 문을 열고 나가려다가 다시 들어왔어요. 너무 무서워서요. 한참 숨을 고르고 나가서 저를 찾아온 사람을 만나 호텔로 갔죠. 인도 사람들이 눈이 워낙 크고 흰자위가 많아요. 밤중에 눈밖에 안 보이더라고요. 그런 분들이 막 달려들기도 하고요. 처음에는 굉장히 두려웠어요.

인도 도착 후 이야기를 본격적으로 해볼까요? 숙소는 괜찮았나요?

회사 인도법인에서 처음에 좋은 호텔을 잡아줬어요. 사흘인가를 거기서 묵고 나중에 YMCA로 옮겼는데, 거기도 인도에서는 괜찮은 편에 속했어요. YMCA로 옮긴 첫날 아침에 식사를 하는데, 테이블이 다 차서 육십대로 보이는 어떤 서양 여자분이 합석을 하자고 했어요. 그 양반이 '나는 이혼했고, 딸이 둘이고, 선생님인데 안식년을 맞아 홀로 여행을 하는 중이며, 네팔로 트래킹을 간다'고 이야기를 해요. 그리고 굉장히 큰 배낭을 메고 나서는데 너무 멋져 보였어요. 나도 나중에 저렇게 해야지, 마음먹었고, 그렇게 했어요. 또 거기서 한 노신사도 만났어요. 제가 토스트를 먹고 있는데 시선이 느껴져서 보니까 저쪽에서 저를 지긋이 보고 있는 분이 있었어요. 손짓을 해서 합석을 했고, 저도 시간이 많으니까 그분하고 얘기를 했어요. 그분은 바라나시에 집이 있고, 사업 때문에 델리에 자주 오시는 분이었고, 영국의 글래스고 대학에 유학을 했던 인텔리였어요. 어디서 조그만 동양 여자애가 혼자 와 있으니 눈에 띄었던 모양이에요.

　너는 어떻게 여행을 다닐 거니? 물어보다가 마음이 안 놓였던지 저를 데리고 나가서 구경도 한번 시켜주셨어요. 그날이 델리 일정을 마치고 인도에서 처음 기차를 타고 떠나는 날인데, 지금 기억은 잘 안 나지만 인도 기차는 뭔가가 달랐어요. 그런데 이분이 설명을 해 주시다가 제가 충분히 이해한 것 같지 않으니까, 자기 차에 저를 태우고 역에 가서 기차 안 제 자리까지 가서, 할아버지처럼 얘야, 여기가 네 자리다, 하시며 여행 잘하라고 하셨어요. 연락처를 주고, 바라나시에 오면 꼭 연락해서 다시 만나자고도 하셨어요. 바라나시에 갔을 때는 시간이 안 맞아서 못 만나고, 나중에 델리에 가서 그분을 다시 만났어요. 인도에서 마지막 날 저를 전통시장에 데려가주셨고, 아주 좋은 차를 사주시기도 했어요. 마지막 날인데 델리의 풍경을 가득 담아가렴, 하시며 밤까지 시내 구석구석 차로 구경을 시켜주시고, 공항까지 데려다주셨어요.

혹시 이후에도 연락을 하셨나요?
서울에 와서 편지 드리고, 저도 고마워서 인삼차 같은 거 보내드리고……. 한 일 년여는 편지를 주고받았어요. 그러다 연락이 끊겼어요.

저도 비슷한 경험이 있었어요. 그런 분들은 왠지 마음속에 뭔가 꿈틀꿈틀하는 걸 가지고 있는 사람을 알아보시는 걸까요.
그러신 것 같아요. 그때 당시 제 영혼이 제게 보내는 소리를 따라 갔던 것 같은데 그걸 알고 도와주신 것 같아요. 너 잘하고 있는 거야. 그런 사인?

삿된 빛이 없어야
별이 온전히 보인다

내가 아는 것이 전부가 아니라는 깨달음

대강만 들어도 쉽지 않은 여정인데요. 그렇지 않아도 힘들 때 여행을 떠났는데 내가 여기 왜 왔지? 후회 안 하셨어요?

왜 안 그랬겠어요. 울기도 했고요. 본격적인 여행을 시작하기도 전이었는데, 하루는 인도법인 분이 저녁 식사 초대를 해주셨어요. 그래서 제가 주소를 들고 릭샤를 타고 찾아간 거죠. 릭샤꾼들이 여행자를 좀 힘들게 해요. 힘든 상태에서 갔으니까 지치고 무섭기도 했고요. 초대 받은 집에 가서 저녁을 먹으면서 이야기를 하던 중에 그 집 어머니께서 힘들지는 않아? 괜찮아? 이렇게 물어보시는데 거기서 제가 눈물이 봇물 터지듯이 터져서 엉엉 운 거예요. 힘들고 꽉 차 있는데 다정하게 이야기해주니까, 창피한 줄 모르고 운 거죠.

럭셔리하고 좋은 여행지였다면 안에 있는 것이 폭발해서 나올 수가 없었을 텐데, 그런 극한 상황을 겪으니까 감정이 분출될 수 있었던 것 같아요. 그런 의미에선 맞춤한 여행지를 찾으신 거네요. 델리를 떠나서는 어디로 가셨어요?

델리, 타지마할이 있는 아그라, 조드푸르를 골든트라이앵글이라고 하는데, 짧은 일정으로 인도에 가는 관광객들이 제일 많이 가는 데예요. 그곳을 일단 돌고, 다음엔 서쪽으로 갔어요. 자이살메르까지. 거리는 사백 킬로미터였는데, 기차로 열두 시간을 갔어요. 기차 속도가 느려요. 거기에 타르 사막이 있어요. 제가 갔을 때 마침 낙타

사파리 축제를 하고 있었어요. 사막에 대한 동경이 있어 인도의 서쪽 끝까지 간 거죠.

사막에서 무엇을 하셨고, 뭐가 가장 인상 깊으셨나요?

2박3일 동안 낙타 사파리를 했어요. 우리 일행이 다섯 명 정도였는데, 영국에서 온 제 또래 여자가 한 명 있어 저랑 친구가 됐죠. 하루 사파리를 하면 사람들을 태우고 사막 한가운데로 나가서 밤을 보내요. 낙타몰이꾼들이 식사까지 다 만들어줘요. 텐트를 치지 않고 바닥에 두꺼운 매트만 깔고 저녁 먹고 하늘 보고 누워서 그냥 자는 거예요. 해가 지면 깜깜해요. 생각해보세요. 네온이라든가 그런 게 없으니까 해가 지면 불빛이 전혀 없는 거예요. 매트에 누워 랜턴을 켜놓고 엽서를 좀 쓰다가 얘기도 좀 하다가, 일찍 잤겠죠. 그러다 깼어요. 새벽 두세시 정도에 눈을 떴는데, 별들이 제 이마 위에 내려앉아 있었어요. 주변이 깜깜하고 다른 빛이 없어야 별빛이 제대로 보이지 않겠어요? 그 수많은 별들이 삿된 빛이 없으니까 온전하게 다 보였어요. 게다가 정말 칠흑같이 깜깜한 밤이니까…… 손을 뻗으면 잡을 것 같고, 별빛에서 물이 떨어질 것 같고, 새까만 하늘에 온통 별이에요 별. 그 경험은 평생 잊지 못할 것 같아요.

혹시 그 사막 지역이 특별히 더 별이 많이 보이는 곳인가요?

아마 처음이라서 더 특별한 경험으로 기억되는 것 같아요. 제가 그

삿된 빛이 없어야
별이 온전히 보인다

이후에도 사막을 두 번 더 갔는데, 그때만큼은 아니었어요.

거길 가야겠네요. 제 일생의 로망 하나가 사막에 가서 별 보는 거예요. 또 어디가 좋았어요? 갠지스 강 쪽은 가셨어요?

네. 갠지스는 인도 말로는 강가라고 부르고, 뜻은 성스러운 어머니라고 합니다. 바라나시는 갠지스 강에 면한 도시인데, 거기가 힌두교도들의 성지 같은 곳이래요. 그래서 힌두교도들은 일생에 한 번 성지순례 하듯이 그곳에 꼭 간다고 합니다. 저도 거길 갔어요. 어휴, 거기서도 문화 충격. 강가를 따라 있는 계단을 가트라고 하는데, 거기에 화장터가 줄지어 있어요. 아마 어머니 강이니까, 사람이 나서 죽으면 그리로 돌아가는 거지 싶은데, 정확히는 모르겠어요. 화장을 하고, 강에다 뿌리기도 하고 그러는 곳인데, 화장을 다 오픈된 공간에서 해요. 장작을 자기 형편이 되는 만큼 사는가봐요. 장작을 우물정자로 쌓고, 그 위에 시신을 올려놓고 불을 붙여 태워요. 그런데, 시신을 다 태울 만큼 충분히 장작을 못 샀어요. 그리고 불이 꺼졌어요. 그러면 그냥 강으로 보내요. 그 강 조금 더 위쪽에서는 이마에다 물을 찍고 기도하는 분도 계시고, 아래쪽에서는 유분을 뿌리기도 하고. 삶과 죽음과 도그마가 다 한데 얽혀서 일어나고 있는 거예요.

그들에게는 뭔가 그것이 갖고 있는 엄청난 의미가 있을 텐데, 자세히 모르더라도 보는 것만으로도 여행자들에게 큰 소용돌이가 있을 것 같아요.

있죠. 우선 산다는 게 과연 뭘까 이런 생각부터 시작해서, 나는 여기 있고, 방금까지 살이 만져지고 했던 저 양반은 가루가 되어 저렇게 가는데 이거는 뭐며, 나도 저렇게 돌아가는 거겠지? 이런 생각들을 하게 돼요. 또 하나 느낀 게, 가장 강력한 이데올로기, 도그마가 종교가 아닐까, 하는 거였어요. 이곳이 제게 잊지 못할 여행지가 된 이유가 또 있어요. 도대체 옳고 그른 것이 뭐냐, 혼란을 느꼈어요. 저는 지금도 고지식하다는 소리를 많이 듣는데, 저는 논리를 가지고 따져서 이게 옳으면, 저건 틀린 거예요. 그런데 가서 보니까 그런 것만은 아니더라고요. 이를테면 누가 제게 구걸을 해요. 그런데 당당해요. 왜 그런지 들어보니까 힌두교에서 바라보는 이생의 삶이라는 것은 별거 아닌 거예요. 그냥 윤회 속의 하나예요. 이생을 마치고 또 태어나는데, 다음 생에는 좋은 데서 나려면 지금 살고 있는 이생에서 좋은 업을 쌓아야 하는 거예요. 그러니까 제게 돈을 달라고 구걸을 해서 제가 돈을 주면 그들 입장에서는 저로 하여금 좋은 업을 쌓을 수 있는 기회를 주는 거예요. 우리가 속해 있던 세상에서 옳은 것과 틀린 것, 내가 옳으면 너는 틀려야 하는 것, 그게 아닐 수도 있다는 것, 그 충격이 상당히 컸던 것 같아요.

들려주신 이야기로는 다 설명이 안 되는 경험이 또 뒤에 있을 텐데, 이 여행이 그 서른 살의 젊은 카피라이터에게 어떤 변화를 가져왔나요?
제가 속했던 세상이 전부가 아니라는 것을 알았다는 것? 그래서 옳고 그림에 대해 조금 유연해졌달까. 그런 영향을 미쳤던 것 같아요. 그 엄청난 데를 헤매고 있을 때, 인도가 제게 준 것도 있고, 또 그때 우직하게 그 화두를 붙들고 대면하고 제 마음의 소리를 따라서 발걸음을 옮겼다는 거. 그것 자체가 제게 컸던 것 같아요.

일단 떠나보는 것 자체가 용기를 주는 것 같아요. 거기까지가 힘들지만, 일단 떠나봤을 때 스스로 자신감 같은 게 생겨요. 서른 무렵 방황하고 있는 많은 젊은이들, 특히 여성들 많잖아요. 누가 산티아고 순례길을 가면 절반이 한국 삼십대 여성이라고 하더라고요. 그런 분들께 선배로서, 언니로서 들려주고 싶은 이야기가 있으시다면요?

그곳이 어디든 혼자서 길을 떠나라고 얘기해주고 싶어요. 혼자 있는 시간을 가져보는 거예요. 사실 우리 바쁘게 살잖아요. 바쁘다는 건 물리적으로 시간이 없다는 것에 그치는 게 아니라, 자기를 돌아볼 시간이 없이 산다는 거예요. 자기 안에서 뭔가가 일어나고 있고 신호를 계속 보내오는데, 그 사인이 엄청나게 커지기 전까지는 듣지 못한다는 거예요. 몸이 아플 때도 나중에 돌아보면 그때 그게 그거였구나 아는데, 당시에 바빠서 그냥 지나간다면 나중에 큰 병이 되잖아요. 그런 것처럼 온갖 소음들 속에서 자기 안에서 올라오는 신호, 사인을 붙잡고, 충실한 시간을 보내는 게 중요한 것 같아요. 나중에 다시 자기가 일하던 그곳으로 돌아간다고 해도 예전의 자기와는 분명히 다를 거예요. 방황이라고 해야 할지 슬럼프라고 해야 할지 모르지만 그것은 살아가는 한 앞으로도 몇 차례 계속 겪게 될 텐데, 그때마다 대면하는 힘이 될 겁니다. 그래서 저는 자기 혼자 있는 시간을 한번 가져보시라, 일주일이든 열흘이든 어디라도 떠나보시라 말씀 드리고 싶어요.

대한민국 최고의 카피라이터 최인아 선배님의 여행 이야기를 듣다 보니, 어딘가 가고 싶은 마음이 꿈틀꿈틀 일어납니다. 별이 이마 위로 내려앉은 그런 모습을 상상하면서…….

아까 삿된 빛이 하나도 없어야 별이 보인다고 얘기했잖아요. 조금 다른 각도에서 보면 본질에 관한 이야기이기도 해요. 본질은 대부분의 경우 가려져 있어요. 으레 그럴 거야, 라고 생각하는 것들의 껍질을 벗겨내지 않으면 본질이 잘 보이지 않아요. 그런 측면에서도 사막에 가서 시간을 보내는 것은 본질, 에센스, 정수, 그런 것과 마주할 수 있는 훌륭한 기회죠.

인도, 하면 정신없는 여행지만 있는 줄 알았던 제게는 새로운 발견이기도 합니다. 뭔가 나를 돌아보는 여행을 하고 있는 기분이 들어요. 그 이후에 인도에 다시 가신 적 있으세요?

아직 못 갔어요. 예전에 갔을 때도 나이 들어서 다시 한번 와야겠다 생각했어요. 그때 느낌에도 제가 아직 젊어서 인도라는 나라가 보내는 메시지를 충분히 소화하지 못한다는 생각이 들었어요. 그래서 인생을 더 살아보고, 육십 정도 되어 다시 가면 또 다른 걸 느낄 수 있을 것 같았어요. 언젠가는 다시 가고 싶어요.

영원한 해답은 없다
: 인생은 때마다 관리하며 사는 것

다시 가시면 어디 가서 뭘 보고 싶으세요?

장소를 말하자면 인도 서북쪽에 카슈미르 스리나가라라는 곳이 있어요. 히말라야 아래 쪽에 큰 호수가 있는 굉장히 아름다운 지역이래요. 그리고 숙박은 보트 호텔에서 하죠. 그런데 위험하다고 해요. 힌두하고 이슬람 간에 끊임없이 충돌이 일어나서 사람도 많이 상하고 그런 지역이래요. 그때도 거길 가겠다고 기차 예약을 했는데, 숙소에 돌아와 이야기를 했더니 주변의 여행자들이 무지하게 위험하다, 죽어도 좋으면 가라고 해서 못 갔어요. 꼭 가보고 싶은 곳이에요.

인도 얘기 들어보니까, 운동 중에도 안 쓰던 근육을 쓰게 해주는 운동 있잖아요. 인도가 그런 나라가 아닐까 싶어요.

그럴 거 같아요. 인도 여행 중에 시타르 연주 같은 인도 음악만 듣고 다니다가, 인도 남부 고아라는 곳에 갔어요. 포르투갈 식민지였던 그곳은 70년대부터 히피들이 모이는 유명한 지역이라 서양문화가 꽤 많이 침투한 곳이었어요. 집을 떠난 지 아주 오랜만에 팝송이 들리는데, 고향 노래 같은 거 있죠. 제가 생긴 건 한국 사람인데 어릴 때부터 내 안에 채워진 콘텐츠는 상당 부분 서구식이구나 느꼈죠.

자기도 몰랐던 자기를 끊임없이 발견하는 것이 여행인 것 같아요. 최인아 디렉터가 서른 살 무렵, 영혼의 고갈을 느낄 때 떠났던 인도 여행 이야기를 해봤는데, 가슴 뭉클한 순간이 많았어요. 세월이 꽤 흘렀는데, 아직도 사춘기 같은 느낌이 들어요. 사춘기는 지나가는 게 아니라 오고 또 오고 그런 것 아닌가 하는 생각도 들고요.

저도 그런 것 같아요. 삶이 그런 거 아닐까. 제가 몇 년 전에 대상포진을 앓았어요. 되게 아프잖아요. 선생님이 치료가 잘 되었으니 더 이상 안 와도 된다, 그렇지만 재발이 잦으니 조심해야 한다고 하셨어요. 그럼 완치가 안 돼요? 물었더니 의사 선생님이 정색을 하고, 완치는 하느님만 하시는 거예요. 우리는 관리만 하고 사는 거죠, 하셨어요. 제게 그 얘기가 굉장히 크게 다가왔어요. 그래, 저게 인생의 핵심이겠구나. 그러니까 한번 뭐 한다고 영원히 해결되는 문제는 없어요. 또 헤매요. 그렇지만 저도 그랬던 것 같아요. 회사원으로 오래 살았지만, 일정 기간 떠나서 휴식의 시간을 가졌고, 그 후에 또 몇 년을 살았고. 그러다 약효가 다 하면 또 쉬어보는 거고. 그러고 나면 또 그 힘으로 몇 년을 더 살았어요.

삿된 빛이 없어야
별이 온전히 보인다

자가 치유를 할 수 있는 시간, 관리를 하는 시간이 혼자 떠나는 여행 아닐까 싶어요.

그러는 사이에 자기도 크는 거고요. 남은 생을 다 해결해줄 처방이 있는 게 아니고, 계속 자기를 들여다보면서 관리하면서 그렇게 사는 것 같아요.

. . .

어떤 이는 별 노력 없이 살아온 인생에도 만족하는가 하면 어떤 이는 누구보다 열심히 달려 경지에 올랐음에도 겸손함을 잃지 않고 계속 스스로를 채찍질한다. 최인아 선배님은 인생 자체를 책을 정독하듯 살아왔으면서 아직도 차곡차곡 무언가를 쌓아가기 위해 정성을 다하는 그런 분이다. 아마 그 특유의 꼼꼼한 성격 덕분에 같은 곳을 같은 기간 동안 여행해도 다른 이들보다 훨씬 더 많은 것을 보고 듣고 느꼈으리라. 최인아 선배님과 대화를 하며, 직접 가방 둘러메고 여행을 떠나는 것도 좋지만 나보다 몇 배 더 예리한 눈과 독특한 렌즈로 세상을 볼 줄 아는 누군가의 여행 이야기를 듣는 것 또한 나를 성장시키는 일임을 깨달을 수 있었다. 그러니 최인아 선배님을 응원하는 마음에는 그가 가는 길의 방향과 앞으로 도달할 곳에 대한 궁금함과 기대 또한 가득할 수밖에 없는 것이다.

답을
구하러 갔다
질문을
얻어왔다

열여섯 소년 임하영의 나 홀로
프랑스·독일 여행

임
하
영

ㅇ

1998년 끝자락에 태어났다. 지금까지 학교에 다니는 대신 홈스쿨링으로 공부했다. 앞으로의
삶이 어떻게 펼쳐질지 잘 알지 못하지만, 더 좋은 세상을 만드는 일을 하고 싶다. 책읽기와 글
쓰기를 좋아하며, 정치, 경제, 사회, 역사, 철학에 관심이 많다.

가끔 나이와 상관없이 놀라움을 안겨주는 사람들이 있다. 일흔 넘은 퇴직 교사에게서는 식지 않는 열정을, 나보다 한참 어린 십대 학생에게서는 세상을 바라보는 따뜻한 시선을 닮고 싶어지는데, 이처럼 사람을 통해 배우는 것은 쉽게 잊히지 않는다. 최근에 나를 깜짝 놀라게 한 십대 소년을 알게 되었는데, 정말이지 그 친구는 내가 본 중 가장 독특하게 살아온, 그리고 가장 기특한 십대이다. 단 한 번도 학교를 다녀본 적이 없는데 웬만한 어른들은 손도 안 대봤을 인문학 서적을 중학생 나이에 섭렵했고, 3개 국어에 능통하며, 바이올린 실력이 수준급이고, 바로 그 바이올린 길거리 연주로 돈을 벌어 유럽 여행을 했고, 보기 드물게 정의롭고 합리적인 사고를 하는

데다 가난을 부끄러워하지 않고 예의마저 바르다. 도대체 그게 누구 인지 궁금하다고?

일단 우리가 어떻게 만났는지부터 설명하는 것이 좋겠다. 2015년 겨울, 나는 여행서 『페루, 내 영혼에 바람이 분다』를 내놓고, 출간 기념 독자와의 만남 행사를 했다. 맨 앞에 한 어린 친구가 앉아 있었는 데 그게 바로 임하영 군이었다. 끝나고 나서 다가와 궁금한 게 있는 데 어떻게 하면 이야기를 나눠볼 수 있냐고 묻는데, 눈빛이나 분위 기가 예사롭지 않아서 이메일 주소를 알려주었다. 며칠 후 도착한 메일을 보고 한동안 많은 생각을 했다. 고등학생이 썼다고 믿어지지 않는 글, 어른인 나의 허를 찌르는 질문들, 이메일로도 느껴지는 사 려 깊고 정중한 태도. 이메일로 답변을 할 게 아니라 만나야겠다 싶 어 회사로 초대했고 두어 시간의 대화 끝에 나는 이 낯선 십대의 팬 이 되고 말았다.

· · · ·

손미나 먼저 홈스쿨에 대해 이야기를 들어보고 싶은데요, 부모님이 어떤 분들 이시기에 이런 교육을 하셨는지, 어떤 과정으로 교육을 하셨는지 궁금합니다.

임하영 엄마와 아빠가 결혼 전, 교회 청년부에서 만나셨는데, 결혼 전부터 아이를 낳으면 집에서 키워야겠다는 생각을 하셨다고 해요. 어찌 보면 당연하게 홈스쿨을 하게 되었는데, 한 번도 후회하거나 학교에 가고 싶다고 생각한 적은 없었어요. 홈스쿨은 학교에 가는 대신 집에서 공부하는 거라고 간단히 설명할 수 있을 텐데, 저는 그냥 학교 밖에 더 넓은 학교가 있다고 말씀드리고 싶어요.

어떤 방식으로 공부를 했나요? 어머니가 직접 가르쳐주신 거예요? 또 시간은 어떻게 배분해서 배우나요?

어릴 때는 주로 엄마랑 보낸 시간이 많았어요. 스케줄도 짜주시고, 수학 문제 푸는 것도 체크해주시고, 저희 아빠가 번역가신데 아빠한테 영어를 꾸준히 배웠어요. 중학교 1학년 때 이사 간 집 바로 옆에 도서관이 생겼어요. 그래서 중학교 때는 도서관에 거의 하루 종일 있었고, 또 강연회 같은 것도 많이 들으러 다녔어요. 중3 때는 같은 교회 다니는 성공회대 교수님이 자기 수업을 청강해보지 않겠냐고 하셔서 대학교 수업을 청강했어요.

무슨 과 교수님이셨어요?

사회학이요. 가는 데 두 시간 반도 넘게 걸리는 곳이라, 한 과목만 듣기 아까워서 일 년 동안 다섯 과목 정도를 들었어요. 교수님께서 동료 교수님들께 소개해주셔서 사회학 두 과목, 경제학 두 과목, 국제정치 한 과목을 들었어요.

---

*임하영 군은 학교를 다니지 않았으나, 편의상 학년제에 맞추어 나이를 표현했습니다.

답을 구하러 갔다
질문을 얻어왔다

어렵진 않았어요?

어려웠어요. 지금 생각하면 거의 기억나는 게 없어요. 그래도 한국 대학이 어떤지 볼 수 있었다는 점에서 좋은 경험이었어요. 거기서 교수님이 형들이랑 한 조에 묶어서 발표 준비도 할 수 있게 해주셨 거든요.

그렇게 경험해본 한국 대학은 어떤 곳이었나요?

제가 생각했던 것과 차이가 컸어요. 고등학교랑 많이 다를 줄 알았 는데, 비슷한 것 같았거든요. 저는 대학교 가면 토론을 엄청 많이 하 는 줄 알았어요. 그런데 주로 교수님 말씀하시는 거 받아 적고 그런 방식으로 시험도 봐야 되고……. 아무래도 홈스쿨링을 해오다 보 니, 질문을 많이 하고, 자신의 생각을 좀 더 자유롭게 표현할 수 있 는 데서 공부하고 싶다는 생각을 했어요.

혼자서 자율적으로 책을 읽는 것이 그동안 해왔던 공부의 방식인데, 어떤 책을 읽었는지 소개해주시겠어요?

초등학교 때는 주로 소설이나 판타지를 많이 읽었는데요, 『나니아 연 대기』나 미하엘 엔데 작가도 좋아했어요. 중학교 때는 책을 계속 읽 다 보니까 관심 가는 분야가 생기더라고요. 홍세화 선생님이나, 박노 자 선생님, 장하준 교수님 책들도 재미있게 읽었고, 외국 작가는 인 문학 경우는 노엄 촘스키, 하워드 진, 문학 경우는 조지 오웰……

그 작가들의 어떤 점에서 매력을 느꼈고, 내가 읽어야 할 책이라 생각했나요?

어렸을 때는 별로 문제의식이 없이 자랐던 것 같은데, 중학생 때부터 아주 단순한 질문이 생겼어요. 왜 가난한 사람은 계속 가난한가? 왜 부자는 계속 부자가 되고, 왜 사회는 불평등할까. 그런 질문들이 생기면서, 그럼 관련된 책들을 읽어보자 해서 읽게 되었는데, 읽으면 읽을수록 재미도 있고, 문제의식도 많이 생기고 그랬어요.

문학이나 인문학을 균형 잡히게 많이 읽었는데, 책이 우리에게 주는 선물이 뭐라고 생각해요?

사람이 자신의 생각을 주체적으로 형성하는 방법이 세 가지 있다고 해요. 첫째는 폭넓은 독서, 둘째는 열린 자세로 다른 사람들과 토론하는 것, 세번째는 여행을 통해 견문을 넓히면서 자신의 생각을 형성하는 것. 책은 그 방법 중 하나고요. 책은 다른 사람의 생각이지만 그걸 읽으면서 자신이 더 많은 생각을 하게 되잖아요. 그 과정에서 나만의 생각을 형성해나갈 수 있다는 점이 좋은 것 같아요.

더 나은 사회를 보러 떠난 여행

여행을 통해 자신의 생각을 형성한다고 했는데, 어떤 여행을 다녀왔는지 지금부터 이야기해볼까요?

2015년 여름에 유럽에 다녀왔어요. 다섯 개 나라를 다녔는데, 거의 프랑스와 독일에 있었어요.

다른 사람 같으면 입시 공부를 하고 있을 시점에 여행을 다녀왔는데, 여행을 떠난 계기는 뭐였어요?

2014년에 세월호가 침몰하는 일이 벌어졌잖아요. 저와 동갑이거나 한두 살 많은 친구들이 목숨을 잃었는데, 그 모습을 바라보며 절망하고 좌절하고, 화가 났어요. 사고 자체뿐 아니라 이후 대응 방식도 굉장히 충격적이었거든요. 그 후 저 자신과 우리 사회에 대해 많이 돌아보게 되었어요. 그리고 의문을 품었던 것 같아요. 왜 우리는 이 정도밖에 할 수 없을까, 왜 이렇게밖에 살 수 없을까. 제 생각에는 이것이 그냥 보통 사람들 때문만은 아닌 것 같았어요. 사실 우리나라 사람들처럼 부지런하고 열심히 성실히 사는 사람들도 세계를 통틀어 별로 없잖아요. 국민들 개개인, 국민성의 문제가 아니라 사회 전체가 나아가는 방향이 문제라고 생각했어요. 그래서 '그럼 우리보다 나은 사회는 어디일까' 고민해보다 유럽을 선택했죠. 유럽은 사회 안전망도 잘 갖추고 있는 것 같고, 구성원들이 우리보다 좀 더 나은 사회를 만들고 있는 것처럼 보였어요. 유럽에 가서 제 의문에 대한 답을 찾고 싶었어요.

만 열여섯에 갔다고 했죠? 보통은 보호자가 필요한 나이인데, 부모님이 쉽게

답을 구하러 갔다
질문을 얻어왔다

허락을 해주셨는지 궁금해요.

처음 간다고 했을 때 부모님이 그럼 가라 하셨어요. 엄마는 걱정을 많이 하셨지만요. 막상 출발할 때 공항에서 다리가 후들후들 떨리고, 괜찮을까? 가지 말까? 그런 생각을 했어요. 처음 혼자 가는 여행이니까요. 무서웠죠.

떠날 용기를 냈던 직접적 계기는 파리에 묵을 곳이 생겼기 때문이었어요. 제가 고1 때 프랑스어를 배우고 있었어요. 하루는 카페에서 부모님을 기다리는데, 갑자기 프랑스어가 들리는 거예요. 처음에는 '내가 공부를 너무 열심히 해서 환청이 들리나보다' 했는데, 계속 들리는 거예요. 그래서 누가 프랑스어를 했는지 찾아봤죠. 주위를 둘러보니 외국인이 세 명 보이더라고요. 그 중 가장 프랑스 사람처럼 생긴 사람에게 가서 다짜고짜 당신 프랑스 사람이냐고 물어봤는데, 신기하게도 그렇다는 답이 돌아왔어요. 그 친구가 한국에 삼 개월 동안 교환학생으로 와 있었기 때문에 그 뒤로 몇 번 더 만나서 이야기도 하고 친해졌죠. 그렇게 시간이 지나고 프랑스로 돌아가면서 그 친구가 이러더라고요. "혹시 파리 올 일 있으면 연락해, 우리 부모님이 재워주실 수도 있을 거야." 그때는 인사치레인가보다 했는데, 정말 생각해보니 마음만 먹으면 갈 수 있을 것 같은 거예요. 그래서 그 친구에게 이메일로 연락했죠. 당시 그 친구는 인턴십을 하러 콩고에 가 있었는데, 그 부모님께서 제가 집에 머무르는 걸 허락해주셔서 첫 행선지를 파리로 정했어요. 마지막 일정은 라이프치히로 잡았어요. 거기에 제가 아는 지휘자 선생님이 계셨거든요. 딱 그 두 군데밖에 아는 곳이 없어서 중간은 텅 비워놓고, 삼 개월 일정으로 비행기표를 샀죠.

여행을 꽤 했다는 사람도 생각하기 힘든 방식으로 여행을 시작하셨어요. 보통 관광이나 쇼핑을 생각하기 쉬운데, 나를 돌아보고 사회가 어떻게 나아질 수 있을까 고민하기 위해서라니, 여행의 이유 또한 놀라운데요. 처음 도착한 도시, 파리에 머물면서 어떤 걸 봤고, 어디를 소개해주고 싶으세요?

파리에는 2주 정도 있었어요. 처음에는 며칠만 묵기로 되어 있었는데, 너무 좋아서 머물던 집 아저씨한테 더 재워달라고 부탁을 드렸죠. 다른 여행지들은 많이 알고 계실 테니까, 저는 기메 박물관Musée national des Arts asiatiques-Guimet이란 곳을 소개해드리고 싶어요.

거기서는 뭘 볼 수 있어요?

그곳에 한국과 관련한 특별한 사연이 있어요. 조선 최초의 프랑스 유학생 홍종우라는 분이 있었어요. 이분이 당시에 뱃길로 사 개월이 넘게 걸려서 프랑스에 도착했대요. 그분이 처음으로 일하게 되었던 곳이 기메 박물관이에요. 그게 1890년이니까, 할아버지의 할아버지 정도가 아니었을까요. 홍종우가 이곳에서 외국인 협력자로 일했는데, 주로 조선에서 들어온 유물을 분류하는 작업을 맡았고, 〈춘향전〉〈심청전〉 같은 한국문학을 번역하는 일도 담당을 했대요. 기메 박물관은 아시아 박물관이기 때문에 한국관이 있는데, 홍종우란 분이 있을 때 생긴 것이에요. 저는 거기에 갔을 때, 홍종우가 어떻게 한국을 알렸는지보다는 프랑스에서 과연 1890년에 무엇을 배우고 느꼈을지가 굉장히 궁금했어요. 프랑스에 식민지가 굉장히 많았잖아요. 베트남, 튀니지, 알제리 등등 정말 많았죠. 그렇게 제국주의가 끝없이 팽창하고, 식민지 사람들을 착취하면서 프랑스 경제가 발전을 거듭했단 말이에요. 실제로 19세기 말부터 20세기 초까지를 벨에포크Belle Époque(아름다운 시절)라고 부르잖아요. 그만큼 파리가 세계 문화와 예술, 그리고 경제의 중심지가 되었던 거죠. 그런데 홍종우는 과연 이곳에서 제국주의의 감춰진 이면을 봤을까, 이런 점이 궁금했어요.

한편 당시 지구 반대편에 있던 조선을 살펴보면, 그 무렵 풍전등화와 같은 상황에 놓여 있었어요. 청나라에 의존하려는 수구파 관료들을 몰아내기 위해 갑신정변이 일어났는데 그것마저 실패하고, 조선은 계속 청의 내정간섭에 시달리게 되었죠. 이웃나라 일본도 조선을 호시탐탐 노리고 있었고요. 그때쯤 홍종우가 프랑스 유학생활을 마치고 조선으로 돌아와요. 그런데 처음 향한 곳은 조선이 아니었어요. 먼저 중국으로 가서 갑신정변의 주역 김옥균을 암살하죠. 저로서는 굉장히 충격적인 일이었는데요, 어떻게 프랑스 유학까지 다녀온 사람이 개혁을 외치던 김옥균을 암살했는가가 굉장히 미스터리였어요. 그런데 나중에 찾아보니 김옥균은 한국·중국·일본이 힘을 합쳐야 한다는 삼화주의를 주장했고, 홍종우는 강력한 왕권을 바탕으로 독립적인 개혁을 추진해야 한다는 입장이었던 거예요. 그래서 실제로 김옥균을 처단한 후 홍종우는 고종에게 중용을 받아요. 벼슬에도 오르고 1897년 대한제국 수립에도 어느 정도 역할을 했다고 전해지죠. 그런데 대한제국이 멸망하고 한국이 일본의 식민지가 되면서 홍종우의 꿈도 사라지고 말죠. 혹시 파리에 가신다면 기메 박물관에 들러 홍종우의 인생을 되짚어보시는 것도 의미 있는 여행이 되지 않을까 싶어요.

이런 것들을 보고 오라고 누가 추천했던 거예요?

파리에 가기 전에 한 달 정도 책을 열심히 읽었어요. 원래 여행을 떠나기 전에 앞으로 방문할 모든 도시의 역사를 숙지하는 것이 목표였는데, 실제로는 그럴 시간이 없어 파리만 읽다 끝났죠. 그래도 파리에 대해서는 어느 정도 배경지식이 있는 상태였어요. 그런데 그곳에서 만난 어떤 분이 퐁피두 센터에서 일하고 계셨는데, 프랑스 문화부에서 발급해주는 카드를 가지고 있는 거예요. 그 카드를 가지고 있으면 박물관 어디든지 무료로 들어갈 수 있었어요. 프랑스에는 되도록 어릴 때 가보라고 추천하고 싶은데, 모든 국립 박물관과 미술관이 18세 이하면 무료이기 때문이에요.

저는 그게 참 공정하다고 느껴져요. 우리하고 사고방식이 다른 게, 우리는 경

로우대는 있는데, 학생에 대한 파격적인 우대가 없잖아요. 프랑스에 살 때 보면 뭔가를 배워서 흡수해서 성장하는 나이대에 있는 사람들에게는 굉장히 많은 혜택이 있어요. 그걸 우리 학생들이 알고 있으면 좋을 것 같아요. 하영 군은 또래들과 가는 길이 다르잖아요. 두려움은 없어요?

여행을 가기 전에 제 인생 자체에 대한 두려움은 크지 않았어요. 다만 여행을 가기 전에 다른 친구들은 모두 공부를 열심히 하고 있을 텐데, 나만 여행을 가면 붕 뜨는 건 아닌가, 걱정을 조금 했어요. 그런데 여행을 하면서 정말 많은 것을 배웠던 거 같아요.

숙소는 카우치 서핑, 경비는 거리 연주로

경비는 어떻게 마련했어요? 열여섯에 유럽을 88일이나 여행하다니, 소위 말하는 금수저인가? 그렇게 생각하기 쉬울 것 같아요.

제가 꼬맹이들에게 바이올린 가르치는 일을 하고 있었어요. 그렇게 모은 돈이 통장에 조금 있어서 그 돈으로 그냥 비행기표를 사고 나니 남은 돈이 없었죠. 여행 가기 전에 지인 분들이 가서 햄버거 사 먹으라고 조금씩 용돈을 주셨고, 친구들이 삼만 원씩 주기도 했어요. 제가 하고 싶었던 여행은 어떤 장소를 많이 둘러보기보다는 직접 현지에 사는 사람들을 만나고 그 사람들의 삶의 방식을 체험하는 것이었기 때문에, 고민 끝에 카우치 서핑을 택했죠. 카우치 서핑

은 말 그대로 소파를 찾아다닌다는 뜻의 웹사이트인데요, 현지인들이 자신의 집을 내주고, 여행자들은 그런 숙소를 찾아다니면서 여행할 수 있는 사이트예요. 그래서 숙박비는 거의 들지 않았어요.

여행 내내 카우치 서핑을 했나요?

네, 처음하고 마지막에 지인 집에서 머무른 것 빼고는 대부분 카우치 서핑을 했어요. 사실 카우치 서핑은 18세 미만이 가입할 수 없도록 되어 있어요. 법적으로 자신의 선택에 책임을 질 수 없는 나이잖아요. 그런데 저는 일단 가입을 해서 제가 아직 열여섯 살이지만 이런 저런 목적으로 여행을 하려고 하는데 재워주세요, 라고 메시지를 보냈고, 흔쾌히 오라고 하시는 분들이 있어 갈 수 있었어요.

운이 좋았네요. 그 밖에 부족한 경비는 어떻게 충당했나요?

바이올린을 들고 갔어요. 어떻게 하면 저를 재워주시는 분들에게 보답할 수 있을까 생각해보았는데, 제가 값비싼 선물을 들고 갈 수는 없고, 그렇다고 식사를 대접할 수도 없었죠. 고민하던 중에 바이올린을 들고 가면 어떨까 하는 생각이 들었어요. 호스트들에게 음악을 선물하고, 또 돈이 다 떨어지면 거리 연주라도 해서 어떻게든 삼 개월을 채우고 살아 돌아오자는 심정이었죠. 처음 거리 연주를 한 것은 파리 3구였어요. 바이올린을 가지고 나오긴 했는데, 무려 한 시간을 벤치에 앉아 고민했죠. 이걸 해야 하나 말아야 하나, 갈등이 무척 심했어요. 사람들이 지나다니는 것을 보고 있자니 쓸쓸하기도 하고, 무섭기도 하고, 세상에 혼자 남겨진 것 같았죠. 그러다 결국 했어요. 설레기도 하고 긴장되기도 하고, 처음 연주를 시작했을 때의 그 느낌을 아직도 잊을 수가 없어요. 사실 두 번까지도 용기가 나지 않았는데, 세번째 할 때부터 익숙해지더라고요.

유럽에 가면 길거리 악사들이 바이올린 케이스 펼쳐놓고 연주하는 것을 흔히 볼 수 있잖아요. 길에서 그런 걸 한 거예요?

네, 처음에는 연주를 하기에도 바빴는데 점점 익숙해지니 주위를 둘러볼 여유가 생겼어요. 바이올린을 켜고 있는 제 앞 벤치에 앉아 음악을 들으면서 진한 키스를 나누는 연인도 있고, 더운데 고생한다며 물병을 놓고 가시는 분도 있고, 혹시 음반 살 수 있어요? 라고 물어보는 사람이 있기도 하고요. 어떤 꼬마가 에디트 피아프의 곡을 연주해달라고 하기도 하고, 그런가 하면 음악은 듣지도 않고 불쌍하다는 표정을 지으며 동전을 휙 던져주고 지나가는 사람도 있었어요. 정말 각양각색의 사람들이 존재하죠. 저는 거리 연주를 하면서 좋은 인연을 많이 만났고, 밥도 많이 얻어먹었어요.

몇 번이나 연주해서 얼마나 벌었어요?

몇 번을 연주했는지는 정확히 기억나지 않는데, 제 생각에 한 백만 원 정도는 넘게 번 것 같아요. 사실 굉장히 힘들었죠. 제가 취리히에 있을 때는, 거리 연주를 해서 돈을 너무 잘 버는 거예요. 오죽하면 저를 재워주셨던 아저씨가, 아니 어떻게 그렇게 많이 벌 수가 있냐며 본인 눈으로 직접 확인하신다며 저를 보러 오셨어요. 연주를 마치고 나니 아저씨가 하시는 말씀이, 너는 거리의 악사가 아니라, 취리히 음대에 유학 온 학생인데, 월세 낼 돈이 없는 것 같아 보인다. 그래서 사람들이 많이 도와주는 것 같다고 하셨어요.

직접 체험하지 않고서는 배울 수 없는, 학교에서 배울 수 없는 것들을 배우는 게 여행인 것 같아요. 프랑스에 대해 더 소개한다면 무엇을 이야기하고 싶나요?
프랑스 동쪽에 뮐루즈Mulhouse라는 곳이 있어요. 독일의 프라이부르크를 마주 보는 국경도시인데요, 프랑스 사람들조차도 거길 왜 가냐고 의아해했죠. 제가 그곳에 간 이유는 딱 하나였는데, 바로 알프레드 드레퓌스라는 사람의 고향이었기 때문이에요. 드레퓌스 사건은 다들 알고 계신 것처럼 일종의 스캔들이었어요. 1894년 파리의 독일 대사관 우편함에서 편지 하나가 발견되었는데, 그 속에 프랑스 육군 기밀문서의 내용이 담겨 있었던 거예요. 프랑스 군 내부의 누군가가 스파이 짓을 해서 정보를 빼돌린 거죠. 조사를 한 결과 범인이 밝혀져요. 삼십대 중반의 젊은 유대인 대위, 알프레드 드레퓌스였죠. 드레퓌스가 군사기밀을 빼돌린 혐의로 종신형을 선고 받고, 프랑스령 가이아나의 악마섬이라는 곳에 끌려가 갇혀서 혹독한 첫 값을 치르는 것으로 사건이 일단락되어요. 그런데 시간이 지나면서

석연치 않은 점이 하나 둘 드러나기 시작했어요. 실상은 군 수뇌부에서 진짜 범인을 제쳐두고, 드레퓌스가 유대인이라는 이유로 혐의를 뒤집어씌운 것이었죠. 몇몇 사람이 다시 재판을 해야 한다고 주장했지만, 대다수의 언론이나 정치인들은 드레퓌스가 범인이라고 생각하는 분위기였어요. 바로 그때, 에밀 졸라가 '나는 고발한다'라는 제목의 프랑스 대통령에게 보내는 편지를 발표하죠. 거기에 보면 진실에 눈감은 사람들을 하나하나 고발하는 대목이 있어요. 그럼에도 불구하고 재심은 쉽지 않았고, 졸라는 그 와중에 세상을 떠나고 말죠. 드레퓌스는 편지가 발견된 지 십이 년이 되어서야 무죄를 선고 받고요. 바로 이 사건의 주인공이 살았던 도시가 뮐루즈예요.

그런데 뮐루즈에 뭐가 있는지 찾기가 쉽지 않았어요. 생각보다 자료가 많이 없더라고요. 그래서 무작정 갔죠. 뮐루즈 관광 안내소에 가서 드레퓌스의 고향을 보러 왔다니까 직원분이 무척 놀라시더라고요. 프랑스인조차도 드레퓌스를 보러 오지는 않는데, 어느 나라에서 왔냐고 물어보셔서 한국에서 왔다고 하니까 지도랑 종이를 한 장 주시더라고요. 거기에 드레퓌스와 관련된 장소를 모두 적어주셨어요. 그래서 저는 드레퓌스가 살던 집과 그 아버지가 운영하던 공장, 가족이 다니던 회당 같은 곳들을 돌아볼 수 있었죠. 드레퓌스에 대한 감동적인 사실은, 그 후손들이 너무 훌륭하게 자랐다는 거예요. 아들이 둘 있었는데, 모두 1차대전에 참전했고, 조카는 1차대전에서 전사해 레지옹 도뇌르Légion d'honneur 훈장을 받았어요. 손녀는 공직에서 일하게 되었고, 또 다른 손녀는 2차대전 중에 레지스탕스에 가담해서 투쟁을 벌이다가 게슈타포에 체포되어 아우슈비츠에 끌려가 거기서 죽어요. 알프레드 드레퓌스가 어떻게 보면 엄청난 스캔들의 희생자였잖아요. 그럼에도 후손들이 조국에 헌신하는 삶을 살았던 모습이 굉장히 인상 깊었던 기억이 나네요.

이런 여행을 통해서 뭘 배울 수 있다고 생각해요?
아는 만큼 보인다는 말이 있잖아요. 배경지식을 알고 가면 정말 느끼는 것이 다른 것 같아요. 어떤 사람의 인생을 되짚어보거나 사회의 역사를 살펴보고, 그와 동시에 우리나라 현실에도 빗대어 보고, 그러면서 멀리 떨어져서 볼 수 있다는 점? 다른 사회에서는 우리나라를 제삼자의 눈으로 바라볼 수 있잖아요. 그런 점이 가장 좋았어요.

여행을 떠날 때, 어떻게 하면 좀 더 나은 사회를 만드는 구성원들을 만나고, 나는 어떻게 할 수 있을까 답을 얻으러 갔다고 했죠. 세월호 사건 이후에 프랑스에서 얻은 답은 뭔가요?
저는 무언가 답을 찾으러 갔지만, 딱히 답을 얻어오지는 못했어요. 대신 질문을 더 많이 얻어왔죠. 저는 다른 청소년들에게 스무 살 전에 꼭 한 번쯤은 여행을 가라고 권하고 싶어요. 보통 사람들이 여행을 갈 때 인생의 쉼표를 찍는다고 하잖아요. 그런데 저는 십대에게 여행이란 끊임없이 물음표를 찍는 것 같다고 생각해요. 그동안 당연하게만 생각해왔던 것들에 끊임없이 '왜?'라는 질문을 던져야 하지요. 여행을 하다 보면 다른 사람들이 그 질문을 던져줄 때도 있어요. 예컨대, 왜 너희들은 그렇게 사니? 왜 너는 그렇게밖에 생각을 못하니? 이런 질문들이죠. 바로 이런 점이 카우치 서핑을 추천하고 싶은 가장 큰 이유 중 하나예요.

저는 스무 살 전에 스스로 계획하고, 준비하고, 혼자 떠나는 여행이 굉장히 의미 있는 것 같아요. 물론 고생도 많이 하겠지만, 그와 동시에 많이 배우고 성장할 수 있거든요. 그러면서 잃어버린 꿈을 다시 찾을 수 있었으면 좋겠어요.

과거를 잊지 않으려는 독일인의 모습에 우리를 돌아보다

프랑스에 이어 독일에서는 무얼 보고 느꼈는지 소개해주세요.
총 열두 도시를 다녔는데, 그 중 서너 곳에 대해 말씀드릴게요. 처음 도착했던 곳이 프랑크푸르트인데, 거기서 남쪽으로 내려오다 튀빙겐이란 도시에 가게 되었어요. 튀빙겐은 독일에서 가장 젊은 도시이고, 대학이 있기도 해서 거리에 학생들이 정말 많더라고요. 제가 그곳에서 어떤 대학원생 커플의 집에 머물게 되었는데, 둘이 시험기간이라 너무 바빴던 거예요. 원래 카우치 서핑을 하면 호스트가 조금씩 구경을 시켜주기도 하지만 튀빙겐에서는 저 혼자 다녔어요. 저는 새로운 도시에 가면 보통 삼사 일 정도 머무르곤 하는데, 처음 이틀 정도는 주로 박물관을 다녀요. 그런데 튀빙겐에 있는 박물관들은 설명이 독일어로만 되어 있는 거예요. 그래서 집으로 돌아와 툴툴거렸죠. 아니 왜 여기는 국제학생들도 많은데 박물관이 다 독일어로만 되어 있냐고 했더니, 집 주인인 레나라는 친구가 튀빙겐 학생들이 모인 페이스북 그룹에 글을 올린 거예요. 자신이 바쁘니 저를 대신 박물관에 데려가 영어로 설명해줄 수 있는 사람을 찾은 거죠. 그렇게 해서 다음날 제가 튀빙겐 의과대학에 다니는 여섯 명의 학생들과 튀빙겐 대학 박물관Museum der Universität Tübingen에 가게 되었어요. 그곳의 특별 전시가 한스 플라이샤커Hans Fleischhacker라는 학자에 관한 것이었어요. 저도 처음 듣는 학자였는데요, 그 사람이 무슨 일을 했냐면, 1940년 나치당에 가입해서 유대인이 유전학적으로, 인류학적으로 열등하다는 근거를 찾기 위해 눈에 불을 켜고 달려들었어요. 그러면서 자신의 연구에 사용할 유대인들을 수집하기 위해 아우슈비츠 강제수용소를 방문해요. 그곳에서 실험대상으로 적합한 유대인들을 고르고, 그렇게 선택된 유대인들은 죽임을 당하고 나치의 연구소로 보내지죠. 정말 끔찍한 일이에요.

그런데 그 여섯 명의 학생들이 전시를 관람하는 모습을 보면서, 왠지 모르게 울컥하더라고요. 박물관에서 나오면서 그들에게 오늘 이곳에 온 이유를 물어봤죠. 한참 생각을 하더니 이렇게 답하더라고요. "그건 한마디로 과거를 잊지 않기 위해서야. 오늘 같은 전시를 둘러보는 것은 사실 우리에게도 그리 쉬운 일이 아니야. 이 모든 끔찍한 일들이 기껏해야 우리 할아버지, 또는 증조할아버지 세대에 벌어졌거든. 오늘 보았던 한스 플라이샤커도 우리가 다니고 있는 튀빙겐 대학에서 연구했던 사람이잖아. 어떻게 보면 우리의 직속 선배라고 할 수 있지. 불과 몇십 년 전에 의학과 과학의 이름으로 수많은 끔찍한 일들이 벌어졌잖아. 끊임없이 기억하고 반성하지 않으면 언젠가 반복될 수도 있는 일인 것이지. 그런 의미에서 우린 오늘 전시를 찾은 거야. 비록 그를 잊고 싶고, 기억하는 것이 고통스러울지라도 우리가 해야만 하는 일이거든." 이런 답변을 듣고 무척 부끄러웠던 기억이 나요. 왜냐하면 일본은 제쳐두더라도, 우리나라만 봐도 이곳저곳에서 역사를 고쳐 쓰기 위한 노력들이 벌어지고 있잖아요. 우리는 과연 언제 있는 그대로의 역사를 용기 있게 받아들일 수 있을까? '대한민국'이라는 이름하에 벌어진 온갖 끔찍한 일들을 언제 인정하고 사과할 수 있을까? 독일이 괜히 독일이 된 것이 아니구나, 하는 생각을 많이 하게 되었어요.

진짜 대단한 경험을 했네요. 그 박물관만 보고 헤어졌어요?
아이스크림도 같이 먹고, 도시를 구경시켜주겠다고 해서 같이 돌아다녔죠. 튀빙겐이 무척 아름다워요. 도시 한가운데로 강이 흐르는데, 슈토허칸이라는 전통 배가 다니고……

독일의 또 어떤 이야기를 들어볼까요?

제가 갔던 곳 중에 빌슈테트라는 곳이 있는데, 스트라스부르라는 프랑스 도시 바로 건너편에 있는 국경도시예요. 빌슈테트는 관광지도 아니고, 도시 자체만 보면 별로 특별한 게 없어요. 그런데 저는 이곳에 슈테판이라는 분을 만나러 갔죠. 카우치 서핑 웹사이트에서 우연히 프로필을 봤는데, 본인이 김나지움 선생님이고, 보드게임을 좋아한다는 거예요. 집에 보드게임이 열 몇 개가 있다고 해서, 같이 재미있게 놀 수 있겠다고 생각하며 만나러 갔죠. 슈테판을 만나던 날, 시간이 오후 세시 반쯤 되었는데, 제가 그때까지 아무것도 먹지 못해 굉장히 배가 고팠어요. 그런데 저를 보자마자 슈테판이 "공짜 피자가 있는데 먹으러 갈래? 아니면 그냥 집으로 가서 쉴래?" 이렇게 물어보더라고요. 저는 배가 고팠기에 당연히 피자를 먹으러 간다고 했죠. 십 분 정도 차를 달려 어떤 커다란 건물 앞에 도착했어요. 나중에 들어보니 거기가 지역 의회라고 하더라고요.

건물 안에는 학생들이 바글바글했고, 피자와 음료수가 무한리필로 제공되고 있었어요. 저는 정말 맛있게 먹었죠. 그런데 어느 순간 종이 땡하고 울리더니 학생들이 각자 흩어져서 어디론가 들어가는 거예요. 저도 슈테판과 함께 어느 회의실 같은 곳에 들어갔는데요, 알고 보니 이게 대규모로 열리는 지역 청소년 정치 행사였던 거예요. 건물 곳곳에서 다양한 주제로 워크숍이 열리고 있었는데, 저도 그 중 하나에 들어가게 된 거죠. 방 중앙에는 정치인들이 앉아 있고,

학생들이 그 주변에 빙 둘러서 앉아 있었어요. 궁금한 점이 있으면 질문도 하고, 정치인들과 열띤 토론을 벌이는 모습을 볼 수 있었죠.

독일 학교에서 체험한 민주주의

정말 놀라웠던 것은 워크숍에서 오고 간 이야기들이었어요. 저는 독일어를 알아들을 수 없으니 나중에 슈테판에게 전해 들었는데요, 이런 내용의 이야기를 나누었다고 해요. '우리가 배우는 과목은 5,60년 전과 비슷하고, 삶에도 별로 유용하지 않다. 우리는 그런 의미에서 인생수업이 필요하다. 아무도 인생을 어떻게 사는지는 가르쳐주지 않으니 말이다.' 혹은 '우리는 사회의 이면에 대해 알고 싶다. 예를 들어 학교에서는 정치와 정당에 대해서는 배우지만 로비에 대해서는 배우지 않는다. 실제 정치를 움직이는 것은 돈인데 말이다.' 또한 '학교는 어떻게 난민들을 환영할 것인가.' '학교를 졸업한 후에는 어떻게 살아야 하는가.' 같은 주제도 등장했다고 해요.

또 충격적이었던 것은 고등학교 3년 과정을 2년으로 줄이겠다는 정부 방침에 대한 학생들의 엄청난 반발이었어요. 저 같으면 학교가 1년 줄어드니 좋을 것 같은데 말이에요. 정부 입장에서는 고학력 노동자가 필요한 직업은 많은데 실제로 일을 할 사람은 많지 않다는 거예요. 그래서 고등학교 일찍 졸업하고 대학도 일찍 졸업해서 빨리 사회로 나가라, 하는 것이 정부의 생각인 거죠. 그러나 학생들의 생각은 전혀 달랐어요. 고등학교 3년 과정을 2년 만에 배운다면, 수업 시간이 늘어날 뿐만 아니라 숙제도 많아지고 자유시간도 줄어들기 때문에, 음악을 하거나 운동을 하거나 자원봉사를 할 시간이 줄어든다는 거예요. 그런데 사실 독일을 보면 고등학생들이라 해도 학교에 있는 시간이 하루에 고작 다섯 시간 정도거든요. 그렇다고 학원에 다니는 것도 아니고요. 3년 과정을 2년으로 줄여봐야 수업 시간이 일곱 시간정도밖에 되지 않을 텐데……. 굉장히 놀랍기도 하고 부럽기도 했어요.

우리 현실하고 너무 다르죠?
워크숍이 끝나고 넓은 강당에 모여서 서로 무슨 이야기가 오고갔는지, 워크숍별로 발표하는 시간이 있었어요. 정치인들은 맨 앞줄에 앉아 있었고요. 저는 뒤에 있어 잘 보지 못했는데, 한 정치인이 발표를 듣다가 가소롭다고 생각했는지 키득거렸나봐요. 그러니까 마이크를 잡은 학생이 불같이 화를 내며 그 정치인을 꾸짖는 거예요. 그러자 그 정치인은 아무 대꾸도 못 하고, 다른 학생들은 박수를 치고 난리가 났죠. 그 장면을 보면서 민주주의가 무엇인지 생각해보게 되었던 것 같아요. 민주주의는 말 그대로 국민이 주인이 되는 사회잖아요. 그 국민의 범주에는 당연히 학생들도 포함될 거란 말이죠. 그런데 우리나라는 과연 민주주의 국가일까요? 학생들이 정치에 관심을 가지면 쓸데없는 데 신경 쓰지 말고 공부나 열심히 하라고 하잖아요.

이 행사의 목적은 학생들의 의견을 실제 정책에 반영하기 위한 것이었다고 해요. 그곳에 온 의원들도 의회의 교육 관련 위원회에 속해 있는 분들이고, 그러다 보니까 실제 학생들의 목소리가 교육 정책에 반영되는 거죠. 학생들이 주체적으로 자신들의 공간인 학교를 가꿔나갈 수 있다는 사실이 부러웠어요.

당연히 베를린에도 갔겠죠?

베를린에서는 육십대 정도 되는 부부 집에서 머물렀어요. 흥미로운 것은 남편은 서독 출신이고, 아내는 동독 출신이었어요. 너무 재밌을 것 같아서 그 두 분을 인터뷰했거든요. 아내 이름이 가브리엘라인데, 동독 시절을 생각하면서 말씀하시다가 펑펑 우셨어요. 너는 자유가 없는 삶이 뭔지 상상하기가 힘들 거야, 라고 하시면서요. 굉장히 가슴이 먹먹했죠.

특히 베를린은 분단 문제에 대해 생각해볼 수 있는 아주 좋은 도시인 것 같아요. 베를린은 도시 자체가 두 개로 분단되었었잖아요. 그런데 굉장히 아이러니한 것이, 예전에 동독이었던 지역에는 북한대사관이 있고, 서독이었던 지역에는 남한대사관이 남아 있어요. 이제 통일된 독일에서조차 남북한은 분단되어 있는 것이죠. 독일인들에겐 과거가 되었지만 우리에게는 아직도 계속되고 있는 현실이 참 안타까웠어요.

또 베를린에 가면 다들 들르는 곳이 유리돔이 있는 국회의사당인데요, 그 맞은편에 총리 관저가 있어요. 현재 앙겔라 메르켈 총리가 그곳에서 일하고 있는데, 거기 살지는 않는다고 해요. 베를린 시내의 어딘가에 집이 있다고 하더라고요. 그래서 제가 직접 찾아가봤죠. 분명 주소대로 찾아왔는데, 사람들이 너무 많이 지나다녀서 처음에는 여기가 맞나 싶었어요. 그런데 조금 허름한 건물 앞에 경찰 두 명이 어슬렁거리고 있더라고요. 저를 특별히 제지하지 않기에 건물 입구까지 가봤죠. 이십 가구 정도 모여 사는 건물인데, 명패 중하나에 자우어라는 이름이 적혀 있는 거예요. 메르켈 총리 남편 이름이 요아힘 자우어거든요. 그러니까 실제 총리 집에 딩동 하고 벨을 누를 수 있는 거죠. 메르켈 총리는 아직도 이 집에 월세를 내며 산다고 해요.

우리는 상상도 못할 일이네요. 그런 분이 지나가면 신호체계도 바꾸고, 찻길도 건널 수 없는 경우가 있잖아요.

메르켈 총리 별명이 무티Mutti라고 해요. 어머니가 무터Mutter인데, 무티는 마미처럼 친근한 말이에요. 독일 사람들이 총리를 얼마나 친근하게 느끼는지 잘 알 수 있죠. 메르켈 총리는 아무리 바빠도 항상 아침밥은 직접 챙긴대요. 동네 슈퍼마켓에서 장을 보고. 그런 점에서 선거철이 되면 이벤트로 시장에 깜짝 출연하는 우리나라 정치인들과 차이가 느껴졌어요.

또 베를린 자유대학이라는 곳이 있는데, 그 캠퍼스가 굉장히 아름다워요. 그곳을 둘러보며 베를린에서 공부하고 싶다는 생각을 정말 많이 했어요. 그러면서 자연스럽게 대학 진학에 대해서도 고민해보게 되었죠. 저의 가까운 미래라서 어쩌면 더 피부로 와 닿았던 것 같기도 해요. 유럽을 다니면서 '과연 대학을 가야 하는가?'라는 생각을 많이 했었거든요. 스위스나 오스트리아 같은 경우는 대학 진학률이 30퍼센트도 안 되고, 독일 같은 경우도 중학교 때부터 학교가 직업학교와 김나지움으로 나뉘어서, 대학교에 가는 학생들은 '진짜 공부를 해야겠다'고 생각하는 학생들이거든요. 제가 카우치 서핑 중 만난 한 친구는 직업학교를 졸업하고 이 년 동안 로고스라는 선교선을 타고 전 세계를 돌아다녔대요. 그렇게 어려운 친구들을 도와주다가 독일로 돌아와 벤츠에 견습공으로 취직을 했어요. 한국에 돌아온 지 얼마 되지 않아 소식을 들었는데, 시험을 통과해서 벤츠 정식 직원이 되었다고 해요. 그러니까 대학을 가지 않고도 충분히 좋은 대우를 받으며 행복하게 살 수 있는 거죠. 그런데 한국은 거의 모든 학생이 대학에 가잖아요. 당연하게만 생각했던 것들이 한 발짝 떨어져서 보니까 당연하지 않은 거예요. 왜 꼭 대학에 가야 하지? 대학에 가지 않고도 행복하게 사는 길은 없을까? 이런 의문이 들었죠.

또 한 가지 의문이, 그렇다면 대학에 가더라도, 과연 그곳에 배움이 있는가? 등록금은 합리적인가? 이런 것이었어요. 제가 만난 대부분의 친구들이 한국 중·고등학교에서는 무엇을 배우냐고 물어봐서, 국어·수학·사회·과학·영어, 이런 과목들을 배운다고 하니까 그럼 어떤 방식으로 배우냐고 묻더라고요. 그래서 암기해야 하는 내용이 대부분이라고 말해주었더니, 자기네는 토론을 많이 하고, 생각을 정리하기 위해 글을 정말 많이 쓴다고 해요. 저는 할 말이 없어졌죠. 굳이 '배움의 질'에 초점을 맞추지 않더라도 차이는 많아 보였어요. 한국의 청년이나 청소년들은 인생을 저당 잡힌 채 살아가잖아요. 초·중·고등학교 때는 대학만을 바라보며 죽도록 노력하고, 일단 어디든 입학하고 나면 취업을 위해 학점을 관리하고 스펙을 쌓아야 하죠. 또 졸업하고 나서는 정말 취업에 올인해야 하고, 바늘구멍을 통과해 취업에 성공한다 해도 항상 해고의 불안에 떨어야 해요…….

그런 점에서 독일 사회를 보고 많은 것을 깨달았어요. 우선 대학이 무상교육이고 평준화되어 있고, 학벌로 인한 차별이 거의 존재하지 않으며, 고등학교 졸업시험만 통과하면 의대를 제외하고는 자신이 원하는 과에 갈 수 있고, 일하는 것을 선택할 경우 충분히 좋은 대우를 받으며 노동자로 일할 수 있고, 예술가들도 좋은 처우를 받으며 작품 활동을 할 수 있었어요. 우리나라 학생들은 언제쯤 진학보다 진로가 우선되는 사회에서 살 수 있을까 생각하게 되었어요.

더 배우고 경험해서 좋은 사회 만들고 싶어요

〈백분토론〉 같은 데 패널로 출연해도 될 거 같은데, 정말 많은 걸 보고 배우고 오셨네요. 저는 지금 얘기한 것에 백 퍼센트 동의하고요, 이런 것들이 언제 해결될지 모르겠지만, 하영 군처럼 생각하는 사람들이 생각에 그치지 않고 행동할 때 세상이 달라질 거라 생각해요. 베를린에서 뭘 보았는지 더 이야기해주세요.

베를린에서는 베를린 장벽을 빼놓을 수 없죠. 이스트사이드 갤러리라는 곳에 가보면 정말 감회가 새로워요. 우리나라는 도시가 나뉘어 벽이 생긴 곳은 없지만 실제로는 분단국가잖아요. 장벽 너머에 동독 사람들이 있었듯이 철책 너머에는 북한 사람들이 있고요. 그런 점에서 굉장히 많은 생각을 하게 되죠. 또 베를린에는 호엔쉰하우젠 메모리얼Hohenschönhausen Memorial이라는 곳이 있어요. 동독 쪽에 있던 통제구역인데, 일종의 수용소 역할을 했어요. 동독의 비밀경찰 슈타지가 반정부인사나 정부에 협조적이지 않은 예술가들을 잡아 감옥에 집어넣고, 고문하고, 때리고, 그런 일들이 비일비재하게 일어났던 곳이죠.

일단 들어가면 언제나 둘러볼 수 있는 박물관이 있고요, 실제 감옥은 가이드와 함께 해야 들어갈 수 있어요. 영어 가이드 시간을 알아보고 들어가보시면 좋을 것 같아요. 그때와 비슷하거나 더 끔찍한 일들이 현재 북한 정치범수용소에서도 벌어지고 있기 때문에 많은 것을 생각해볼 수 있는 기회가 되지 않을까 싶어요.

답을 구하러 갔다
질문을 얻어왔다

베를린 장벽과 수용소를 보고 뭘 느꼈나요? 새로운 결심이 있었어요?

일단 통일에 대해 더 깊이 생각하게 되었고요, 그동안 북한 사람들의 인권에 대해 너무 무관심했었구나 하는 점도 깨달았어요. 그래서 한국에 돌아와서 링크LiNK, Liberty in North Korea라는 단체에 인턴십을 지원했어요.

통일에 대한 설문조사 결과를 보면 별로 관심 없다, 안 됐으면 좋겠다 그런 생각들을 하는 사람들이 많은데, 거기에 대해 어떻게 생각해요?

저는 남한을 위해서도 통일이 필요하다고 생각해요. 사람들이 대부분 북한을 도와준다고 생각하는데, 남한에도 분단으로 인한 비상식적인 일들이 수없이 벌어지고 있고, 북한을 악용하는 여러 정치 세력들도 있잖아요. 한쪽에서는 종북, 빨갱이라고 하고, 다른 쪽에서는 꼴통이라고 비난하는 이런 극단적인, 서로를 혐오하는 일들이 사라져야 한다고 생각해요. 이런 부분은 북한도 마찬가지이겠죠. 저는 통일된 한국의 잠재력이 굉장히 크다고 생각해요. 지금은 남한이 거의 섬나라가 되어버렸잖아요. 만약 대륙으로 연결되는 길이 트이면 더 넓은 세계로 뻗어나갈 수 있는 좋은 기회가 되지 않을까 싶어요.

앞으로는 '우리는 선이고, 북한은 악이다'라는 이분법적인 논리들이 사라지고, 사고의 섬세함이 생겼으면 좋겠어요. 베를린 장벽이 냉전의 전유물이었는데, 결국 허물어지고 국제질서가 바뀌었잖아요. 우리나라도 통일이 된다면 세계 질서에 정말 엄청난 변화를 가져올 수 있지 않을까요?

정말 훌륭한 청년과의 멋진 만남이었습니다. 임하영 군이 유럽 여행을 하고 질문이 많이 생겼다고 했는데, 제가 하영 군을 만나고 질문이 많이 생겼어요. 임하영이란 사람에 대해서. 이걸 묻지 않을 수 없는데, 앞으로 꿈이 뭐예요?

아직 단정지을 수 있는 것은 아니지만, 가까이는 인턴십을 하면서 북한 관련 일을 하고, 공부할 돈을 모을 계획이에요. 멀리 보면 저는 서른 살까지는 공부를 하는 게 꿈이에요. 서른까지 일단 내공을 잘 쌓아서 한국 사회를 더 낫게 만드는 일에 조금이라도 기여를 할 수 있게 되기를 바랍니다.

꼭 꿈을 이루시길 바랍니다. 이야기 나누면서 저도 더 열심히 살아야겠다, 더 시야를 넓혀야겠다, 자극을 많이 받았어요. 멋진 시간 선사해줘서 고맙습니다.

· · ·

임하영 군을 더 잘 알게 된 후엔, 그런 아이를 키워낸 분들이 어떤 사람들일지 너무 궁금해서 파주까지 하영 군 부모님을 뵈러 간 적이 있다. 부모님을 만나고 가장 많이 든 생각은, 역시 콩 심은 데 콩 나고 팥 심은 데 팥 난다는 것. 그분들은 말씀하셨다. "우리는 아무 것도 한 것이 없습니다. 그렇다고 저희 아이가 특출나다는 것도 아닙니다. 사람은 누구나 자기 안에 모든 가능성을 지니고 있지요. 그런데 함부로, 잘못된 방법으로 그것을 가르치려다 보면 오히려 잠재된 능력이 다 발휘되지 않는 것 같아요. 저희는 하영이에게 티처teacher 노릇을 한 적은 없고요, 다만 헬퍼helper 역할을 잘하기 위해 최선을 다했을 뿐입니다. 어른들이 도움을 주는 역할만 잘하면 아이들은 스스로 깨우치고, 숨겨진 능력을 꺼내 보이고, 결국은 어른들을 리드하게 됩니다. 정말 놀랍다니까요."

학교를 다니는 대신 하영 군이 집에서 하고 있던 것은 어쩌면 일종의 세계여행과 같은 것 아니었을까. 자기 내면으로의 깊은 여행, 그리고 책을 통한 여행. 한계가 지어져 있지 않은 세상으로의 여행을 통해 미래의 무한 가능성을 이미 보여준 임하영 군이 앞으로 어떤 삶을 살게 될지, 어떻게 세상을 변화시킬지 정말이지 너무나 기대가 크다.

사람을
깊이 알려면
함께
여행을 해야죠

나영석 피디와 나눈
여행의 의미, 삶의 재미

나
영
석

°

2001년 KBS 27기 공채 프로듀서로 입사해 〈산장미팅 장미의 전쟁〉으로 데뷔했다. 〈출발 드림
팀〉〈여걸 파이브〉〈여걸 식스〉〈1박 2일〉로 야생 버라이어티 시대를 열었다. 2013년 tvN으로
이적, 〈꽃보다 시리즈〉와 〈삼시세끼 시리즈〉를 연출했다.

사람에게는 누구나 그만의 향기가 있다. 어떤 사람의 것은 유독 짙고 어떤 이의 향은 지극히 평범하다. 그런데 간혹 은은하고 개성 있는 향을 지녀 만남 후 오랜 시간이 지나도 잊혀지지 않고 멀리 있어도 그 향이 느껴지는 이들이 있는데 나영석 피디가 바로 그런 사람이다. 나는 그를 KBS 아나운서 시절 처음 만났다. 내가 진행하는 프로그램의 신입 피디였는데 푸근한 인상만큼이나 같이 일하면 할수록 좋은 친구였다. 보통 예능 피디라고 하면 연예인만큼이나 끼도 있고 성격도 외향적인 경우가 많은데 나영석 피디는 언제나 차분하고 조용조용했으며 다소 내성적인 편이었던 것으로 기억한다. 그러나 일에서만큼은 다른 어떤 피디들보다 민첩했고 프로 근성이 강해

사람을 깊이 알려면
함께 여행을 해야죠

서 큰 믿음을 주는 프로듀서였다. 무엇보다 그에게서는 사람 냄새가
났다. 시청자에 대한 생각이나 같이 일하는 스태프들을 대하는 태
도에 있어서 흔히 말하는 '진정성'을 잃지 않는 인간적 피디. 그래서
내심 '언젠가 저 친구 큰일을 내겠군!'이라고 종종 생각했었다.

  내가 회사를 그만두고 얼마 후, 역시나 그는 사람들을 놀라게 하
는 히트 프로그램을 쏟아놓기 시작했다. 그리고 이제는 '나영석'이
라는 이름 석자가 하나의 브랜드가 되었다. '나영석이 만들었으니
믿고 본다'는 말까지 생겨나고 웬만한 스타 못지않게 인기도 있다.
KBS에서 퇴사해 tvN으로 옮겨간 후에는 '꽃보다' 시리즈를 통해 방
송뿐 아니라 여행 업계의 판도까지도 좌지우지하고 있으니 참으로
놀랍지 않을 수 없다. 스타 피디여서가 아니라, 방송국에 갓 입사한
시절부터 눈여겨보아온 후배이기에, 프로다운 모습뿐 아니라 인간
적인 면에서도 매력 덩어리 남자라는 것을 잘 알기에, 더욱 자랑스
럽고 대견한 후배인 그가 보고 싶었다. 차 한잔 앞에 두고 허심탄회
얘기나 할까 하여 데이트를 신청했고 그는 흔쾌히 응해주었다.

  상암동의 한 카페에서 만나기로 약속한 우리. 카페에 도착해 자
리를 잡자마자 저 멀리서 수수한 차림으로 머리를 쓸어 올리며 걸
어오는 나영석 피디가 보였다. 인터뷰에 사진 촬영까지 한다고 말했
지만 평소와 전혀 다를 바 없는 털털한 차림과 밤샘을 하고 늦잠을
잔 것 같은 모습으로 나타난 그에게서는 예전과 다름없이 인간미가

풀풀 넘쳤다. 올빼미처럼 밤마다 일에 열을 올리는 방송국 사람들이 대부분 그러하듯, 우리도 몽롱한 정신을 깨워줄 진한 커피 한 잔씩을 앞에 두고 긴 이야기를 시작했다.

· · ·

손미나 생각해보니 너랑 나랑 이렇게 차 한잔 하는 게 몇 년 만이구나. 오다 가다 잠깐씩 얼굴은 봤지만 내가 후배를 너무 못 챙긴 것 같아 미안하네······ 회사 그만둔 얘기부터 좀 해봐. 자세한 사연은 못 들은 것 같아.

나영석 2001년 KBS에 입사했다가 tvN으로 2013년에 입사했으니 이제 이 년이 다 되어가네요. 무엇보다 시간을 조금 더 유동적으로 사용하고 싶다는 욕망이 이직의 가장 큰 이유였던 것 같아요. 지금 직장으로 오기 전에 〈1박2일〉이란 프로그램을 오 년간 했었어요. 그런데 그동안 김대중 대통령 서거 때와 천안함 사건 때 딱 두 번 방송을 쉰 것이 전부였어요. 즉, 오 년 내내 매주 답사를 가고 섭외를 하고 촬영을 하고 편집을 했다는 말이에요. 그러면서 여러 가지 회의가 들었죠. 두 달 정도만이라도 방송을 하지 않고 준비하는 기간이 있었으면 했어요. 그 기간에는 아무것도 하지 않고 방송을 기획만 하고, 또 그 기간이 지나면 기획한 것에 따라 촬영해서 방송하고, 그게 끝나면 다시 기획하고, 그렇게요. 하지만 누나도 잘 아시다시피 방송국이라는 데가 워낙 바쁘고 빡빡하게 돌아가다 보니까 도저히 그럴 여유를 가질 수가 없었죠. 그런 부분들이 KBS를 다니면

서 늘 저를 압박했던 것 같아요. 그러다 보니 프로그램에 대한 이해가 부족했고 무언가를 생산한다기보다 매주 소모된다는 느낌이 강했어요. 물론 지금도 바쁘게 살고 있지만 시즌제로 프로그램을 기획하고 촬영, 편집이 끝나면 다음 프로그램을 준비할 때까지 여유 시간이 있어요. 이건 정말 큰 변화죠.

누구보다 그 마음을 잘 이해할 사람이 나라고 크게 소리치고 싶었다. 그럴 수밖에 없는 것이, 아나운서 시절 나 역시 주 7일 근무를 오 년간 했던 것이다. 라디오 디제이를 할 때는 뮤지션 게스트가 나와서 '이번 방송을 끝으로 한동안 활동을 접는다'는 말을 할 때마다 어찌나 부럽던지. '아, 아나운서도 활동을 접었다 폈다 할 수 있으면 얼마나 좋을까'라고 늘 생각했던 기억이 있다. 그래도 궁금한 것은 혹시라도 일말의 후회는 없나 하는 것이었다. 내가 평소 가장 많이 받는 질문이기도 해서 어느 정도 그의 답이 예측되는 상황이긴 했지만 말이다.

찬찬히 사람을 들여다볼 시간이 필요했다

결론부터 이야기하자면 직장을 옮긴 것에 후회는 없어요. 물론 옮기기 전에는 나름 많은 고민이 있었지만 막상 옮기고 나서는 고민이

사람을 깊이 알려면
함께 여행을 해야죠

사라졌던 것 같아요. 이직 후 그냥 무척 즐거웠어요. 제가 프로듀서 잖아요. 크게 보면 무언가를 계속해서 만들어내는 크리에이터인데, 이 일을 잘하고 싶다는 게 사실 저의 가장 큰 욕망이에요. 계속, 길게 오랫동안 잘하고 싶다는 욕망. 그런데 여기에서는, 물론 좋은 성과를 냈을 경우지만, 내가 원하기만 한다면 계속 이 일을 할 수 있고, 게다가 좋은 지원을 받을 수 있다는 사실이 분명하니까요. 그런 부분이 즐거워요. 가장 좋았던 것은 제가 여기로 넘어오면서 하고 싶은 프로그램이 있었고, 만들고 싶었던 구조가 있었는데 그것을 실행할 수 있었다는 점이에요.

직장을 그만두면서까지 하고 싶었던, 만들고 싶던 프로그램은 대체 어떤 것이었어?

뭐 특별하거나 거창하진 않아요. 단순히 생각해서 1박2일로 국내여행을 했으니깐 한 번쯤 해외를 다니는 프로그램을 해야겠다는 생각을 했어요. 그렇지만 그것보다 중요한 것은 〈1박2일〉을 하면서 리얼리티쇼의 가능성을 느꼈고 동시에 한계를 보았다는 거예요. 짧게 하루이틀 찍는 것으로는 뭔가 부족하다는 느낌을 받은 거죠. 좀 더 길게 촬영을 하면 출연자들의 내면을 깊게 볼 수 있을 거라는 기대가 있었어요. 사람을 오랫동안 찍으면 본모습이 나오기 마련이거든요. 그래서 찬찬히 사람을 들여다보고 거기서 알게 된 모습들을 시청자들에게 보여주고 싶었던 거죠. 그러기에는 하루이틀의 국내여행은 뭔가 부족했고, 해외 배낭여행이 딱 맞는 소재였던 거예요.

완전히 동감해. 그런데 왜 하필 할아버지들의 배낭여행이었어? 사실 내가 작년에 회사를 만들면서 제일 하고 싶었던 게 오십대 이후의 사람들에게 혼자 배낭여행 하는 법을 가르치는 거였거든. 여행도 인생을 좀 알아야 더 많은 것을 보고 배우게 되기 때문에 난 어린 학생들의 여행도 중요하지만 어른들이 진짜 배낭여행을 했으면 좋겠거든. 우리 여기서도 또 통했나?

하하. 그런가요, 누나? 이유는 간단해요. 젊고 예쁜 애들이 유럽으로 배낭여행을 가는 건 너무 빤하잖아요. 할아버지들을 배낭여행에 대입해봤더니 너무 재밌을 것 같았고 심지어는 감동까지 있을 것 같다는 생각이 들더라고요. 여행이라는 틀을 활용하면 내가 가장 원하는 '사람을 깊이 들여다보는 일'이 가능해질 텐데 그렇다면 누구의 인생을 들여다보는 게 좋을까를 고민하게 된 거죠. 그러다 할아버지들을 떠올린 거예요. 대신에 여행지는 가장 빤하고 흔한 곳으로 정하고 싶었어요. 파리는 너무나 유명한 관광지이기 때문에 저 할아버지들도 몇 번씩은 가본 적이 있을 것이라 생각했어요. 그렇지만 오히려 그 속에서 새로운 경험을 끌어내고 싶었어요. 많이 가본 곳이지만, 직접 배낭을 메고 두 발로 방황하며 여행한다면 또 다른 느낌을 받을 수 있다는 걸 보여주고 싶었죠.

많은 시청자들뿐만 아니라 나 역시 '꽃보다' 시리즈를 보면서 그

사람을 깊이 알려면
함께 여행을 해야죠

가 이 프로그램을 진정으로 즐기고 있다는 느낌을 받았다. 중간중간 등장하는 나영석 피디는 그 누구보다도 행복해 보였던 것이다. 프로그램의 책임자가 아니라 마치 자연스럽게 합류한 여행자의 한 사람으로 보일 정도였으니.

실제로 배낭여행을 좋아해? 어느 곳들을 다녀왔는지 궁금해지네.
여행이요? 전 여행을 많이 해본 사람이 아니에요. KBS에서 일할 때 〈1박2일〉이 끝나고 아이슬란드에 잠깐 갔던 것 말고는 거의 없어요. 그런데 사람들은 저를 여행 전문가쯤으로 알고 있더라고요. 실제로 여행 관련 강의 요청도 많이 받아요. 하하. 그렇다고 여행을 싫어한다는 말은 아니고요, 여행에 특별한 취미가 있는 건 아니라는 거예요. 그런데 생각해보면 아버지가 여행을 좋아하셨어요. 어릴 적엔 자연스럽게 아버지한테 끌려 다니며 여행을 했고 저도 모르게 여행의 정취나 경험들을 얻게 되긴 한 것 같아요.

여행 경험도 별로 없고 즐기지도 않는다면서 아이슬란드로 혼자 훌쩍 떠났고 여행기까지 냈잖아. 아이슬란드 여행 책 서문에 보면 '나라는 사람은 누구인가, 내가 진정 원하는 것은 무엇인가?'라고 적혀 있는데 그때의 여행에서 답을 찾았어?
답을 찾았다기보다는 이 질문 자체가 엄청 중요하다고 생각해요. 그런데 평소에는 이 질문을 여유롭게 던질 시간도 없었어요. 답을 찾았다기보다, 이렇게 스스로에게 질문을 던지는 시간 자체가 굉장히 좋았던 것 같아요. 그래서 스스로 거기에 대해 대답도 해보면서 내 생각의 추이를 들여다볼 수 있었던 것. 그 자체가 의미 있었던 것 같아요. 딱 뭔가 해답을 내렸다기보다는.

그나저나 책에 보니까 마흔이 되면 콧수염을 기르고 술집을 열겠다고 했던데 진짜야? 왜?

하하하하~ (이 부분에서 나 피디는 드물게 큰 소리로 웃었다.) 그때 당시에 일하기가 너무 싫었어요. KBS는 그만두고 싶고, 이직을 할지 안 할지는 모르겠고 여러 가지 고민들로 혼란을 겪고 있을 때였죠. 그래서 아무것도 안 하고 살고 싶다는 생각을 잠깐 했어요. 물론 술집을 하는 게 절대 쉬운 일은 아니겠지만 어쨌든 그때는 어떤 조직에서 남의 필요에 의해 움직이는 것에 염증을 느끼고 있는 상황이었기 때문에 내 의지로 살고 싶다는 열망이 강했어요. 망해도 내가 망하는 그런 삶 말이에요. 콧수염을 기르겠다고 한 건 지금의 나와는 완전히 다른 사람이 되고 싶었기 때문이에요. 내가 생각해도 우습네요…….

스스로 어떻게 생각하는지 모르겠지만, 적어도 내가 보기엔, 그러한 고민과 갈등의 시간을 겪은 끝에 결국은 자신이 원하는 바와 이상을 적절히 조화한 삶을 얻어낸 것처럼 보이는데? 술집 사장도 아니고 콧수염도 안 길렀지만 그 이상

사람을 깊이 알려면
함께 여행을 해야죠

의 변화가 분명 있었고 그것이 지금의 나영석에게 힘이 되고 있는 것 아닐까?

그런데 누나, 그 얘기 조금 더 하자면, 아이슬란드 여행은 진짜 내가 원하는 게 무엇일까를 많이 생각했던 여행이었어요. 사람들은 참 거짓말을 많이 하는 것 같아요. 스스로를 속이는 거짓말이요. 자신에게 하는 거짓말은 정말 아무 의미도 소득도 없는데 말이에요. 저 또한 그렇게 살아왔더라구요. 내 행위의 당위성을 나 자신에게 부여해주지 않으면 미칠 것 같으니깐 계속 나를 속여왔던 거죠. 그런데 아이슬란드에서 내가 원하는 것에 대해 고민하면서 깨달은 것은, 나 자신에게 솔직해져야겠다는 것이었어요. 이 일을 계속하는 것이 괴롭지만 그래도 내게는 즐거운 일이라는 사실을 솔직한 심정으로 바라보았던 것이죠.

그는 여행을 많이 하지는 않았지만 떠나는 것, 그리고 한 발 떨어져 삶을 바라볼 수 있는 시간에 대한 중요성을 알고 있는 사람이다. 스스로가 말하듯 '촌놈'이기 때문일 수도 있다. 참 다행스럽지 않나. 촌놈 나영석 피디 같은 이가 있어서 우리 시청자들은 방송을 통해 위안을 받을 수 있으니. 〈1박2일〉과 '꽃보다' 시리즈가 그랬던 것처럼, 새롭게 시작한 버라이어티 프로그램 역시 익숙한 도심이 아닌 시골을 배경으로 사람들이 떠나고 머물고 자기 속에 있는 것들을 꺼내 보여주고 있으며, 우리는 그 프로그램들을 보면서 웃고 눈물짓고 고개를 끄덕인다.

웃음 공감 의미 감동, 그 모든 것이 재미

〈삼시세끼〉는 그냥 밥 해먹는 모습에서 재미를 끌어낸다는 점이 놀라운데, 어떻게 이런 기획을 하게 됐어?

〈삼시세끼〉라는 프로그램은 크게 '시골'과 '밥'으로 정의할 수 있을 것 같아요. 바쁜 일상에서 벗어나 시골이라는 곳에서 자연의 시간에 맞게 생활하는 거죠. 제가 시골을 좋아했던 것이 이 프로그램을 기획한 가장 큰 이유예요. 물론 시골에서 살라고 하면 살지 못하겠죠. 하지만 가끔씩 내려가서 머물다 오는 시골은 정말 좋은 것 같아요. 저에게 있어서 시골이라는 공간과 그곳에서의 삶은 마치 여행과도 비슷한 거예요. 도시의 일상에 젖은 사람들을 전혀 다른 공간인 시골에 놓아두고 거기에서 발생하는 여러 가지 상황들에 맞닥뜨리게 하는 것이 제가 지금까지 만들어왔던 것들이에요. 바쁘게 사는 사람들이 시골의 느릿느릿한 환경에 어떻게 적응하나, 이런 변수를 보는 게 재밌을 것 같았죠. 그런데 완전히 시골에서 살라고 하는 것은 너무 하드코어한 것 같았어요. 제가 보려고 하는 그림은 여행으로서의 시골이었으니까요. 그래서 주말여행 콘셉트가 딱 좋겠다 싶었죠. 억지스러운 시골을 보여주고 싶지는 않았거든요.

한 가지 창의적인 프로그램이 나오면 비슷한 기획이 우후죽순 쏟아지는 이 시대에 항상 새로운 길을 걸어왔잖아. 대체 그 창의력은 어디서 나오는 것일까?

사람을 깊이 알려면
함께 여행을 해야죠

결국 모든 일의 해답은 '사람'인 것 같아요. 저는 사실 그렇게 크리에이티브한 사람은 아니에요. 따지고 보면 우리는 그냥 직장인이잖아요. 애초에 예술가도 아니고, 창의력이라는 자질로 뽑혀온 사람들도 아니에요. 그런데 신기한 건 사람이 여럿 모여서 같이 이야기를 하다 보면 새로운 아이디어가 나와요. 일종의 집단 창작 같은 거죠. 스티브 잡스처럼 한 명의 천재는 없을지 몰라도 여럿이 머리를 맞대고 논쟁에 논쟁을 거듭하다보면 거기에서 창의성이 도출되곤 하더라구요. 십 년 동안 이 일을 하다 보니 사람에 대한 그런 확신이 생겼어요. 그리고 또 한 가지 확실한 것이 있어요. 2010년대의 시청자들은 절대로 즐거움이나 웃음만을 재미라고 생각하지 않아요. 이시대의 재미는 웃음, 공감, 의미, 감동 등 총체적이고 공감각적인 즐거움이라고 생각해요. '예능은 아무 생각 없이 웃기기만 하면 된다'라는 자세로 프로그램을 보면서도 마음속으로는 부단히 의미를 원하고 있다는 거죠. 그래서 저는 좀 더 깊은 이야기를 들어보는 것이답이라고 생각해요. 능수능란한 MC가 끌어내는 이야기들도 좋겠지만, 저는 조금 더 시간을 두고 일상이나 행동에서 끄집어내는 이야기들에 더 큰 울림이 있다고 믿어요.

이렇게 남들이 볼 때 성공가도를 달리고 있는데, 그래도 어떤 고민이 있어?
언젠가 윤여정 선생님께서 이런 말씀을 해주신 적이 있어요. 너는 지금이 제일 위험한 때라고. 빨리 실패를 해야 한다고. 실패하기도

사람을 깊이 알려면
함께 여행을 해야죠

무서워질 순간이 오면 아무것도 못하게 된다는 거예요. 지금 나를 만들고 있는 수많은 것들이 아무것도 아니라는 것을 깨달을 필요가 있다는 것이죠. 가볍게 실패할 수 있는 피디가 되어야 한다고 생각해요. 사실 피디 일의 가장 큰 매력은 내가 만든 방송을 사람들이 즐겨주고 좋아해준다는 것이거든요. 좋든 싫든 누군가가 나에게 반응을 준다는 것. 이거 정말 두근두근해요. 마치 마약 같아요. 살아 있는 느낌이 들죠. 그런 면에서 피디는 권력자일 수 있어요. 대중에게 내가 원하는 것들을 강요하는 사람이 될 수도 있으니까요. 그러니 항상 즐기면서도 조심하자고 스스로에게 말하고 있는데, 윤 선생님이 말씀하신대로 실패하는 일이 너무 늦어질까 걱정입니다.

· · · ·

내가 생각하는 방송은 수많은 사람들과의 소통이다. 대중의 마음을 읽고 그들을 웃기고 위로하고 친구가 되어주는 일. 그러면서도 세상의 흐름을 놓치지 말아야 하고 시청률 싸움에서도 살아남아야 한다. 이 여러 가지를 모두 해내려면 그 직종이 피디이든 아나운서이든 상관없이 사람을 생각하고 사람과 머리를 맞대어야 하고 사람을 위해 나를 내주어야 한다. 오랜 친구이자 후배, 좋아하는 피디인 나영석은 그런 면에서 가장 인간적이고 감동적인, 이 시대가 필요로 하는 프로그램으로 우리 곁에 있어줄 사람임에 틀림없다는 확신을 또 한 번 갖게 되었다. 채널은 많아졌는데 볼 만한 방송은 줄었다고 푸념을 늘어놓는 이들을 만날 때마다 십 년 이상 방송에 몸담았던 사람으로서 일말의 책임감과 쓸쓸함을 떨치기 힘든 요즘, 서민들의 소소한 일상에 진실된 감동을 전해줄 프로그램을 만들어주는 나영석 피디와 만나고 나니 다행스럽다는 생각이 들었다. 실패를 피해가고 싶은 욕망 대신 겸허한 자세로 실패를 준비하는 성공한 젊은 프로듀서의 미래가 한없이 기대된다.

사람을 깊이 알려면
함께 여행을 해야죠

두 발로
그려 나가는
인생의
지도

오기사 엄지원의 신혼여행,
그리고 우연한 배낭여행

오
영
욱
。

연세대학교 건축공학과를 우수하지 않게 졸업하고 체류비자를 받을 겸 스페인 엘리사바 (ELISAVA) 디자인 스쿨에서 실내공간디자인을 공부했다. 공간과 관련해 이런저런 잡다한 일을 하는 '오기사디자인' 대표인데 직원은 별로 없다. 상에는 크게 관심이 없으나 가끔씩 무슨 상을 받았는지 중요하게 생각하는 사람들이 있어 언젠가 문화체육관광부 장관표창을 받은 적이 있음을 밝히곤 한다. 하지만 그 후로는 상을 받을 만한 인재가 아님을 스스로 깨달아 유유자적하며 살고 있다. 『오기사, 행복을 찾아 바르셀로나로 떠나다』 『깜삐돌리오 언덕에 앉아 그림을 그리다』 『청혼』 『인생의 지도』 등 여러 권의 책을 냈는데, 처음에는 좀 잘 팔렸고 이제는 거의 안 팔린다. 하지만 말을 하는 것보다는 글 쓰는 것을 더 좋아하기 때문에 조만간 눈먼 출판사를 설득해 책을 몇 권 더 내볼 궁리를 하고 있다.

나는 스페인이란 나라에 고마운 게 많은 사람이다. 인생 최고 꽃다운 나이의 추억과 치열한 방황을 품어주었고 좋은 인연들을 선물해주었다. 그 중에서도 스페인 덕분에, 다소 의외의 사건을 통해 친구가 된 이가 있는데 바로 건축가 오기사로 잘 알려진 오영욱이다. 나와 오기사는 비슷한 시기에 스페인에 관한 책을 세상에 내놓았다. 물론 스타일이나 내용은 완전히 달랐지만 스페인에 관한 이야깃거리가 드물던 시기여서 두 책은 동시에 인구에 회자되는 경우가 많았다. 스페인 책이 출간되고 두어 달이 지났을 무렵, 오기사의 스페인 여행 책이 사무실로 배달되었다. 일면식도 없는 사이에 저자가 직접 책 선물을 보내오니 그 배려와 친구 되자는 손짓이 정말 고마웠다.

그런데 책을 펼쳐 발견한 헌사 때문에 난 그만 웃다가 쓰러질 뻔했다. '왜 하필 나는 손미나 씨 책이 나오는 시기에 책을 냈을까요. 똑같이 스페인 책을 썼으니 내 책은 망하게 생겼네요.' 이런 내용의 헌사를 적어 책을 선물하는 오기사는 대체 어떤 사람일까. 호기심이 발동한 나는 역시 책을 선물한다는 핑계로 오기사에게 만남을 요청했고 우리는 친구가 되었다.

건축가이지만 건축가라는 직업 안에만 가두기에는 하고 있는 일의 스펙트럼이 훨씬 넓은 사람. 여행작가이자 일러스트레이터로서 지금 이 순간에도 또 어떤 실험에 몰두하고 있는지 알 수 없는 일이다. 또 한 가지 재미난 인연이 있는데, 그건 바로 오기사가 나의 오랜 지인과 결혼을 한 것이다. 오기사를 알기 한참 전부터 친하게 지내온 배우 엄지원의 남편이 된 오기사. 두 사람을 다 오래 알았는데 둘이 부부가 될 것이라고는 미처 알지 못했기에 유럽에 사는 동안 기사를 보고 놀랍고도 반가웠던 터. 이러저러한 변화 후에도 오기사는 여전히 엉뚱한 소년 같은 모습일까? 이제 그는 어떤 여행의 꿈을 꾸고 있을까. 옛 친구와 추억 보따리도 풀고 밀린 수다도 떨 겸, 그를 인터뷰에 초대했다.

· · ·

손미나 오랜만이에요. 우선 늦었지만 결혼 축하합니다. 엄지원 씨와 결혼한다는 기사를 보고 놀랍기도 하고 반가웠어요. 사실 오기사 님을 알기 훨씬 전부터 엄지원 씨랑 친하게 지냈죠. 제가 엄청 좋아하는 동생이에요. 오기사 님이 저에게 책을 보내주신 시점보다 한참 더 전부터 말이죠. 사람의 인연이란 참 알 수 없고 또 그래서 재미있어요. 전 아직도 스페인 책 보내주셨을 때 배꼽 빠지게 웃었던 기억이 나요.

오영욱 그건 사실 저의 두번째 책이었는데 첫 책을 낸 다음에 운이 좋아서 『오기사, 행복을 찾아 바르셀로나로 떠나다』라는 제목의 스페인 책을 내게 됐어요. 스페인이랑 파란 하늘이 어울리잖아요. 그래서 파란 하늘이 담긴 표지로 출간하고 기대에 차 있었는데, 하필 손미나 씨처럼 엄청나신 분이 같은 파란 하늘 표지에 '스페인, 너는 자유다'라는 훨씬 잘 팔릴 것 같은 제목을 들고 나오신 거예요. 나란히 놓으면 제 책은 안 팔릴 거 아니에요. 그게 손미나 씨에게 책을 보낸 계기였습니다.

그렇게 말씀하시지만 베스트셀러였죠. 간결한 한 장의 그림으로 때로는 재치있게, 때로는 아주 깊은 이야기를 그려내신 솜씨가 일품이었어요. 웬만해선 알기 어려운 스페인의 라이프스타일이나 문화, 유머 같은 걸 표현하신 걸 보고 무척 감탄했어요. 워낙 여행을 많이 다니셨지만 오늘은 여행 중에서도 더더욱 특별한 신혼여행 이야기를 들려주시기로 하셨죠. 신혼생활은 어떠세요?

결혼 전이랑 후랑 별 차이 없이 비슷하게 살고 있어요. 서로 각자의 일 열심히 하다가 예전 같으면 떨어져서 잤을 그 시간을 공유하면서 사는 건데, 그래도 한 공간을 누군가와 함께한다는 건 확실히 다

르더라고요. 해볼 만한 일이라고 생각합니다. 행복해요.

이 순간 때문에 정말 결혼하길 잘했다, 그런 거 있어요?

이런 답을 잘해야 하는데, 질질 끌면 안 되는 거죠? (웃음) 저는 여행지에서 어디가 제일 좋았냐? 음식 중에 뭐가 제일 맛있었냐? 같은 질문이 가장 어려워요. 우선순위를 따지는 걸 그다지 선호하지 않거든요. 있는 그대로가 다 좋고, 만약 그 상태가 안 좋다면 문제를 해결하면 되는 거고요. 저는 지금까지 갔던 모든 곳이 다 좋아요. 결혼생활도 그런 관점에서 만약 나쁜 시간이 있다면 누군가가 고쳐야 하는 부분이라고 생각해요. 그래서 매순간이 좋습니다.

다툰 적은 없으세요?

혼난 적은 있어요. 신혼여행지에서였는데요, 하엔이라는 스페인의 도시가 있어요. 그 도시의 구시가지에 있는 노천카페 레몬트리 아래에서 맥주를 시켜 마시고 있었어요. 레몬트리를 신기해하니까, 웨이터가 레몬을 하나 따서 우리에게 건네줬어요. 제가 그걸 공놀이하듯이 신나게 던지고 놀다가 그 레몬이 아내의 맥주잔을 탁 치고 말았어요. 맥주가 쏟아져서 아내가 그날 처음 꺼내 입었던 바지 위로 흘러갔어요. 그때 처음이자 마지막으로 혼났어요.

애처럼 장난친다고요? 그 정도는 애교잖아요. 이거 왠지 사랑싸움을 은근히

자랑하는 것으로 들리는데요?

저는 그때 무척 속상했어요. 이게 왜 혼날 일인가 싶었죠. 처음에는 잘못했다고 했는데 남자는 잘못한 것에 대해서 너무 많이 혼나면 종국에는 자기가 왜 혼나는지 까먹고 그 자체에 대해 불만을 갖게 된다고 해요. 제가 딱 그랬어요. 그날 밤까지 혼나다 보니까 내가 레몬으로 장난친 거는 까먹고, 나한테 왜 이럴까 하는 생각밖에 안 났어요. 야단은 두 번 반 정도가 좋아요. (웃음)

오기사 님 보면 어떤 타이틀로 불러드려야 할까 고민이 될 정도입니다. 건축가라기보다는 철학자라고 해야 하나 싶게 생각을 많이 하시는 것 같아요. 인간, 세상, 삶에 대한 관심이 있어야 건축을 할 수 있어서일까요?

네, 그런 것 같아요. 그런데 '저는 사실 건축밖에 하고 싶은 게 없어요'라고 말해야 될 거 같은 게, 유명한 분하고 결혼을 하니까 인터넷 포털에도 뜨고 그러잖아요. 건축하는 친구들이 너 이제 좋은 프로젝트 많이 들어오겠다고 하는데, 사실 결혼한 이후로 제가 너무 놀러 다니는 모습만 보여드렸는지 일이 뚝 끊겼어요. (웃음) 저는 예나 지금이나 똑같이 열심히 하고 있다고 생각하는데, 사람들이 인식하시기엔 그렇지 않은가봐요. 밖으로 보이는 이미지를 무엇보다 건축을 열심히 하는 사람으로 바꿔야 하지 않을까 싶을 정도로요. (웃음) 그런데 건축도 좋고 여행도 좋아요. 사실 여행을 많이 하면 건축도 잘하게 돼요. 여행을 하면 보는 것 중 절반 이상은 건축물이잖아요. 좋은 걸 많이 보면 좋은 건축을 할 수밖에 없게 되는 거죠.

오기사, 여배우와 신혼여행을 떠나다

어떤 말씀인지 알 것 같아요. 사람들이 내가 진짜 하고 싶은 일이 아닌 다른 걸 봐줄 때 조금 답답한 마음이 생길 것 같거든요. 그러나 어떤 이름으로 불리든 오기사 님에게 변하지 않는 것은 스페인 사랑이라고 저는 생각해요. 신혼여행도 스페인으로 가셨죠?

네, 스페인과 모로코에 다녀왔어요.

누가 오기사 님한테 스페인은 어떤 나라예요? 라고 물어본다면 어떤 매력이 있다고 말씀하실 거예요?

여행 갔던 곳 중에서 가장 좋아하는 곳이 어디냐 물어보면 가장 오래 있던 곳이라고 대답하거든요. 그러니까 사실 캄보디아를 가나 스페인을 가나 프랑스를 가나 미국을 가나 어디가 더 좋다고 할 수가 없는 것 같아요. 결국 마음을 울릴 수 있는 건 그쪽 사람들을 이해하는 거고, 이해한다는 건 시간만이 가능하게 해줄 수 있는 것 같아요. 스페인은 가장 오래 있었기 때문에 가장 좋아해요. 아마 이탈리아에 오래 살았다면 이탈리아, 일본에 오래 살았으면 일본이라고 말했을 것 같아요.

두 발로 그려 나가는
인생의 지도

한국 사람들이 스페인에 관심을 갖게 된 건 얼마 되지 않았죠. 제가 대학에서 스페인어를 전공할 때는 그거 왜 배워? 이런 이야기를 종종 들었어요. 하지만 요즘엔 평생 한 번쯤 꼭 가야 한다고 생각하시는 분들도 많아졌고요. 실제로 요즘 바르셀로나에 가면 길거리에서 정말 최소한 열 명 이상 한국 분들을 만날 수 있을 정도죠. 저는 스페인어 전공자이기 때문에 자연스레 그 나라와 문화 전반에 관심을 갖게 되었는데 오기사 님은 어떤 계기로 스페인에 오래 머물게 되셨어요?

스페인에 가기 전에 일 년 반 정도 세계여행을 하다가 다음은 머무르는 여행을 해보자 해서 바르셀로나로 갔어요. 이 년 반 동안 체류 여행을 했어요. 그렇게 오래 있게 되면 많은 분들이 자기가 떠나왔던 곳에 대해 다시 생각해보게 될 거예요. 보통 우리가 한국에서 사는 게 너무 각박해져서 언젠가 한국을 떠나고 싶다고 생각하지만 떠난 사람들은 대개 아, 내가 원래 있던 곳이 가장 소중한 곳이 아니었을까, 라고 생각하거든요. 스페인에서의 생활이 맘에 들고 행복했지만 그럼에도 한국을 생각했어요. 바르셀로나에 가기 전에 십오 개월 동안 열다섯 개의 나라를 여행하는 긴 여행을 했는데 중간에 브라질에서 강도를 만났어요. 목에 칼이 들어오고, 짐을 다 빼앗기는 경험도 했죠. 그러곤 여행을 계속 했는데, 트라우마가 남아서 무서운 거예요. 그래서 어느 낯선 도시에 가면 첫날은 숙소 주변 반경 백 미터만 왔다 갔다 했죠. 이튿날은 삼백 미터, 그 다음날은 오백 미터. 일주일을 머물러도 반경 일 킬로미터 이내의 정말 안전하고 검

증된 곳만 여행하는 위축된 행보를 하게 되었어요. 그러다 바르셀로나에 가게 됐는데 마침 그곳에서 유학 중인 친구를 만났어요. 그런데 그 친구가 저 혼자 여행할 때는 절대 가지 않을 것 같은 구 시가지의 좁은 골목길을 거침없이 관통해서 어둠 속 희미하게 간판이 빛나는 작은 바에 데려간 거예요. 거기서 맥주를 한잔 마시면서, 바르셀로나에서 살아봐야겠다고 생각한 것 같아요.

아, 어떤 느낌인지 아주 잘 알아요! 여행을 하다 보면 낯선 도시가 나한테 손짓을 하는 순간, 그 도시가 내 마음으로 딱 들어오는 순간이 있어요. 사랑에 빠지는 순간이랑 비슷한 것 같아요. 그런데 신혼여행지를 스페인으로 정한 특별한 이유가 있나요?

여행을 하는 여러 방식이 있는데, 저는 갔던 데 또 가는 여행이 정말 좋아요. 여행은 낯선 곳으로 떠나는 느낌이 있는데 익숙한 듯 낯선 그 느낌, 그리고 옛날과 비교해볼 수 있다는 것도 좋아요. 신기하게도 사오 년 만에 가는 작은 도시에서도 과거의 기억들이 막 떠오르거든요. 그게 주는 즐거움이 있어요. 낯선 곳으로 가는 즐거움만큼이나요.

오래 살았던 곳이지만 그녀와 함께라서 완전히 새로울 수밖에 없었겠네요. 스페인 어디를 여행하셨는지, 신혼여행 이야기 좀 들려주세요.

기간은 이십팔 일 정도로 잡았어요. 저는 개인 사무실을 하고 있는

두 발로 그려 나가는
인생의 지도

데 일정치 않은 수입이 있는 자유직업이란 점이 배우와 비슷한 것 같아요. 그래서 과감하게 떠날 수 있었어요. 일단 비행기가 마드리드로 가기 때문에 거기서 시작을 했어요. 마드리드에서 차를 빌려서 파라도르parador라는 곳을 다니기로 했어요. 스페인뿐 아니라 유럽 전체에 봉건체제가 있었기 때문에 지방에는 영주의 요새나 성 같은 것이 있어요. 근대국가가 되면서 다 폐허가 되었는데, 스페인에서는 그걸 다 나라에서 인수했어요. 그러고는 국영 호텔로 만든 게 파라도르죠. 옛날 요새나 성들은 적의 침입을 잘 봐야 하기도 하고, 가장 힘센 사람들의 건물이었으니까 정말 좋은 위치에 있어요. 보통 산 꼭대기에 있죠. 몇백 년 된 성들을 개조한 파라도르 몇 군데서 자기로 했어요. 저희가 선택했던 곳은 마드리드 근교에 있는 톨레도, 올리브가 유명한 하엔, 요즘 유명한 론다, 아르코스 델 라 프론테라라고 아주 작은 하얀 집들로 이루어진 마을이 있어요. 아랍의 영향으로 하얀 집들을 그림같이 만들어놓은 곳이죠. 산토리니랑도 비슷한데 깊은 산속에 있어요. 거기 갔다가 스페인하고 모로코 사이에 지브롤터라고 하는 영국 땅이 있는데, 거기에서 한 삼 일 머무르고, 배를 타고 모로코로 넘어가서 탕헤르라고 불리는 바닷가 모로코 도시에 머무르고, 페스라고 하는 옛날 마을, 마라케시라고 하는 사하라 사막 입구에 있는 아라비안나이트에 나올 것 같은 도시, 그 다음에 비행기를 타고 마지막 도시로 바르셀로나를 택했죠.

하엔 이야기는 별로 들어본 적이 없어요. 어떠셨어요?

하엔에서는 2박을 했는데 운전하고 가는 길에 끊임없이 올리브 밭이 펼쳐져요. 파라도르에서는 아침 식사를 다 주거든요. 그 동네는 올리브에 자부심이 있으니까 모든 음식에 듬뿍 넣어요. 올리브유를 구색 맞춰서 뿌린 게 아니라 흥건할 정도로요. 모든 요리가 초록색이 되죠. 그 올리브가 완전 맛있어서 행복했던 기억이 납니다. 하엔 성은 벌판에 있는 돌산 위에 지은 거대한 요새예요. 하엔의 파라도르도 정말 좋았어요.

제가 마드리드에 살 때 아무래도 가까우니까 톨레도에 여러 번 갔었는데, 톨레도 파라도르도 유명한 곳 중 하나죠. 하엔의 파라도르도 톨레도 파라도르처럼 전망이 시원하게 펼쳐지나요?

거기보다 훨씬 많이 보여요. 톨레도는 톨레도 시가 보이잖아요. 타호 강이 흐르고 있고. 하엔에서 바라다 보이는 것은 아스라히 너른 풍경인데요, 거기서 옛날 요새를 지키던 사람들한테 감정 이입을 하고 있자면 무어인들이 지중해를 건너 쳐들어와서 나라를 지켜야 하는 그런 비장함 같은 것도 느껴지고요. 풍경의 아스라함이 주는 고독감도 느껴지죠. 물론 신혼여행과 고독은 어울리지 않지만 그럼에도 그 경치가 너무 좋아서 더할 나위 없었던 걸로 기억합니다. 그리고 론다 파라도르도 좋은데, 그 중 2층 방들을 추천하고 싶어요.

론다 파라도르가 절벽 위에 있는 거 맞죠? 그 절벽 사이의 다리가 18세기 건축사에서 중요한 건축물이라고 하던데요, 아무튼 저도 묵었던 기억이 있는데 엄청난 물안개가 피어오르는 게 인상적이었어요. 하필 그 멋진 곳에 가서 배탈이 난 거 있죠. 약을 먹어도 안 나아서 정신이 없는 상태에서 쓰러져 자고 일어났는데 아침에 하얀 물안개가 온 세상을 덮쳤더라고요. 기가 막히게 높은 절벽에 다리가 있고, 마을은 온통 흰 물안개 속에 떠 있는 거예요. 정말 비현실적인 풍경이었어요.

저희도 거기서 비현실적으로 놀았던 기억이 나는데, 숙소에 있는 가운을 입고 새벽안개를 맞으러 호텔 밖으로 나갔어요. 나가서 그 다리를 건넜어요. 새벽 다섯시였어요. 아무도 없는 길에서 막 놀았던 기억이 나요.

일탈, 여행이 주는 뜻밖의 선물

같은 장소에서의 다른 기억, 재미있네요. 사람마다 여행 스타일도 다 다르죠. 신혼여행은 출발 전에 꼼꼼히 계획하고 준비해서 가셨는지요?

저는 여행 계획을 거의 안 세우거든요. 장기여행 같은 경우에는 그냥 첫날 도착했을 때의 숙소 정도만 정해요. 머물고 싶은 만큼 머물고, 떠나고 싶은 곳으로 떠나는 스타일인데, 이번은 첫 신혼여행인데, 그리고 마지막이 될지도 모를 신혼여행인데, 아 이렇게 말하면 안 되나요? (웃음) 처음이자 마지막 신혼여행인데 뭔가 완벽해야 하잖아요. 그래서 이번엔 모든 루트와 숙소를 정하고, 스페인에서 모로코로 가는 뱃시간까지 다 조사하고 갔어요. 난생처음이죠. 그런데 결과적으로 여행에서 가장 좋았던 세 번의 순간이 있었는데 그 순간들은 하나같이 계획에서 잠시 벗어났다는 공통점이 있었어요.

어떤 일탈을 하셨는데요?

어쩌다 보니 스페인에서의 일정이 다 산악지역이었던 거예요. 황무지에 먼지 냄새가 많이 나는 곳들만 다니다 보니 아르코스 델 라 프론테라도 분명 아름다운 동넨데, 거기 갈 때쯤 산에 지친 거예요. 아, 또 흙색이네. 또 올리브 나무고 또 해바라기네, 그런 생각이 들었어요. 아, 우리가 바다를 볼 때가 됐나봐 하면서 테라스에 앉아서 스마트폰 앱으로 내일 당장 가볼 수 있는 바닷가 마을을 검색해 봤어요. 지도에서 호텔을 정할 수 있는 기능이 있는데, 지도에 멀찍이 뚝 떨어져 있는 무언가가 있었어요. 커다란 동네 이름은 산로케고, 그 안의 소토 그란데란 곳인데, 스페인에 부동산 바람이 한번 확 불었을 때 영국이랑 독일 사람들이 부동산 투자를 해서 만들어놓은 마을이에요. 그냥 베드타운 같은 곳인데 저희는 비싸지 않고, 평도 좋고, 깨끗해 보이는 호텔을 예약하고 운전해서 갔어요. 산 속에서 열흘을 보낸 다음에 푸르른 지중해를 보는 기쁨도 큰 데다 새로 개발한 마을이어서 엄청 깨끗하기까지 한 거예요. 미국의 전형적인 바닷가 마을 같은 느낌이 들면서, 스페인인지 미국인지 모르겠다 싶더라고요. 바다를 보며 환희가 느껴졌어요. 거기서 자전거를 빌려서 바닷가를 막 다니고, 아무도 없는 해변에서 둘만 놀았어요.

스페인에 사람이 얼마나 많은데 아까부터 둘만 있었다고 하시는 거예요? (웃음)
그러니까 작은 동네에 가서야 돼요. 사실 꼭 추천 드리고 싶은 곳은 아니에요. 만일 거기를 계획해서 갔더라면 뭐 그저 그런 바닷가네 그랬을 텐데, 전혀 생각하지 않았던 순간의 일탈이 주는 즐거움이 컸을 거예요. 그리고 바로 전의 여정이 텁텁한 산중을 다닌 여행이었던 게 그 바다를 세상에 둘도 없는 아름다운 곳으로 만들어준 게 아닌가 하는 생각이 들어요. 제가 추천 드리고 싶은 거는 아무리 계획적인 여행이더라도 한 번쯤은 벗어나보면 좋겠다는 거죠. 그게 꼭 좋은 결과가 나오지 않을 수도 있지만요. 기대하지 않았던 것을 만나는 게 좋았던 거 같아요. 우린 일단 산을 벗어나자, 해서 갔던 게 좋은 기억으로 남았어요.

그 다음 여행이 지브롤터에서 모로코로 넘어가는 거였죠. 그 여정은 어땠나요?
지브롤터에서 배를 타고 사십 분만 가면 아프리카로 넘어가는 거예요. 혹시 『연금술사』 읽어보셨어요? 스페인 남부랑 모로코를 여행하실 때는 『연금술사』를 꼭 읽어보시고 가면 좋을 거예요. 스페인에서 목동이었던 주인공 산티아고가 타리파에서 배를 타고 탕헤르라는 도시에 처음 갔을 때 모든 것을 잃고 다시 시작하는 이야기잖아요. 탕헤르는 다른 모로코 도시에 비해 규모가 작아요. 그럼에도 모든 것이 절실하게 다가올 거예요. 사십 분만 배를 타고 가면 완전히 다른 세계, 다른 대륙이 펼쳐지는 걸 경험하기엔 스페인 남부랑 탕헤르만 한 곳이 없는 것 같아요.

모로코에선 어떤 프랑스인 할머니가 옛날 집을 개조해서 수십 년째 호텔로 운영하고 있는 곳을 예약했어요. 배에서 내려 택시를 하나 불러달라 해서 그걸 타고 좁은 골목골목을 무거운 짐을 지고 가서 묵었죠.

프랑스 사람들 중에는 모로코에 갔다가 그곳에 정착해서 자녀를 낳은 분들이 많아요. 제가 프랑스에 살면서 진짜 가족 같은 분이 생겼는데, 그 할머니가 모로코에서 태어났어요. 프랑스 사람들이 약간 새침떼기 같은 면이 있는데, 그분은 아프리카인 같은 마음을 지닌 분이었어요. 그래서 전 모로코라는 나라에 관심이 많은데, 실제로 가보니 첫인상이 어떠셨는지요?

저는 모로코가 두번째였거든요. 어떤 느낌을 이미 기대하고 갔었어요. 유럽의 중세 골목길이 구불구불 하잖아요. 그것의 다섯 배 정도 구불구불해요. 몇백 년 역사를 가진 사막의 도시들이 있는 곳이에요. 사막의 도시, 오아시스에 이르기 위해 수많은 낙타 행렬들이 와서 마침내 그 도시가 보였을 때 환희를 느꼈던 곳, 사막을 건너며 입속 가득한 모래바람을 간직한 채 만나게 되는 도시, 그 피로를 해소

하던 최종 목적지, 뭐 그런 느낌. 저희는 탕헤르에 도착해서 기차를 타고 페스로 갔어요. 일곱 시간 걸렸죠.

그 기차 여행은 어땠나요? 풍광이 좋아요?

똑같은 사막이 죽 이어져요. 낙타를 타고 갔으면 삼사 일 걸렸을 거예요. 모로코에서 두번째 세번째 일탈을 했어요. 탕헤르에서 페스로 갈 때 기차를 한번 탔잖아요. 페스에서 마라케시로 갈 때 다시 열 시간 동안 기차를 탔어야 했는데, 기차는 타봤으니 다르게 가보자, 하고 다른 교통수단을 찾았어요. 호텔에다 우리 마라케시까지 가려는데 차와 기사분을 알아봐달라 부탁했어요. 자동차를 타고 어느 길로 가나 했더니 카사블랑카를 들러서 대서양 연안 근처를 살짝 거쳐서 가더라고요. 고속도로 대신 해안도로를 달리다 기사분한테 우리 점심이 늦어지더라도 어딘가 바다가 보이는 식당에서 먹고 싶다고 했더니, 아주 작은 마을 호텔에 데려다주셨어요. 거기 눈앞에서 대서양이 펼쳐지는데 하늘색은 바다색이고 바다색은 하늘색인데, 그건 정말이지……, 아…… 정말 아름다웠어요.

잠깐 상상을 해볼게요. 우리 기차는 한번 탔으니까 차를 타보자. 그렇게 일탈을 하는 것도 묘한 즐거움이 있는데, 사막을 달려서 바다가 보이는 레스토랑에 도착해서 바다색이 하늘색이고 하늘색이 바다색이고……. 정말 멋진데요. 거기가 어딘지 궁금하면서도 또 굳이 알지 않아도 될 것 같고, 상상만으로도 너무 좋은 곳이네요.

그 기사분도 잘 몰랐어요. 저희를 위해서 동네분들한테 물어보면서 데려다주셨거든요.

신혼여행을 참 용감하게 하셨네요. 두 분 모두 아티스트잖아요. 그런 아름다운 곳을 발견했을 때 혹시 마음으로 즐기는 것 말고, 그림을 그린다든지 사진을 찍는다든지 무언가 다른 기록을 하시나요?

이번 신혼여행은 서로의 사진을 찍어주는 데 시간을 많이 투자했던 것 같아요. 저는 보통 혼자 여행 가면 그림을 그리는데, 신혼여행이니만큼 무조건 그녀에게 집중했죠. 모든 남자들이 그렇지 않나요?

그런가요? (웃음) 그 다양한 경로를 통한 행복한 여행 끝에 마라케시까지 가셨는데, 거긴 어땠나요?

마라케시는 조금 관광지화 되긴 했지만 그럼에도 불구하고 아라비안나이트에 나올 것 같은 수많은 이미지를 충족시켜주는 곳이에요. 제마엘프나라는 광장이 있어요. 그 광장에서 하루 종일 시간을 보내는 것만으로도 충분한 여행이 되는 것 같아요. 거기엔 모든 것이 있거든요. 조금만 걸어 들어가면 미로 같은 시장이 있고, 그 광장에는 마실 것들, 주스들, 온갖 양의 부위를 파는 식당들이 있어요. 그것도 종일 시장이 서 있는 게 아니고, 밤이 되면 생겨서 막 연기가 피어오르다 새벽이 되면 사라지죠. 그리고 코브라를 앞에 두고 피리 부는 아저씨, 원숭이를 두고 쇼하는 사람들, 점 보는 사람들……. 제일 재미있는 건 우린 전혀 알아듣진 못하지만 구술꾼들이 있어요. 옛날 아라비아에서는 책을 못 읽었잖아요. 이야기를 말로 신나게 해준 다음 그 대가로 돈을 받는 그런 사람들이 있어요.

와, 정말 영화 속 세상 같네요. 세번째 일탈은 어떤 것이었나요? 할리우드 대스타를 만나셨다고 얼핏 들었는데요.

어떤 영국인 여행자한테 마라케시에 가면 정말 세계 최고의 호텔이 있다는 이야기를 들었어요. 이미 저희도 마라케시의 좋은 호텔을 3박 예약했는데 그게 취소가 안 되는 상황이었거든요. 그런데 거길 꼭 가보고 싶은 기예요. 또 언제 와보겠냐 싶어서 2박을 하고 마지막 1박을 포기했어요. 엄청난 돈을 포기한 거죠. 그리고 더 비싼 돈을 주고 마무니아라는 호텔에 갔었어요. 저도 좋은 호텔도 가보고 제일 싼 숙소도 가보고 여러 가지 숙소를 많이 경험했는데 그 중 제일 좋았던 것 같아요. 사실 저는 말씀드린 것처럼 어떤 게 제일 좋다는 표현을 안 한다고 했잖아요. 그런데 그녀가 제일 좋아했어요. 그래서 덩달아 제일 좋다고 느낀 것 같아요. 아름답고 웅장하고 역사도 깊은 곳이었죠. 호텔에 아름다운 정원이 있는데 그곳을 하루 종일 걸어도 좋을 것 같았어요. 방도 한껏 즐기고 로비도 한껏 즐긴 다음에 정원 수영장에서 선베드에다 짐을 풀어놓고 수영하고 놀다가 또 수건만 걸치고 정원을 산책하고 있었어요. 정원 한 구석에 무슨 관리채 같은 집이 하나 있는 거예요. 저게 뭔가 하고 슥 가서 봤는데 집이더라고요. 돌아서 오고 있는데 저 멀리에서 남자 한 명이 오는 거예요. 브루스 윌리스였어요. 모로코에 영화를 찍으러 오셔서 그곳의 최고급 스위트룸인 그 별채를 쓰고 있었대요.

인사하셨어요?

아니요. 처음엔 못 알아봤어요. 지나치면서 서로 안 쳐다봤죠. 그러다 마지막 순간에 아, 한 거예요. 그러고는 모로코 지나서 바르셀로나에 갔었는데, 되게 작은 호텔에 묵었어요. 방이 열 개 정도인 그 호텔의 식당이 되게 유명하대요. 그곳에선 벤 스틸러를 봤죠. 유명한 분을 두 번 만나는 신혼여행이었어요.

　신혼여행 추억담을 푸는 내내 오기사의 얼굴에선 미소가 가시지 않았다. 심지어 레몬 던지다 혼난 얘기를 할 때조차도 그의 눈은 '행복해 죽겠어요'라고 말하는 것 같았으니 말이다. 두 사람이 한 곳을 향해 같이 걸어 나가는 일은 얼마나 위대한가. 그 시작이 된 신혼여행을 살짝 엿보는 것은 큰 즐거움이었다. 그런데 오기사의 삶이 계속 궁금한 것은 그가 여러 분야에서 성공하고 아름다운 부인을 얻은 남자이기 때문만은 아니다. 그의 엉뚱하고 기발한 상상력은 그림을 넘어 다른 곳으로도 뻗어나가고 있다.

우연히 시작한 우연한 배낭여행

'우연한 배낭여행, 오기사 엄지원 부부가 여행을 기부하다.' 이런 기사를 보았어요. 여행 기부란 뭔가요?

제가 참 결혼을 잘 했어요. 결혼하기 전에는 상상하지 못한 것들을 하게 된 게 있는데, 그 중 우연한 배낭여행이 가장 큰 일이었어요. 한 달간의 신혼여행을 마치고 돌아오는 비행기 안에서, 우리 부부가 각자 열심히 잘 살아왔는데 같이 뭔가 좋은 일을 해볼 수 있으면 좋겠다는 이야기를 했어요. 자기가 즐기는 일을 통해 좋은 일도 할 수 있으면 서로 즐겁지 않을까, 그랬더니 지원 씨가 저는 여행을 좋아하니까 여행으로 좋은 일을 하면 되겠다고 말했어요. 그 순간 제 맘에 불이 반짝였고 그것이 우연한 배낭여행의 시작이었어요. 여행이 제게 준 게 너무 많았기 때문에 여행을 한 번도 경험하지 못했던 친구들에게 배낭여행의 경험을 주고 나도 그 시간을 함께 하자, 했던 게 이 프로젝트가 만들어진 배경이죠.

진짜 멋집니다. 우리가 거의 비슷한 시간에 스페인 여행을 하고 스페인에 대한 책이 나와서 인연이 됐잖아요. 전 이 기사를 보고 깜짝 놀란 게요, 제가 손미나 앤컴퍼니란 회사를 만들고 가장 처음으로 한 일이 여행 기부였어요. 프로방스로 열 명 정도의 젊은 친구들을 선발해서 같이 여행을 다녀왔거든요. 오기사 님과 저는 무슨 텔레파시가 통하는 사람들처럼 비슷한 시기에 비슷한 일을 한 게

114

두 발로 그려 나가는
인생의 지도

많네요. 오기사 님의 프로젝트 첫 여행지는 인도라고 들었어요. 언제 가셨어요?

2015년 1월 4일에 선발대가 출발했고, 저는 후발대로 17일에 출발해서 30일에 돌아왔습니다. 맨 처음에 누구랑 같이 갈지를 결정하는 게 가장 어려운 일이었던 것 같아요. 정말 필요한 사람들한테 이 혜택이 갔으면 좋겠다고 생각해서 처음엔 몇 군데 NGO 쪽에 요청을 했었어요. 나 이런 사람이고 이런 일을 하고 싶은데 혹시 적정한 분들 서너 분만 추천해주면 안 되겠냐, 했더니 자기들이 공식적으로 내세울 수 있는 사업이 아니면 안 된다는 답을 받았어요. 제가 후원금을 내고 있던 단체에 문의했었는데 그런 답을 듣는 바람에 삐쳐가지고, 후원금 끊고 다른 데로 다 옮겼어요. (웃음)

그럼 어떻게 선발해서 어떤 분들과 함께 가셨어요?

요즘 SNS가 발달되어 있으니까, 일단 제 개인 블로그에 모집 공고를 올리고 그걸 SNS에 올리고, 좀 퍼뜨려달라고 했어요. 자격은 정말 여행을 가고 싶었는데, 갈 기회가 없던 18~24세 사이의 남자들. 여행 가고 싶은 이유를 열 줄 정도 써달라고 했더니 백 분 정도 신청을 하셨고, 그 중 네 명을 뽑아서 8월에 연락을 하고 9월부터 한 달에 한 번 모여서 회의를 하기 시작했어요. 공고를 할 때, 제가 제공하는 건 항공권, 배낭, 여권 비자 발급비, 플러스 1000불 정도의 현지 생활비라고 했었거든요. 아무래도 겨울에 갈 것 같으니까 따뜻한 데 가면 좋을 것 같아서 미끼를 호주라고 던져놨어요. 제발 추운

데는 가지 마라, 하고요. 애들끼리 모여서 어디로 갈지 회의를 했어요. 서로 낯설 텐데도 약간 상기된 모습으로 회의하는 모습을 보는게 결혼했을 때만큼 행복했어요. 그 모습을 보고 있는 것만으로도 내가 여기에 투자하는 돈의 가치를 다 누렸다고 느꼈죠.

감동적이네요. 그 친구들한테도 평생 잊지 못할 선물이 되었을 거예요.
네. 그 이후로는 모두 덤이라고 생각할 정도로 행복을 느꼈는데, 그 친구들이 목적지를 인도로 확 바꿔버린 거예요. 감동을 싹 잊어버릴 정도의 결정이었죠. (웃음) 같은 돈으로 한 달은 있을 수 있는 인도로 가면 좋겠다, 배낭여행 하면 인도 아니냐, 하면서 학생들이 바꿔버린 거죠. 저는 아무런 의견을 내지 않았어요. 하지만 속으론 울었죠. 이제부터 고생하겠구나.

이 나이에 인도라니……
: 다시 가보니 새로 얻는 게 있더라

아, 장소도 그 친구들이 알아서 정하는 거였군요. 어떤 친구들이었어요? 백 명 중 네 명을 선발했다면 뭔가 느낌이 남달랐기 때문에 뽑으셨을 것 같아요. 기준이 뭐였나요?
이 프로젝트의 제목이 우연한 배낭여행이잖아요. 제목도 우연히 정

두 발로 그려 나가는
인생의 지도

했고, 사실 열심히 글을 써준 친구들한테 미안하지만 뽑은 것도 우연히 뽑았어요. 에세이를 읽었을 때 더 절실한 친구도 있고 더 어려운 친구도 있었겠지만, 사실 삶이 그런 것 같아요. 이 여행 한번 뽑힌다고 인생이 확 피는 것도 아니고, 이거 떨어졌다고 인생이 망가지는 것도 아니잖아요. 그냥 우연히 네 명이 눈에 들어와서 이 친구들이랑 가면 좋겠다, 하고 뽑았어요.

그렇게 우연히 만나서 우연히 떠나게 되었는데, 왜 선발대 후발대 나눠 가신 거예요?

일단 시간을 투자한다고 했는데, 제가 개인 사무실을 운영하고 급박하게 돌아가는 여러 가지 일들이 있거든요. 이 주를 비운다는 것도 제게는 큰 모험이었는데 갑자기 애들이 한 달 간다고 하는데 한 달 비울 자신은 아직까진 없었어요. 그래서 먼저 가라, 남자 넷인데 여행 처음 해본다고 무슨 일이 생기겠냐. 나는 첫 여행부터 혼자 갔었다 하며 보내고, 저는 삼 주째 합류했죠. 내심 넷이 그렇게 여행을 하다가 제가 끼어들어가는 과정도 재미있을 거라고 생각했어요.

첫 이 주간 그 친구들은 어디를 다녔나요?

저도 못 가본 데를 갔더라고요. 델리로 떨어져서 우다이푸르 자이푸르 자이살메르란 곳에 갔는데 나중에 여행이 끝날 때쯤 어디가 제일 좋았냐 물어보니 다 자이살메르라고 해요. 거기가 사막이거든요.

낙타를 타고 가서—좀 비싼 캠프를 갔으면 텐트도 쳐주고 했을 텐데—그냥 사막 벌판에 이불 깔고 잤대요. 밤에 무수한 별을 보면서 잤던 기억이 가장 좋았다고 하더라고요. 한 명은 무척 낯을 가리는 성격이었는데, 하필 자이살메르 사막에서 배탈이 나서 저 수많은 은하수의 별과 함께 똥을 누었던 기억…… (웃음) 그런 게 좋았나보더라고요. 자이살메르는 파키스탄 국경 부근에 있는 사막지대예요. 그리고 오래된 요새 도시가 있고요. 조드푸르란 곳에도 갔는데 거긴 별로였대요. 그러고 다시 델리로 와서 저를 만난 거죠.

우다이푸르, 자이푸르, 자이살메르, 조드푸르 네 군데를 여행하고 델리 공항에서 오기사 님이랑 다시 만났잖아요. 그때 친구들이 어떻게 달라져 있던가요?
일단 인도 여행 전문가가 된 거 같았어요. 슬리퍼 끌고 다니면서 지저분한 것이 널려 있는 길을 슥슥 아무렇지 않게 헤쳐 지나가면서요. 제가 한국에서 출발하면서 마지막으로 문자를 보내났거든요. 나이제 출발한다. 내 방도 하나 잡아놔라. 밤안개가 끼어 있는 델리공항에 도착을 하니 거기에 수많은 인도 사람들이 피켓을 들고 기다리고 있었죠. 그 사이에 저 멀리 한글로 '오기사 님' 이렇게 써 있는 거예요. 저 외국을 정말 많이 나가봤었는데, 그런 경험은 처음이어서 아주 기억에 남았어요.

이 주 만에 만나서 가장 처음 한 일이 뭐예요?

두 발로 그려 나가는
인생의 지도

이 친구들이 좋은 숙소를 잡아났다는 거예요. 바로 직전 도시가 자이살메르였는데, 거기 숙소보다 훨씬 좋다더라고요. 파하르간지라고 배낭여행자들이 모이는 곳이 있거든요. 거기 시장 골목을 수없이 거쳐 숙소로 갔는데, 그 골목을 가는 순간 짐작이 가는 거죠. 이 친구들이 좋다고 한 게 최저에서 한 단계 올라간 거구나. 봤더니 두 명이 들어가면 꽉 찰 것 같은 방 두 개를 빌려놓고, 거기서 다섯 명이 구겨 자야 하는 상황인 거죠. 저는 스무 살 때도 그렇게 안 했을 것 같거든요. 거기서 슬리퍼 끌고 짜이 한잔 마시고 하는 친구들한테 감동하면서도 아, 이게 뭐냐, 란 생각이 들더라고요. 왜냐면 제가 어쨌든 여행 경비를 대주었으니, 그 경비로 어느 정도 수준으로 여행할 수 있는지 알잖아요. 이 친구들은 분명히 하루에 이삼만 원짜리 방에서 자도 되거든요. 그런데 팔천 원짜리에서 자는 거예요. 여행의 재미 중에 싸게 아끼는 즐거움이 있으니 뭐라 할 수는 없고, 그렇지만 나이도 먹었으니 뜨거운 물에 씻고도 싶은데 더운 물도 제대로 안 나오는 곳에 있으려니 괴롭고 그랬죠. 그럼에도 불구하고 즐겁게 여정을 시작했고, 도착한 다음날 아그라로 갔어요. 그 유명한 타지마할이 있는.

그 이야기 좀 들려주세요.

타지마할이 있는 아그라는 델리에서 기차로 세 시간 거리에 있어요. 델리에서 여섯시 저녁 기차를 타고 아홉시에 도착해서 숙소를 구해야 하는데 여섯시에 오기로 한 기차가 열두시 넘어서도 안 오는 거예요. 새벽 한시에 왔어요. 새벽 한시에 출발해서 새벽 네시에 도착하면 어떡하지 했는데 다행히(?!) 또 세 시간 늦어졌어요. 중간에 가다가 서고, 가다가 서고. 겨울철 북부 인도는 안개가 되게 짙게 낀대요. 항상 안개가 끼어 있었는데, 그게 너무 짙어지면 기차가 안전 때문에 설 수밖에 없다고 하더라고요. 첫날부터 기차 아홉 시간 연착. 그렇게 아그라에 도착했어요. 저는 사실 인도를 한번 가봤거든요. 타지마할도 봤었고.

함께 간 친구들이 인도에 적응했다고 네 명이 같은 의견을 가질 리는 없거든요. 두 명은 싼 여행을 원했고, 두 명은 그래도 할 수 있는 건 다 하자는 식이었고요. 이동할 때마다 약간씩 아웅다웅 하면서 가는 재미가 있었어요. 그러다가 타지마할을 딱 봤는데, 아마 두 번 봐도 열 번 봐도 감동일 것 같아요.

저는 사진으로만 봤는데…… 실제로 보면 과연 어떤 느낌일까요?

건축적으로 의미가 있거나 감동이 있는 건 아닌 것 같아요. 물론 제 시선이 서양 건축사를 기반으로 한 어떤 건축 이론을 배경으로 해서 그럴지 몰라도 타지마할은 건축이라기보다는 엄청난 조각이고 예술인 거죠. 그게 건물의 이름을 가지고 거대한 스케일에, 무덤의 기능을 가지고 있기 때문에 건축의 영역에 속하긴 하지만, 어떤 아름다운 조각, 어떤 아름다운 그림을 봤을 때보다 감동적인 작품입니다.

타지마할을 보고 눈물을 주룩주룩 흘렸다는 분도 계세요. 정말 한 번쯤은 보고 싶어요. 그 친구들은 어떤 반응을 보이던가요?

일단 다들 타지마할에 대한 기대가 컸죠. 우선 타지마할은 완벽한 대칭이에요. 이런 게 바로 완결이구나, 여기서 플러스 알파는 있을 수 없겠구나 하는 느낌을 주는 대상이죠. 또 타지마할은 정말 새하얀데 그건 건축하는 사람들이 제일 좋아하는 색이죠. 왜냐면 어떤 색은 어떤 의미를 갖고 있다고 생각하는데 색이 들어가는 순간 건축의 의미가 약간 더 국한되는 것 같기 때문이에요. 반면 흰색은 어떤 색도 다 받아들일 수 있는 색이고요. 흰색에 태양빛이 더해지면 빨간 건물이 되는 거고, 낮이 되면 흰색이 되고 파란빛이 더해지면 파란 건물이 되는 거죠. 그런 게 흰색인데 흰색 페인트보다도 아름다운 건 흰색 대리석이에요. 흰색 대리석으로 완벽한 대칭을 이루고 있는 데다 멀리서 봐도 큰데 가까이 다가갈수록 점점 생각지 못한 크기가 다가오니까 이건 초현실인 거죠. 사실 그 친구들의 반응에 별로 관심을 가질 여유가 없었어요. 저 스스로 감동하기 바빴으니까요.

그래도 여행을 선물해준 사람인데 얼마나 즐기고 있나? 궁금하셨을 것 같은데.

저는 출발할 때 그 친구들한테 그런 얘길 했었어요. 우리는 인천공항에 돌아온 다음에 하루 정도 더 만날 수는 있겠지만, 그 다음엔 안녕하고 각자 인생을 사는 거다. 이 모임은 잠시 있었던 해프닝으로 끝났으면 좋겠다. 대신 내가 너희들한테 바라는 거는 나에게 보여주든 나중에 모아서 책을 내든 어떤 방법으로든 매일같이 기록을 해라. 그게 너희들에게 소중한 자산이 될 거다, 정도의 전제 조건만 달았어요. 그게 처음부터 제가 원한 이 여행의 방식이었죠.

혹시 지금도 연락을 하시나요?

다 같이 장염을 앓고 있다는 소식을 들은 이후론 연락이 없는데, 돌아오기 전날 마지막 만찬을 하면서 많은 이야기들을 했어요. 한 명은 글 쓰는 걸 좋아해서, 혹시 자기들이 썼던 기록이 다른 방식으로 쓰일 수 있지 않을까 의견을 냈어요. 그거는 내가 결정할 수 있는 것도 아니고 너희가 결정할 수 있는 것도 아니고, 그 글이 만일 정말 진솔하다면 누군가 알아줄 거다. 정도로 말했는데, 그 친구가 준비가 되면 연락을 할 것도 같아요.

참 개성 있으세요. 여행을 준비하는 방식도. 저희는 자선여행이라고 해도 완전히 오기사 님과는 스타일이 달라요. 마치 우리가 쓴 책들처럼 같고 또 다르고, 다르고 또 같고. 아, 갑자기 이 생각이 나네요. 제 스페인 책에 있는 이야기인데 우연히 비행기에서 만난 아프리카 노신사에게 도움을 받은 적이 있거든요. 제가 신세를 갚을 테니 연락처를 달라고 해도 그냥 열심히 살다가 나중에 네가 누군가를 도와줄 수 있을 때가 오면 도와주라고 그런 얘길 하셨던 기억이 있어요. 제가 여행 선물을 시작한 것도 그분과의 약속 때문이었는데, 오기사 님 여행 이야기에서도 그런 느낌이 들어 아주 마음이 따뜻해집니다.

바라나시의 똥에서 얻은 깨달음

바라나시에 가면 사람들이 아무것도 안 한다면서요?

일단 할 일이 별로 없어요. 갠지스 강이 인도의 성지고 거기서 죽음을 맞이하는 게, 그 강에서 목욕 한번 하는 게 힌두교도들에게는 의미가 있죠. 상식적으로 죽음의 장소라는 곳이 와자지껄할 리가 없잖아요. 그런데 와자지껄 해요. 들어가면 안 될 것 같은 시커먼 물에 들어가 목욕을 하는 걸 가만히 앉아서 구경하면서 왜 저 사람들은 저렇게 할 수 있을까를 생각하다 보면 하루가 지나가요. 바라나시는 그런 곳이에요. 갠지스 강을 따라서 강둑이 죽 이어져 있는데 거기에 앉아 있는 게 가장 큰 할 일인 거죠. 그곳은 실은 하도 여행객들이 많이 오기 때문에, 재미있는 것들이 많이 있어요. 인도의 악기를 배워볼 수도 있고, 라씨를 맛있게 만드는 곳도 많이 있고요. 그런데 저는 이번에 바라나시에 가서 느낀 걸 단 한마디로 표현하자면 똥. 이렇게 말할 수 있어요.

왜 지금까지 극찬을 하시다가……

똥이 나쁜 건 아니잖아요. 바라나시의 골목길은 비포장인데, 거기에는 인도의 어떤 곳보다 많은 소들이 있고, 수많은 소들이 싸놓은 똥이 있고, 수많은 원숭이가 있고, 원숭이가 싸놓은 똥이 있고, 수많은 사람들이 있고, 그 중 몇 명은 길에다 똥을 싸요. 그런데 잘 피해 다니면 되거든요. 그런데 저희가 있는 이틀 동안 비가 왔어요. 그랬더니 개네들이 그대로 퍼지는 거예요. 일 센티 정도 되는 황토색 층이 거리를 좍 덮은 거죠. 아무리 잘 걸어도 결국 그 물질이 신발에 닿고, 그 신발이 완전히 방수가 되는 신발이 아니라면 다 흘러 들어와서 발끝에 닿는 느낌에서 자유로울 수가 없거든요. 저는 웬만한 건 다 마음에 달려 있다고 생각하는 스타일이어서 버티려고 했는데, 그건 조금 힘들더라고요. 그런데 어쩔 수가 없었어요. 거기는 바라나시였고, 저는 다음다음 날 떠나기로 되어 있었으니까요.

그럼 어느 순간 그걸 받아들이게 되나요?
안 받아들인다고 대안이 있는 건 아니었거든요.

그럼에도 안 좋은 기억으로 남았으면 말씀 안 하실 텐데, 그런 것들이 좋은 기억으로 남았다는 건 뭔가 그걸 받아들이고 포기하게 되는 순간이 있다거나 그걸 뛰어넘을 정도로 이 도시에서 좋은 것들이 있었을 것 같아요.
저는 똥 자체가 재밌었던 것 같아요. 그리고 거기서 깨달음까진 아닌데 뭔가를 느꼈어요. 거리가 말라 있을 때 똥들이 많았잖아요. 그걸 보면서 저걸 누가 치울까 생각했었는데, 그게 소멸되고 자연화되는 과정을 경험한 것 같아요. 비가 오고 똥이 퍼지고 마르면 가루가 되고 먼지로 흩날려서 대기에 똥가루가 흘러 다니는구나. 예전에 인도에 가면 옆에서 아이들이 목욕을 하고, 그 한쪽에선 시체를 태우고 하는 모습을 볼 수 있다는 얘기를 들었어요. 그래서 생명의 탄생부터 죽음까지의 과정을 한눈에 볼 수 있는 곳이란 말을 많이 들었는데, 배설물들의 생성과 소멸 과정을 보면서 어찌 보면 인생의 고민 같은 것도 비슷하지 않을까 그런 생각을 했어요.

바라나시는 사실 강변의 모습, 거기에 모이는 인도 사람들의 경건한 모습 자체를 바라보는 것만으로도 시간을 보내기 좋습니다. 강변의 양쪽으로 오백 미터 정도 떨어진 곳에 화장터가 있어요. 우리나라 화장터는 기계화되어서 관을 넣고 결과물만 받잖아요. 거기선 정말 시체가 장작 위에 얹히고 타는 모습을 가족들이 담담하게 바라봐요. 그걸 낯선이도 같이 볼 수 있는데 저도 처음 봤어요. 어떤 할아버지께서 이승에서의 마지막 순간을 가족이 지켜보는 가운데 불길과 함께 가시는 걸 봤는데, 그분들은 일단 죽음을 대하는 자세가 달라요. 오히려 제가 경건하게 위축되어 있었던 것 같아요. 가족분들은 장작 위의 시신 주위에 동그랗게 둘러서서 셀카를 찍기도 하더라고요. 어차피 사는 건 죽음을 향해 가는 거고, 누구나 죽을 수밖에 없다는 전제를 받아들이는 거죠.

현재가 중요하다, 인간은 모두 죽는 존재이니 인생을 즐겨야 한다. 그렇게 말은 하지만 그걸 받아들이고 사는 건 쉽지 않고요. 특히 우리 사회처럼 세상이 영원할 것처럼 모든 시간을 돈 버는 데 쓰고 일하는 데 쓰고 성공하는 데 쓰고, 그러지 않으면 낙오자처럼 만드는 분위기에서는, 우리가 한낱 인간에 불과

하고 언젠가 먼지가 되어 사라질 존재라는 것을 생각할 기회조차 없거든요. 이런 곳을 여행하면 정말 많은 것들이 가슴에 다가오겠어요.

경주의 유적지랑 비슷한 거 같아요. 고등학생 때 보는 경주와 대학생 때 보는 경주, 서른 넘어 보는 경주와 더 많은 나이에 보는 경주가 다른 것처럼, 바라나시의 풍경도 볼 때마다 다른 것을 생각하게 만드는 것 같아요.

앞으로 어떤 계획 있으세요?

제가 좋아하는 걸로 좋은 일을 하겠다고 했었잖아요. 제가 좋아하는 것은 건축하고 여행이거든요. 건축으로 좋은 일을 하는 건 언젠가의 꿈으로 미뤄두고 여행으로 좋은 일을 하는 건 시작을 했는데, 사실 시작하는 것보다 어려운 것은 꾸준히 하는 것 같아요. 꾸준히 한 해 한 해 계속 만들어가고 싶다는 생각이 있고요. 그걸 하기 위해서는 돈이 많이 들잖아요. 열심히 돈 벌어야죠. 사무실 일도 열심히 하고, 가정 일도 잘하고, 그러겠습니다.

오기사 님의 많은 책들, 앞으로 하는 프로젝트들 많이 응원하겠습니다. 멋지게 살아가시는 모습 계속 보여주세요.

· · · ·

오기사는 볼수록 재미있는 사람이다. 거침없는 듯 보이다가도 속

깊고 따뜻한 감성소년 같기도 하고 초등학생처럼 오물 이야기로 키득거리는 것 같지만 실은 그런 것에서조차 삶과 죽음에 대한 철학을 발견한다. 성공하기 위한 목적을 가지고 달리기보단 그저 바람처럼 세상을 돌다 만나지는 인연들에 최선을 다하는 이 건축가이자 종합 예술가가 앞으로는 어떤 새로운 시도를 할지 몹시 궁금하다. 그가 하는 이야기에 모두 공감하긴 힘들지라도, 오기사가 세상을 바라보는 렌즈는 분명 우리에게 새로운 시각을 던지며 자극을 줄 것이기 때문이다. 십 년쯤 후에 다시 오기사와 마주 앉아 여행 이야기를 두런두런 할 수 있으면 좋겠다.

나의 우주는
날마다
조금씩
넓어집니다

가수에서 국제변호사로, 성장하는 사람 이소은의
뉴욕 · 프라하 · 부다페스트

이
소
은

·
○

1982년 출생. 1996년 'EBS 청소년 창작 음악의 밤'에 참가했다 윤상의 눈에 띄어 가수로 데뷔했다. 1998년 1집 〈소녀〉 이후, 4장의 음반을 발표했다. 이승환, 윤상, 김동률, 토이, 패닉 등의 앨범에 참여했다. 음악으로 얻은 영향력을 더 좋은 일에 쓰고 싶어 변호사가 되기로 결심, 미국 노스웨스턴 로스쿨에 진학해 2012년 여름 법학전문 박사학위를 취득했다. 현재 국제상업회의소(ICC-International Chamber of Commerce) 뉴욕 지사의 디퓨티 디렉터로 활동하고 있다.

무라카미 하루키가 이렇게 말했다. "인생의 목적은 사랑받는 사람이 되는 게 아니라, 자기 자신이 되는 거야." 나는 과연 얼마나 나답게 살고 있을까? 인생의 매순간을 진정한 자신의 모습으로 살아가는 것, 그보다 중요한 일은 없을 것이다. 그런데 무한 경쟁 사회를 살아내야 하는 현대인들에게는 결코 쉬운 문제가 아니다. 나를 온전한 나로 만들어주는 계기, 즉 자발적 안식의 시간이 되는 '길 위의 학교' 여행이 취미가 아닌 삶의 일부가 되어야 하는 이유 중 하나다.

나보다 한참 어린 동생이지만 야무지게 인생을 빚어가는 모습을 보면 '이 사람이야말로 자기 자신으로 살아가는 법을 아는구나' 싶

나의 우주는 날마다
조금씩 넓어집니다

어 존경스러운 사람이 있다. 한때 가요계의 '엄친딸'로 불렸던 이소은도 그렇다. 그녀가 미국에서 로스쿨을 졸업하고 변호사로서 멋진 활동을 펼치고 있다는 걸 아는 사람이 얼마나 될까. 사실 이소은과 나는 이런 저런 인연이 깊다. 우선 대학 선후배 사이이고 분야는 다르지만 방송국에서 비슷한 시기에 활동한 동료이기도 하다. 무엇보다 소은이가 가수 활동을 접고 로스쿨 진학을 앞두고 있던 시기에 파리에서 조우해 서로에게 자문을 구하기도 했을 만큼 열심히 사는 사람 대 사람으로 믿음이 깊다. 쉽지 않은 선택을 해서 꿋꿋하게 잘 해나가는 그녀를 늘 마음으로 응원하던 터에 모처럼 그녀의 서울 방문 소식이 들려왔다. 무언가 또 신나는 뉴스를 하나 가지고 온다는 들뜬 목소리에 이 기회를 놓치면 안 되지 싶었다. 오랜만에 만난 소은이는 여전히 늘씬하고 예뻤고 치열한 사회생활을 잘 이겨낸 성숙한 커리어 우먼의 느낌까지 더해져 더욱 근사했다.

· · ·

손미나 **로스쿨에 들어간 게 몇 년도죠?**

이소은 2009년이죠. 앨범을 4집까지 내고, 뮤지컬 두 편에 출연했는데 마지막 뮤지컬이 2008년이었을 거예요. 그리고 유학 준비를 굳건히, 다른 데 눈 돌리지 말자는 마음으로 시작했던 거 같아요. 그리고 곧장 미국으로 갔어요.

뉴욕에서 직장 생활은 몇 년째인가요?

이제 4년차죠.

그럼 벌써 4년차 변호사라는 얘긴데, 정말 멋져요.

감사합니다. 시간이 참 빠르네요. 이상할 정도예요.

그러게요, 소은 씨는 제가 파리에 머물 때 여행을 오시기도 했죠.

엄마와 로스쿨 입학 기념으로 갔던 여행이었어요. 그때 우리 같이 근사한 요리도 먹고, 에펠탑 보고, 산책도 했죠. 좋았어요.

그때 소은 씨는 노래를 정말 좋아해서 이렇게 멈추고 공부를 하는 게 잘한 선택일까 고민하셨죠. 끝내 아쉬워하는 면이 보이기도 했거든요. 그때 소은 씨 어머니랑 제가 "노래는 나중에 해도 된다. 얼마나 어려운 시험에 붙었는데 이 기회를 놓치냐, 일단 공부를 열심히 하면 어떻겠냐. 변호사가 노래까지 하면 얼마나 멋있겠느냐……." 그렇게 설득했던 거 같네요.

사실 당시엔 그런 얘기가 다 와 닿지 않았어요. 그래도 이왕 이렇게 된 거 한번 경험해보자, 실패한다 해도 남 주는 건 아니잖느냐, 그런 생각으로 세월을 버텼던 게 오늘이 됐네요. 저도 신기해요.

노래하는 삶과 완전히 벽을 쌓은 건 아니잖아요. 뉴욕에서도 노래할 기회가 있나요?

뉴욕에 친한 기타리스트 친구가 있어요. 버클리에서 음악을 전공하는 미국인인데, 그 친구의 작은 공연에 종종 함께해요. 공연자의 친구로서 참여하는 거라, 저에 대한 별다른 소개도 없이요. UN 근처에 회사가 있어서 점심시간에 공원에서 리허설을 하고 들어가요. 그럼 사람들이 지나가면서 막 박수도 쳐주고……. 나름 낭만을 즐기면서 생활하는 거 같아요.

자기 꿈을 멋지게 차곡차곡 이어가는 소은 씨, 앞으로는 더 큰 무대에서 활동할 것 같아요. 좋은 소식이 있다면서요.

제가 뉴욕 로펌에서 국제 소송과 국제 중재 분야를 담당했었어요. 이쪽 전문가가 되고 싶다는 생각을 하게 해준 매력적인 일이었어요. 그러다가 운 좋게 국제상업회의소ICC-International Chamber of Commerce라는 기관 뉴욕 지사의 디퓨티 디렉터(부회장)로 가게 되었어요.

진짜 대단해요. 이렇게 젊고, 예쁘고, 노래 잘하는 디퓨티 디렉터가 있을까요?

그 자리가 어떤 면에서 기관의 대변인, ICC의 얼굴 같은 역할을 해야 해요. 컨퍼런스나 회의 자리에서 조직에 대해서 소개하는 모더레이터 역이라든지, 발표할 일이 많죠. 면접 당시 제 이력서를 보고 노래만이 아니라, 여러 사람 앞에서 말도 잘할 수 있냐는 질문을 하시더라고요. 그래서 '(두 일이) 에너지는 똑같다'고 대답했죠. 그걸 믿으셨나봐요, 하하.

136   나의 우주는 날마다
조금씩 넓어집니다

정말 잘할 것 같고요, 더욱 멋진 모습으로 성장할 것 같아 기대됩니다. ICC에 한국 사람들이 더 있나요?

있어요. 뉴욕 지사로서는 제가 처음이고요. 유럽에서는 역사가 백 년쯤 된 기관이지만 뉴욕 지사는 최근에 생겼거든요. 지사가 홍콩에 만 있었는데 미주 쪽 성장을 위해 작년에 뉴욕 지사를 개설했다고 들었어요. 좋은 시기를 만난 것 같아요.

초기부터 같이 해나갈 수 있다는 게 더욱 의미가 있네요. 만날 때마다 새롭고, 한층 더 근사한 모습으로 짠 하고 나타나니까 계속 기대돼요. 그런데 처음 소은 씨를 알았을 때도 예쁜 목소리와 사랑스런 모습이 인상적이었어요. 처음엔 윤상 씨와 작업했죠?

네, 윤상 씨가 저를 캐스팅하셨죠.

얼마 전에 윤상 씨를 만나서 소은 씨 얘기를 나눴어요. 윤상 씨가 처음 소은 씨 노래하는 걸 보고 정말 깜짝 놀랐다고 하더라고요. 이 사람은 노래를 할 수 밖에 없겠다고 생각했대요.

중학교 2학년 때였어요. 그런 칭찬 제겐 안 하시던데요. (웃음)

윤상 씨가 시니컬하시잖아요. 앞에서 칭찬하는 분은 아니에요.

가수에서 변호사로

: 음악으로 얻은 영향력 좋은 일에 쓰고 싶어

어떻게 처음 노래를 시작했는지 들려주시겠어요?

워낙에도 음악을 좋아했어요. 중학생 때 바이올린을 켜기도 했고. 약간은 멋이 들었던 것 같아요. 초등학교 5학년쯤부터 '나도 곡을 써보고 싶다' 싶어서 습작도 했고요. 초등학교를 미국에서 나왔거든요. 그 영향이 있었던 거 같아요. 다양한 음악을 많이 들을 수 있었으니까요. 당시 유학 중이시던 아버지가 한인 장기자랑에 가족 대표로 내보내시면 노래 불러 쌀도 타오고 그랬어요. 쬐끄만 애가 머라이어 캐리 노래 부르고 하니까 사람들이 재미있어 했죠.

그때부터 음악을 좋아하긴 했는데, 다시 우리나라로 돌아와서 중학교에 진학하고 나서는 적응을 잘 못했던 거 같아요. 분위기가 많이 다르더라고요. 진짜 자유로운 분위기 속에서 뛰어놀다가 갑자기 국내 중학교에 가서는 상자 안에 갇힌 느낌을 받았어요. 그런 감정을 표출할 수 있는 게 음악이더라고요. 그때 곡을 많이 쓰기 시작했고, 청소년 창작가요제에 나갔어요. 본상까지 올라가서 전국 방송을 타게 됐는데, 그때 윤상 씨가 TV로 제 공연을 보고 방송국으로 연락을 하셨다고 해요.

그때 기분이 어땠어요? 윤상 씨가 누군지도 모를 때 아니었어요?

엄마랑 셋이 만났어요. 엄마는 윤상 씨가 좋은 사람 같다고 하시며
원한다면 해보라고 제게 결정을 맡기셨어요. 중학생한테 '음반 한번
내볼래?' 하면 싫다는 친구가 있을까요? 그래서 '그럼요, 좋죠' 하고
별 생각 없이 시작하게 된 거 같아요.

어린 나이에 연예계에 발을 들였는데, 힘들지는 않았나요?

힘들었죠. 많이 예민한 편인 데다 어려서 특이한 사회에 발을 들여
놓았으니, 의문이 많았어요. 기획사와 매니저와 피디들의 복잡한 관
계를 다 이해는 못 해도 뭔가 느낌은 있잖아요. 특히나 그때는 지금
과 분위기가 많이 달랐고요. 그래도 다행히 제작을 맡아주신 윤상
씨와 이승환 씨가 다른 데 신경 안 쓰고 좋은 것들을 많이 배울 수
있게 해주셔서 사회의 안 좋은 면으로부터 보호받을 수 있었어요.

**김동률 씨랑 듀엣도 했고, 주목을 받으며 어린 나이에 스타가 됐는데, 왜 로스
쿨에 갈 생각을 하게 됐나요?**

우연히 운 좋게, 어린 나이에 음악에 발을 들게 됐지만, 정말이지
지금도 늘 내가 인생에서 뭘 원하는지 고민해요. 그렇지 않으면 살
아지는 거지, 살아가는 게 아니라고 느끼거든요.

어렸을 때는 하고 싶은 일도 많고, 엄청난 가능성이 열려 있게 마
련인데 저는 특정한 사회에만 포커스를 맞추게 됐잖아요. 나이가 들
고, 대학에서 다른 학문을 접해보고 나니 내가 다른 꿈도 꿀 수 있는

데, 좁은 사회만 경험하고 인생을 다 모르게 되는 건 아닐까 하는 생각이 들기 시작했어요. 가수 일을 하던 중에 단지 무대에서 공연을 하는 이, 또는 연예인이고만 싶지 않다는 생각을 했었어요.

2003년 대구 지하철 참사가 일어났을 때였어요. 방송국에서 관련 방송을 내보내면서 패널로 정치인, 교수 같은 분들을 모시면서 젊고, 대중에 많이 알려진 사람 대표로 저를 그 자리에 앉혔어요. 저도 나름 사회의식을 가지고 있다고 생각했지만 그 자리에서 할 말이 너무 없는 거예요. 아는 게 별로 없으니까. 당시 사건에 대해 화도 많이 났고, 관심과 열정도 많았지만, 해결책을 제시할 만한 지식이 내겐 없구나 하는 생각을 했어요.

단적인 예지만 그런 일들을 겪으면서 제가 가수로서 얻은 이 영향력을 정말 좋은 일에 쓰려면 많이 공부하고, 사회를 제대로 알아야겠구나 느꼈어요. 홍보대사가 아닌 대사 역할을 하고 싶었어요. 그러기 위해서는 공부가 필요하다고 생각했고요. 단순히 학교 공부가 아니라, 진짜 도전으로 저를 밀어넣고 싶었어요. 그래서 가장 기본이 되는 법, 그 중에서도 영향력 있는 미국의 법 체계 안에서 공부를 해보면 새로운 시야가 생기지 않을까 한 거죠.

노스웨스턴 대학에 진학했죠. 시카고에 있던가요? 안 해본 사람은 상상할 수 없는 어려움들이 있었을 텐데 씩씩하게 견뎌내셨어요. 몇 년이 걸렸나요?
로스쿨 졸업에 변호사 시험까지 삼 년 정도요.

나의 우주는 날마다
조금씩 넓어집니다

뉴욕의 변호사라는 건 어떤 삶이에요? 커리어 우먼으로서.

솔직히 말하면 겉으로 봤을 때 화려하기는 해요. 사무실에서 만나는 클라이언트부터 달라요. 뉴스에서만 보던 사람들이 우리 사무실을 드나들고, 그들의 변호를 위해서 이런저런 일을 파헤치는 작업이 이어지니 처음에는 정말 설레고 좋았어요. 그런데 설렘이란 오래 가지 않잖아요. 얼마 지나지 않아 정말 어려운 일이구나, 까도 까도 끝이 안 보이는 양파 같은 일이구나, 라고 느꼈어요. 팩트 파운딩이라는 것도 그렇고, 특히 미국은 판례법, 즉 판례로 법이 만들어지는 시스템이잖아요. 리서치를 잘하고, 창의적으로 접근하는 사람이 이기는 싸움인데 아무리 해도 모자란 느낌이 들었어요. 저한테도 완벽주의 성향 같은 게 있는데, 원하는 대로 만반의 준비를 해서 짠! 하고 마무리될 수 있는 일들이 아니었던 거예요. 시간도 늘 충분히 주어지지 않았고요. 잠도 쏟아지는데 압박감은 심하고, 우울증까지 오나 싶게 초반 적응이 정말 힘들었어요. 로스쿨에서도 그렇게나 힘들었는데, 여기에 비하면 거긴 그냥 학교였구나, 이게 진짜 삶이구나 싶었죠.

그런데 시간이 지나니까 요령이 생기더라고요. 무엇보다 완벽히 답을 알지 않아도 된다는 것을 알게 됐고요. 법도 늘 변하는 거니까. 정답에 가까워지려고 노력을 할 뿐이지 정답이 있지는 않은 거 같아요. 그런 인식 후에는 훨씬 마음이 편해졌어요. 그 이후로 변호사로서 편안해진 것 같아요. 일은 여전히 많았지만 팀워크도 좋아지고, 제겐 소중한 경험이었어요. 여러 가지 도전의 기회였고요.

가수로서 무대에 홀로 설 때에는 매니저나 스타일리스트 같은 여러 사람의 보살핌을 받으며 무대에 등장하던 사람이었잖아요. 그때와는 달리 수많은 사람들과 한데 어우러져 문제를 해결해나가는 과정을 겪으며 인생 공부도 많이 된 거 같아요.

화려하고 치열한 뉴욕의 일상

계시던 곳이 뉴욕의 어떤 지역이었어요?
미드타운이요. 주로 로펌과 파이낸스 회사들이 많은 곳이었어요.

우리가 뉴욕에서 한번 만났잖아요. 그때 보니 뉴욕을 배경으로 하는 영화나 드라마를 위해 만들어놓은 세트처럼 멋진 곳이더라고요. 정장을 갖춰 입은 사람들이 커피나 샌드위치를 들고 바쁘게 다니는.
우리가 만났던 렉싱턴 53가의 카페가 영화 〈악마는 프라다를 입는다〉의 촬영지였어요.

아 그랬죠, 정말. 그날 검은 외투를 입고 나타난 소은 씨가 참 멋졌어요.
회사에서 크리스마스 파티 하는 날이라 더 꾸민 차림이었어요. 그런 낭만이 있긴 하죠.

작년 12월, 그때가 제가 뉴욕이란 도시를 제대로 처음 접한 때였어요. 당시 허핑턴포스트라는 열정적인 젊은이들이 모인 뉴미디어의 현장을 드나들며 일한 경험, 그 첫인상 덕이었는지 제게 뉴욕은 너무나도 멋진 도시고, 한번 살아보고 싶은, 가슴 뛰는 느낌을 주는 곳으로 다가왔어요.

그런데 어찌 보면 저는 잠깐 들렀다 가는 사람인 거고…… 멋진 직장, 직업을 가졌지만 그곳을 생활 터전으로 삼아야 하는 소은 씨에겐 뉴욕이라는 도시가 주는 느낌이 다를 것 같은데 어때요?

네, 뉴욕은 여행할 때랑 살 때가 너무 달라요. 정말 치열한 도시예요. 살기에 호락호락한 곳이 아니죠. 뉴욕은 정착하는 곳이라기보다는 얼마만큼까지 노력할 수 있느냐를 알아보는, 나를 밀어내는 극기 훈련 장소 같은 느낌이에요. 뉴욕에서 버틸 수 있다면 세계 어느 곳에 가서도 살아남을 수 있다는 말이 있어요. 치열하고 비싸고, 많은 면에서 에너지가 하이레벨로 치솟아 있기 때문에 거기서 오는 동기부여도 크지만, 좌절감도 큰 것 같아요.

그렇지만 긍정적인 마인드를 지닌 사람이라면 뉴욕이란 곳은 얻고 즐길 수 있는 것이 너무나도 많은 곳이죠. 예를 들어, 갤러리가 널려 있고, 음악도 종류별로 다 있잖아요. 클래식부터 재즈, 인디밴드, 뮤지컬…… 길거리를 지나다니면 예술가와 셀러브리티들이 가득해요. 에단 호크 옆에서 차를 마신 일도 있었어요. (웃음) UN 같은 큰 국제기구도 있고요. 근방에서는 도로를 통제하는 일이 빈번하죠. 그럴 땐 누군가 중요한 인물이 온 거예요. 그런 일을 접하면 '아, 내가 세계의 중심에서 살고 있구나'란 느낌이 들어요.

힘들 때는 어떻게 이겨냈어요?

공원에 갔어요. 센트럴 파크라면 너무 진부하게 들리실까요? 지금 이사 간 곳에서는 센트럴 파크까지 걸어서 십 분이면 가요. 스트레스가 심할 때도 그곳에 가면 어떻게 이런 정신없는 도시에 이런 오아시스가 있을까 싶어요. 정말 아름답고, 잘 만들어진 공원이죠. 그곳에 가면 평화를 찾은 느낌이 들어요. 글을 쓰기도 하고, 음악을 듣기도 하죠. 그리고 또 뉴욕에 삼 년 넘게 지내며 마음 맞는 좋은 친구들이 생겼어요. 친구들이 점점 늘어가면서 위로가 되더라고요.

어떤 친구들인가요?

로스쿨 한인 동문회나 한국 대학모임 친구도 있고요. 고등학교 때 친구 중에 뉴욕에서 멋진 커리어를 쌓아가는 경우도 있고요. 외국인 친구들도 많이 생겼고요.

파티에 일가견이 있다고 소문났던데요.

자연스러운 분위기를 즐기는 편이에요. 음악 크고 알코올이 넘치는 파티도 있지만, 의미 있는 우정과 네트워크를 쌓을 수 있는 자리도 있잖아요. 저는 그렇게 친구들이 모이는 자리를 나름대로 파티라고 해요.

나의 우주는 날마다
조금씩 넓어집니다

친언니가 뉴욕에 살면서 '뮤직 바이 더 글래스'라는 비영리 단체를 설립했는데, 제가 창립 멤버로 참여했거든요. 세계무대에서 활약하는 젊은 연주자들은 늘 큰 무대에만 오르잖아요. 직접 만날 기회가 없던 그런 연주자들이 소호에 있는 근사한 갤러리에서 눈앞에서 연주를 하고, 또 듣는 이들과 음악에 대해 이야기 나누는 행사예요. 로컬 와인 업체와 파트너십도 맺었고요.

뉴욕은 즐겁고 화려한 도시지만 젊은 사람들이 의미 있는 만남을 갖기는 힘든 곳인 것 같아요. 그래서 사람들이 이런 좋은 대화를 나눌 수 있는 이벤트를 반겨요. 비즈니스 컨택도 활발하고요.

오늘 좋은 얘기가 정말 많네요. 이제 세상이 참 좁아졌잖아요. 소은 씨 얘기를 들으면서 젊은 분들이 '나도 저런 큰 무대에 가서 멋있게 살고 싶다.' 많이들 생각하실 거 같아요. 저도 부러울 정도니까요. 인생 후배들이 그려볼 만한 좋은 꿈을 선사해주신 거 같아요. 마지막으로 뉴욕에 가면 꼭 가봤으면 하는 핫플레이스 소개 부탁드려요.

제가 스페인 요리를 좋아하거든요. '보카리아'라는 식당이 있는데 뉴욕 어퍼 이스트와 소호 쪽에 지점이 있어요. 그냥 한마디로 최고예요. 타파스가 정말 맛있어요. 양도 푸짐해서 타파스를 대여섯 가지 시키면 세 명이 배부르게 먹을 수 있죠. 샹그리아도 너무 맛있고요.

그리고 제가 좋아하는 곳은 '스트랜드'라는 백 년 넘은 서점이에요. 워낙 유명한 서점이지만 거기 많이들 모르는 공간이 있어요. 찾

기 힘든 책들을 갖춘 특별 층으로 엘리베이터를 따로 타야만 갈 수 있는 '레어 북 룸'이라는 곳이에요. 저는 거기 있는 소파에서 몇 시간씩 책을 읽어요. 정말 유명한 작가들의 초판 사인본도 진열돼 있는데 5만 달러를 호가하기도 해요. 컬렉터들을 위한 공간이지요. 대부분 서점의 1층이나 지하만 둘러보시는데 이곳도 꼭 들러보시기를 권해요.

한두 달 뉴욕에 살아보고 싶다는 사람이 있다면 어느 동네를 추천하시겠어요?
많은 곳을 경험할 수 있는 곳으로는 웨스트 빌리지나 이스트 빌리지가 물가가 좀 비싸도 활발한 곳이라 좋을 것 같아요. 첼시 쪽도 괜찮고요. 성적 취향을 타긴 하겠지만요, 하하. 그리고 요즘 떠오르는 브루클린이 정말 좋아요. 이미 인기가 치솟아서 이곳도 집세가 높긴 해요. 그 중에서도 지금처럼 트렌디해지기 전의 옛 홍대 느낌을 주는 곳이 윌리엄스버그고, 그 밖에도 또 완전히 다른 모습도 있는 곳이 브루클린이에요.

어떤 사람들에게, 어떤 스피릿을 찾는 사람에게 뉴욕 여행을 추천하고 싶어요?
일단 부딪히기를 두려워하지 않는 사람. 아주 럭셔리하고 안락하지 않아도 되는 사람들이 가면 좋아할 것 같아요. 친절한 도시는 아니에요. 직설적인 시어머니 같은 도시랄까요. 내성적이고 두려움 많은 사람들은 힘들 수 있어요.

싱글 여성들의 천국이라면서요?

글쎄요. 맛있는 것도, 쇼핑할 곳도 많지만 워낙 여성이 많은 도시라 오히려 외로울 때 애인 찾기는 힘든 도시 같아요.

그래서 〈섹스 앤 더 시티〉 같은 드라마가 나오는 거군요. 어쨌거나 여자가 혼자 있어도, 나이가 많아도, 그로 인해 기죽거나 잘못 가고 있다고 자책하지 않도록 뭔가를 제공해주는 도시라는 얘기를 들었어요.

맞아요. 덧붙이자면 액티브한 자신을 찾고픈 사람들, 억눌려 있다가 어딘가에서 갑자기 느끼는 자유로움, 아무도 신경 쓰지 않는 분위기 속에서 자신이 몰랐던 뭔가를 끄집어내고 싶은 분들에게도 괜찮은 도시 같아요.

  일만 시간의 법칙이란 말이 있다. 말콤 글래드웰의 『아웃라이어』라는 책에 사용된 용어인데, 한 분야에서 인정 받으려면 일만 시간을 투자해야 한다는 뜻이다. 쉬는 날 없이 매일 세 시간씩 십 년, 여섯 시간씩 오 년이라는 시간을 투자해야 비로소 채워지는 일만 시간. 여전히 장래가 촉망되는 가수 겸 변호사 이소은은 웬만한 사람보다 빨리 '두 분야에서 일만 시간을 채울 수 있다'고 두려움 없이 말하고 있는 느낌이었다. 뉴욕이라는 도시에 이처럼 잘 어울리는 한국 여성이 또 있을까 하는 생각도 들었다. 하지만 내가 아는 이소은은 그렇게 개인의 성장을 위해 경주마처럼 달려 나가면서도 어여쁜

딸로서 부모님과 가족을 위해 할애하는 시간과 노력에 소홀함이 없어 더욱 멋지다. 그러다 보니 그녀에게 이런 저런 질문을 하다보면 자연스레 부모님과의 에피소드가 흘러나온다.

부모님과 함께한 프라하 부다페스트 여행

최근에 여행 다녀오신 곳은 어디예요?

프라하, 부다페스트를 팔 일 정도 다녀왔어요. 부모님이랑 셋이요. 최근에 엄마가 임신한 언니를 도우려고 일 년 정도 미국에 계셨어요. 엄마는 의미 있는 시간이었다고 하셨지만, 많이 지치기도 하셨더라고요. 그래서 감사의 의미 겸, 부모님께 멋진 여행 선물을 해드리고 싶었어요.

특히나 아빠랑 여행은 처음이었어요. 사실 부모님과 제 여행 스타일이 비슷하지는 않아요. 아빠는 그동안 편안한 관광 개념으로 많이 다니셨고요. 그런데 저는 어디든 걸어 다니면서 샅샅이 다 봐야 하거든요. 대중교통도 많이 이용 안 하고요. 모르는 길은 물어보면서, 현지인들이랑 대화도 하고요. 그래야 도시를 알 수 있더라고요. 그래서 부모님이 힘들어하신 것 같아요.

두 분 연세는요?

육십대 중반이세요.

저희 부모님이 그 정도 연세셨을 때 부모님과 저, 남동생, 넷이서 한 달 동안 유럽을 돌았어요. 배낭 메고, 기차 타고, 버스 타고 자유여행으로요. 그때 부모님 연세 때문에 이것저것 못 하실 것 같아 걱정이 많았는데 막상 가니 너무 용감하시더라고요. 아침이면 먼저 배낭을 메고, 들어드린다 해도 마다하시고, 앞장서서 걸으시더라고요. 그렇긴 한데 삼 주차 접어드니 한국 음식을 그리워하셨죠. 결국 한국 슈퍼마켓를 찾아서 평소에 잘 안 드시던 라면에 햇반까지 구해다 먹었어요.

저희도 부다페스트에서 라면 끓여 먹었어요. 슈퍼마켓에서 헝가리 라면이냐, 일본 라면이냐를 두고 두 분이 다투시더라고요. (웃음) 결국은 가위바위보로 일본 라면을 먹었어요.

하하. 그래서 저는 누가 부모님 모시고 여행 간다고 하면 라면이랑 김, 참치 같은 반찬을 싸가라고 일러요. 프라하에서는 며칠 계셨나요?

2박3일요. 무리를 많이 했어요. 적어도 사오 일은 봐야 하는 것들을 삼 일 만에 아주 꼼꼼히 돌았으니까요. 제가 원래는 여행 준비를 많이 해서 가는데, 그때는 너무나도 바쁜 시기였어요. 비행기 타기 직전까지 일을 했으니까요. 여행 책도, 별다른 정보도 없었어요. 아침에 부리나케 지도에 표시를 해서는 될 대로 되라 식으로 다닌 여행이었죠. 체계적인 준비를 못 했을 땐 호텔 직원들 도움을 받는 게 현

나의 우주는 날마다
조금씩 넓어집니다

명한 일인 것 같아요.

체코에서는 기차를 타고 쿠트나 호라라는 작고 예쁜 마을에 다녀왔어요. 개발이 안 된 곳이라 허허벌판에 조그마한 기차역이 덩그러니 있는 게 2차세계대전이 배경인 영화에나 나올 법한 곳이었어요. 기차역에서 기차를 기다리는데 아빠가 옛날 영화 속 풍경에 들어온 기분이라고 하시더라고요.

서울이나 뉴욕 같은 대도시에 살다 보니 저도 모르게 세상이 다 그렇다고 생각하게 되는 거 같아요. 여행하면서 옛 모습을 간직한 채 사는 사람들도 있다는 걸 느낀 좋은 기회였어요.

부모님은 어떤 곳을 가장 좋아하시던가요?

부모님은 제가 가자는 대로 다니셨어요. 프라하에서 묵은 호텔은 말라 스트라나라는 지역에 있어서 우선 근처 탐방을 먼저 했어요. 덜 붐비는 곳이라기에 그쪽에 묵었는데, 참 예쁘더라고요. 돌담길도 낭만적이고, 돌담 사이로 스며드는 비도 예뻤어요. 또 의외로 숨은 명소가 많더라고요.

도착하고 첫 끼니를 위해 검색해서 찾아간 식당이 진짜 맛있었어요. 체코 음식에 만두가 많잖아요. 감자 넣은 만두에 고기에 맥주에……. 체코가 육류를 즐기는 나라인데 저희 가족이 평소 고기를 많이 안 먹어서 걱정했거든요. 그런데 여행 중에는 다 좋게 받아들여지는 모양이에요. 뭐든 다 먹어보자는 마음으로 여러 메뉴를 시켰는데 하나도 안 남겼어요. 웨이터가 엄지 손가락을 치켜들면서 감탄하더라고요.

저는 체코에 갔을 때 접시 크기에서부터 놀라 찍어놓은 사진도 여러 장이에요. 저도요. 그런데 다 먹고 후식도 먹었다니까요. 사과 케이크를 먹었는데 그걸 한 번 더 못 먹고 온 게 한이에요. 평생 제일 맛있는 케이크였어요. 뉴욕 저리 가라일 정도로.

저는 '체코' 하면 떠오르는 일이 하나 있어요. 암석으로 운명을 점치는 체코인 취재를 하러 갔었는데 그분이 저를 보자마자 이런 말을 했어요. 당신의 모든 탤런트와 에너지는 목에 있으니 그걸 잘 활용하라고. 저 말고도 일행들에게 각각 한마디씩 해줬는데 다 그럴 법하게 맞았어요. 그래서 그분한테서 행운의 돌멩이를 사온 기억이 있어요. (웃음) 소은 씨가 만난 체코 사람들은 어땠어요? 친절하더라고요. 과잉 친절이 아니라 시니컬한 친절. 대놓고 인사하는 분위기는 아니지만 무뚝뚝한 채로 할 일은 다 해주는 특이한 종류의 친절을 느꼈어요. 워킹 투어 가이드였던 체코 친구한테 거기 사람들 성격에 대해 물었더니, 딱 제가 느꼈던 대로 얘기를 하더라고요. 시니컬한 유머에, 드러내지는 않지만 좋은 사람들이라고요.

그렇긴 한데 그 가이드 친구한테 혼나기도 했어요. 황당했지만 나중엔 이해가 되더라고요. 투어 중에 제가 동유럽은 이곳이 처음인데 참 좋다고 했더니, 이곳은 동유럽이 아니라 중유럽이라며 화를

나의 우주는 날마다
조금씩 넓어집니다

낸 거죠. 손님 상대로 왜 이렇게 예민하게 굴까도 싶었는데, 그 친구가 되묻더라고요. 외국인이 북한과 남한을 뭉뚱그려 말하면 어떤 기분이겠냐고요. 그때 이 나라도 복잡한 역사를 거치면서 더 예민한 지점이 있겠구나 생각했고, 그곳 역사에 대한 궁금증도 생겼어요.

인간의 밑바닥부터 강인함까지 체험한 헝가리

프라하 다음으로는 어디에 갔나요?

기차로 일곱 시간 걸려서 헝가리의 부다페스트에 갔어요. 캐슬 지역에 호텔을 잡았는데 탁월한 선택이었어요. 부다와 페스트로 구역이 나뉘는데 저희는 부다 쪽이었어요. 페스트 쪽에 비하면 관광지가 적었는데 부모님을 위해 조용한 부다를 택했죠. 여기서는 부모님 생각을 했네요. (웃음) '어부의 요새'라고 부다페스트 최고의 전망이 있는 곳과 2분 거리였어요. 도착하자마자 감탄 속에 하루를 보냈죠. 그 후로 제게는 부다페스트가 유럽에서 가장 아름다운 도시예요. 순위가 완전히 바뀐 거죠.

부모님께는 고난의 도시로 기억에 남은 건 아니에요? 무얼 그렇게 열심히 보셨나요?

살이 2킬로그램씩 빠지셨대요. (웃음) 저는 역사를 좋아해요. 사람마다 알 수 없는 끌림을 느끼는 주제가 있잖아요. 저는 2차세계대전 홀로코스트에 대해 읽고 또 읽어도 질리지 않아요. 그런데 부다페스트에 가서야 그곳에도 그렇게나 가슴 아픈 이야기가 있다는 걸 처음 알았어요. 유대인 지역도 가보고, 나치가 다뉴브 강변에 사람들을 사슬로 묶어두고 총을 쏴 한꺼번에 강물에 빠뜨렸다든지 하는 이야기도 듣고요. 부모님이 쉬시는 동안에도 열심히 공산주의 투어부터 역사 투어까지, 참여할 수 있는 건 다 했어요.

그곳에 '하우스 오브 테러'라는 곳이 있어요. 인간이 이렇게나 악행을 저지를 수 있구나 싶더라고요. 3층 건물을 내려오면서 역사가 진행되는데, 마지막 1층에서 엘리베이터를 타고 지하 고문실로 내려가요. 엘리베이터에서부터 무서운 음악과 함께 고문실에 대한 정보를 들려주죠. 도저히 혼자는 못 내려갈 정도더라고요. 거기서 몇 명이 어떻게 죽어갔는지를 접하면서, 채 백 년도 지나지 않은 이런 역사를 딛고 이 도시에서 사람들이 살아가고 있구나 생각했어요. 그러고 나니 도시 전체가 달리 보였죠.

많은 걸 생각하게 하는 여행 이야기네요. 먹고 마시는 여행에서 그치는 게 아니라, 쉽지 않은 역사적 장소를 용감하게 찾아간 거잖아요. 의미 있는 현장에 가보는 것과 그러지 않는 것은 성장의 폭이 다르니까요. 소은 씨가 여행의 진짜 선물을 받아온 거죠.

뉴욕 지인 중에 헝가리 출신 의사가 있어요. 그냥 그쪽 출신이라고만 무심히 알고 있었는데, 여행 후 들어보니 다섯 살 때 가족들과 배 밑바닥에 숨어서 공산주의 정권하의 헝가리를 탈출했던 사람이더 라고요. 여행을 다녀왔기 때문에 그런 면이 보였죠.

이후에 그 친구와 정말 깊은 대화를 나눴는데, 다섯 살때였는데 지금도 탈출 과정이 너무나 생생하대요. 어린 나이에 지켜야 했던 비밀, 조심하지 않으면 부모님이 죽을 수도 있음을 알았던 기억 같 은 것들요. 힘들게 이민한 캐나다에서 온 가족이 교회 바닥을 칫솔 로 청소하면서 생계를 꾸려나갔고, 그렇게 힘든 과정을 거쳐 이제 성공한 수술의가 되었다는 이야기요. 새삼스럽지만 사람이란 이렇 게 대단하다는 걸, 여행이 아니었다면 모르고 지나갔겠죠.

그만큼 소은 씨의 우주가 넓어졌네요.

. . .

우리 둘의 만남은 지난 이십 년 동안 대략 이 년에 한 번씩 이어 져왔다. 아무리 가끔 만났다지만 만날 때마다 그렇게 쑥쑥 성장해 있는 사람은 흔하지 않을 듯하다. 소은이는 아리스토텔레스의 명언 처럼 '자신의 재능과 세계의 요구가 교차하는 지점에서 천직을 발 견할 수 있다'는 것을 온몸으로 증명해내고 있는 중이다. 과연 그녀 는 우리를 얼마나 더 놀라게 할까? 특유의 근성과 성실함으로 이 당 찬 친구가 이루어나갈 앞으로의 일들에 미리 박수를 보내는 바이다.

가수
이소은

에티오피아의
태양,
아르헨티나의
바람

외교관의 아내에서 컬렉터로,
세계장신구박물관장 이강원

이
강
원

○

1947년 서울에서 출생하여 이화여대 신문방송학과를 졸업했다. 결혼 후 외교관인 남편과 함께 브라질, 독일, 에티오피아, 미국, 자메이카, 아르헨티나 등 외국에서 25년간 생활했다. 콜롬비아와 아르헨티나에서는 문화 훈장을 받았으며, 아르헨티나 작가 협회 정회원이기도 하다. 에티오피아 시장에서 만난 한 여인의 은목걸이에서 강한 영감을 받고, 혼신을 다해 장신구 컬렉터의 삶을 살았다. 남편의 퇴임과 함께 서울에 돌아와 종로구 삼청동에 그간의 컬렉션을 모아 세계장신구박물관을 열었다. 2016년 전국박물관인대회 대통령표창을 받았다. 인생학교 서울의 선생님으로 활동하고 있다.

by 1444, died 1476)

인인 St. Eligius가 아니면
금세공인으로 추정된다. 왜
자 커플이 결혼반지를 사느
금세공인의 눈이 위로 막나
고 있음을 나타낸다. 오른쪽
있다. 2명의 남자가 작은에
빛을 받고 있다. 거울에 금이
의미하는 것으로 어느 만큼
는 매우 대조적이다. 금세
보석, 비즈, 반지, 브로치와
부미는 밤부 작용, 사과이

ligius, patron saint of
goldsmith in fifteenth
g betrothed couple in
ng ring that is being
e goldsmith's eyes are
t of value in a religious
ght reflects the market
e mirror are two male
a symbol of pride and
s, another reminder of
st to the couple inside
. The contents of the
d pearls, gem stones,
al was meant to stop
operties; and sapphires,

혹시라도 당신은 꿈꿀 수 있는 나이가 정해져 있다고 생각하는 가? 꿈꿀 수 있는 나이, 꿈꿀 수 있는 조건, 꿈꿀 수 있는 사람에 과연 어떤 제약이나 조건이 있을까. 외교관의 아내로 평생을 살면서도 풍족하고 명예로운 자리를 즐기기보단 위험을 무릅쓰고라도 새로운 도전을 이어온 세계장신구박물관 이강원 관장님. 내가 디제이로 활약한 KBS1라디오 〈손미나의 여행노트〉 고정 게스트로 만난 관장님은 누구든 한 번만 이야기를 나누어보면 깜짝 놀라게 된다. 중남미나 아프리카 박물관에나 있을 법한 장신구를 두르고 영어와 스페인어, 아프리카어까지 구사하는 칠순의 한국 여성이 불과 얼마 전인예순다섯의 나이에 르네상스 미술을 공부하기 위해 혼자 유럽으로

에티오피아의 태양,
아르헨티나의 바람

유학까지 다녀왔다면 어떠하겠는가. 시인이자 수필가, 전 세계를 돌아다니면서 귀한 장신구들을 수만 점 모아온 수집가. 이강원 관장님과의 대화는 매번 역사책을 읽거나 잘 만들어진 문화 다큐멘터리를 보고 있는 듯한 기분을 선사해준다.

개인이 수집한 물건들로 박물관을 만드는 일도 많은 사람들에겐 꿈인데, 그걸 실천하고 인정받고 있다는 점에서, 또 그런 것들을 이루고도 멈추지 않고 계속 새로운 것을 배우기 위해 열정을 불사르고 계시다는 점에서 나는 이분과 비교 대상을 떠올리기 힘들다. 삼십여 년간 브라질, 에티오피아, 독일, 콜롬비아 등 아홉 개 나라에서 생활하면서 한국의 문화대사 역할을 하다 이제는 삼청동에 세계장신구박물관을 세워 전 세계에서 수집한 것들을 우리 한국인들과 나누고 있으니, 본인이 '문화독립투사'쯤 된다는 관장님의 말씀에 동의할 수밖에.

· · ·

손미나 삼청동에 만들어서 운영하고 계신 세계장신구박물관이 세계적으로도 순위 안에 들었다고요. 그 얘기부터 해주시죠.

이강원 외국의 발 빠르고 눈 밝은 분들이 저희 박물관을 알아보셔서 이 년 전에는 루브르, 메트로폴리탄과 함께 세계에서 가장 아름다운 10대 박물관으로 선정되었고요, 금년에는 죽기 전에 봐야 할 세계 5대 보석박물관에 스미소니언과 영국의 로열 컬렉션하고 같이 선정

되었습니다.

사실 저는 박물관이 세계적 순위에 든 것보다 더 놀라운 기록이 있다고 생각하는데요. 지난 사십오 년간, 외교관의 아내로서 전 세계인 몇 명한테 밥을 해주셨다고 하셨죠?

이만오천 명이요.

이 이야기를 듣고 정말 깜짝 놀랐거든요. 공식적인 자리에서는 우아한 외교관의 아내이기도 하지만, 뒤에서는 이렇게 이만오천 명에게 밥을 해주신 어머니이기도 하셨고, 그리고 기회가 될 때는 몰래몰래 관사를 빠져나가 흑기사처럼 서민들의 삶 속에 들어가서 살아오셨다는 게 정말 놀랍습니다.

이제 여행 이야기를 할 텐데요, 워낙 많은 곳에 살기도 하셨고, 여행도 많이 다니셨기 때문에 어디부터 얘길 나누어야 할지 모르겠어요. 가장 먼저 들려주시고 싶으신 추억의 여행지는 어디인가요?

아프리카 동북부에 있는 에티오피아입니다. 아프리카의 뿔이라고도 하죠.

지형적으로 봤을 때 아프리카 대륙에서 뿔처럼 삐져나와 있기 때문에 그렇게 불리는군요. 에티오피아에서 몇 년 사셨죠?

두 차례에 걸쳐 오 년 동안 살았습니다.

이강원 관장님의 인생을 바꾼 나라라고 들었는데요, 어떤 일을 겪으셨기에 인생을 바꾼 나라인지 궁금합니다.

제가 에티오피아에 가기 전까지는 평범한 외교관의 아내였어요. 외교부에서 냉탕온탕이라고 해서, 선호 지역에 근무한 이후에는 비 선호 지역으로 보내고, 비 선호 지역에서 근무했던 사람은 선호 지역에 보내는, 어떤 형평성을 갖추기 위한 인사 정책을 썼는데요. 저희가 에티오피아에 가기 전에 독일에 있었거든요. 말하자면 온탕에 있다가 냉탕인 에티오피아로 가게 되었는데, 그때가 1978년이었어요.

외교관의 아내에서 장신구 컬렉터로

지금도 개발이 안 된 곳이 많을 텐데, 1978년의 에티오피아는 어떤 상황이었을까요.

지금도 크게 달라지진 않았을 텐데요, 거리에 나가면 동물하고 사람하고 마차가 다 같이 어울려 지나는 그런 정경을 그려보시면 됩니다. 당시는 셀라시에 황제 정권을 무너뜨리고 공산 정권이 들어섰던 때였어요. 그런데 완전히 자리를 잡지 못해서 내전 중이었어요. 거리에 나가면 시청 앞에 시체들이 쌓여 있고, 매일 총소리가 났어요. 밤에 총소리가 안 나면 후다닥 깨서 이게 웬일이지? 할 정도였죠. 그런 데를 가게 되었다고 하니까 오히려 제가 민망할 정도로 주위에서 걱정을 해주셨어요. 외교관의 삶이란 건 유목민이나 마찬가지잖아요. 그래서 저는 항상 외지 생활할 때 텐트를 세운다고 표현하는데요. 보통 새로운 나라에 가서 제일 처음 가는 곳이 현지 시장이에요. 거기에 가면 그 나라를 통째로 볼 수가 있어요. 내가 몇 년 동안 함께 살아야 할 사람들은 어떤 사람들이며, 기후는 어떻고, 주식은 뭐고, 생활은 어떠한지 모든 돌아가는 것을 거기 가면 알 수 있거든요. 그런데 치안이 그 모양이니, 제가 시장에 가겠다고 하니까 주위에서 거기 가면 죽는다고 다 뜯어말렸어요.

제가 예순다섯에 유학까지 다녀온 에너지의 원동력은 호기심이에요. 못 말리는 호기심에는 늘 책임이 따르잖아요. 저는 그때 제 호기심에 대한 책임을 지기로 작정하고 시장에 갔어요. 5,60년대 동대문시장보다 열악한 환경이었죠. 바닥은 완전 진흙이라 장화를 신어야 할 정도였어요. 거기서 저는 제 인생을 바꾼 한 여인을 만났죠. 노변에 앉아 양파 마늘 같은 걸 조금씩 놓고 파는 에티오피아의 여인이었는데요, 흰 옷을 입고 목에 은목걸이를 걸고 있었어요. 그 목걸이를 보았을 때처럼 충격을 받아본 적이 없어요. 아름다움에 찌르르 감전이 되어, 그냥 지나칠 수가 없어서 내게 팔 수 없는지 물었더니 절대 안 된대요. 하루 종일 양파와 마늘을 팔아야 1불도 안 되는데 제가 100불 이상을 준다고 해도 안 팔았어요. 그게 가보로 내려오는 결혼 목걸이라고 하더라고요.

돈의 가치로 환산할 수가 없는 거였군요. 시장에 용기를 내서 찾아갔던 첫날 만난 여인의 목걸이를 보고 너무 감동을 받으셔서 수집가의 길로 들어서게 되신 거네요.

네, 맞아요. 특히 에티오피아가 지정학적으로는 아프리카에 위치하고 있지만 그분들의 생김새나 마인드는 아프리카 사람들이 아니에요. 오히려 중동이나 유럽 끝자락의 느낌이에요. 생김새도 우리가 아는 아프리카 사람들하고는 차이가 있어요. 피부도 그렇게 검지 않고. 특히 아프리카에서는 유일하게 언어와 문자를 가지고 있어요.

그들이 쓰는 언어를 하실 줄 안다고 들었어요.

언어만큼 강력한 무기가 없잖아요. 암하릭이란 언어인데, 그걸 몰랐으면 컬렉션을 할 수도 없고, 목숨도 건질 수도 없었을 거예요.

암하릭을 하신 덕에 목숨도 건지셨다고요?

수집을 한다는 건요, 정말 예측불허예요. 취미생활 정도로 한다면 돈이 있으면 되는 거지만, 어떤 문화적 역사적 가치가 있는 귀중한 물건을 수집하려면 돈만으로는 안 되거든요. 저는 암하릭을 함으로써 친구를 많이 만들었어요. 특히 골동품상들을 친구로 만들었어요. 그분들은 골동품상이지만 완전히 학자예요. 아프리카 예술에 대한 지식을 그분들을 통해 습득했죠. 그분들 마음을 잡으려면 절대 영어만으로는 안 돼요. 그때가 서른이 채 안 되었을 때인데, 동양의 작은 여자가 자기네 말을 조잘조잘 하면서, 자기네 문화가 좋다고 물건 있으면 좀 구해달라고 하니까 귀엽게 봤겠죠. 한국이란 나라도 잘 몰랐을 테니 얼마나 신기했겠어요. 그래서 귀한 물건이 나오면 제게 먼저 전화를 해서 이런 물건이 나왔는데, 다른 컬렉터들이 오기 전에 빨리 와보라고 했었죠. 잘 알려져 있듯이 피카소나 마티스가 모두 아프리카 미술에서 영향을 받았잖아요. 그래서 구미에서는 에티오피아나 아프리카 미술에 대한 컬렉터 층이 굉장히 두터워요. 경쟁자가 너무 많은 거죠. 우리들은 그런 걸 누가 봐, 할 때였지만 그 세계에 들어가면 굉장히 경쟁이 세거든요. 그럴 때 저를 귀엽게 봐주신 골동품상들이 든든한 뒷배경이었어요.

그런네 골동품상에게만 가서는 컬렉션을 잘할 수가 없어요. 어느 지방 어디에 가면 어떤 목걸이가 있다, 반지가 있다 그런 정보가 돌면 그 지방에 직접 갑니다. 아프리카는 지금도 그렇지만 그때는 길이란 게 없었어요. 길을 내서 가야 돼요. 그런데 제가 처음에 말씀드린 것처럼 은목걸이를 못 샀잖아요. 굶어죽어도 자긍심이 무척 강한 사람들이라 정성을 다해야 합니다. 한번은 어떤 할아버지가 귀중한 팔찌를 가지고 있다고 해서 지방에 갔는데, 그 지방 사람들이 동양 사람을 처음 본 거죠. 물건을 집으니까 도둑이나 침입자로 보고, 온 동네 사람들이 창, 빗자루를 들고 나와서 저를 때리기도 했어요. 문화 충격을 그렇게 표현했던 것 같아요. 제가 암하릭으로 이러저런 이유로 이러저러하게 왔다고, 정말 이렇게 귀한 것을 저를 주시면 좋겠다고 해서, 위기를 벗어날 수 있었죠.

그런 상황에서 말이 안 통하면 맞고 있을 수밖에 없잖아요. 그렇게 모은 컬렉션이 세계장신구박물관에 있는 거죠? 정말 대단합니다. 어떻게 해서 관장님 인생이 바뀌었는지 들어봤는데 흥미진진하네요. 문자와 언어에 대한 자부심이라든가, 에티오피아란 나라에 대한 그림이 그려지는 듯한데, 가면 뭘 봐야 하는지 알려주세요.

에티오피아의 수도 아디스아바바 지역은 해발 2천8백 미터의 고지대이지만, 밑으로 내려가면 입술을 커다랗게 늘려서 턱까지 립플레이타라는 것을 넣은 부족들이 살기도 합니다. 다큐멘터리에서 많이 보셨죠? 완전히 열대우림이고요. 북쪽으로 가면 산악지대가 험한데요, 이곳에 귀중한 유적 세 가지가 있어요. 아디스아바바에서 북동쪽을 향해 비행기로 두 시간 정도 가면 랄리벨라라는 돌 교회가 있는 곳. 에티오피아가 솔로몬 왕하고 시바 여왕의 후예가 세운 나라잖아요. 그 시바 여왕의 궁전터가 있는 악숨. 거기가 옛 수도이기도 했습니다. 지금 유일한 십계명이 보관되어 있다고 하는 곤다르 지역. 성지순례들 많이 가시잖아요. 다른 성지보다 에티오피아는 정통 기독교의 전통이 남아 있는 곳입니다. 깊이 있게 성지순례를 하시는 분들은 에티오피아에 가고 있어요.

각각의 특징이나 인상 깊은 곳을 이야기해주세요.

비행기를 타고 갔는데 활주로가 없어서 길에 소들이 지나가길 기다려 착륙합니다. 앞서 말씀드린 세 군데 중에 특히 랄리벨라는 세계 7대 불가사의 중 하나라고 하죠. 교회인데 건물을 세운 게 아니고, 돌산을 파낸 거예요. 열한 개의 돌 교회가 연결되어 있는데, 거기는 사람 한 명이 옆으로 종종종종 지나다닐 정도로 좁고, 창문도 한 이십 센티미터 정도밖에 안 돼요. 그 창문을 통해 그 돌산을 다 파내서 만든 거예요. 너무 경이롭죠. 보시면 믿어지지 않을 거예요. 제가 컬렉션도 하고 여행도 하면서 느낀 건 우리 인간이 가진 능력을 뛰어넘는 게 종교, 신심인 것 같아요. 종교적인 힘이 없었다면, 그런 교회를 못 만들었을 거예요. 랄리벨라에 내려서 산길을 한참 달려가면 아무것도 없어요. 아니 교회가 열한 개가 있다는데, 도대체 다 어디 간 거지? 그러고 좀 가까이 가면 십몇 미터 되는 십자가가 바닥에 보여요. 암석을 위에서 십자가 모양으로 파내려가며 만들었는데, 그 십자가가 교회의 천장인 거예요. 그 근처에 나일강의 시발점이 되는 타나 호수가 있는데, 거기 가면 산 속에 숨어 있는 거대한 폭포까지 볼 수 있습니다.

그런가 하면 시바 여왕의 도시 악숨 제국이 있어요. 파리에 있는 오벨리스크도 여기서 가져 간 거예요. 악숨에 갔던 날은 비가 내리고 스산한 날이었어요. 저희가 바 같은 곳에 갔는데, 말이 바지, 선술집 같은 곳이죠. 컴컴한 곳에서 마젠코라는 우리의 해금 비슷한 현악기를 연주하고 있던 장면이 선연하게 기억이 납니다. 거기서는

에티오피아의 태양,
아르헨티나의 바람

비가 올 때 땅을 파면 유물이 나온대요.

어머, 그 정도예요?

개발을 하지 않고 봉해져 있었기 때문에 그렇다고 해요. 저도 거기서 귀한 동전 몇 개를 샀는데, 인상 깊었던 것은 시바 여왕의 궁전 터였어요. 산 위에 기둥만 남아 있는데, 거기에 지도가 있어서 여기는 시바 여왕이 목욕했던 데, 여기는 부엌……. 이렇게 소개를 하고 있었어요. 먼지가 펄펄 일고 있는 옛 여왕의 궁전은 어딘가 다른 행성에 온 것 같은 그런 느낌이에요.

말씀을 들으면 별천지 같아요. 곤다르는 어땠어요?

시바 여왕이 솔로몬 왕의 지혜를 테스트 해보기 위해서 갔잖아요. 그렇게 솔로몬 왕과 시바 여왕이 정을 맺고 태어난 게 메넬리크 1세죠. 메넬리크 1세가 자라서 아버지를 방문했을 때, 솔로몬 왕이 십계명이 든 궤를 주었다고 합니다. 그래서 그걸 메넬리크 1세가 가지고 와서 곤다르 교회에 보관하고 있는데요, 저는 못 봤어요. 왜냐면 여자들은 그 교회에 못 들어가요. 대사 부인들은 교회 밖 난간에 죽 앉아서 보고, 남자들만 들어가서 봤습니다. 지금도 아마 그럴 거예요. 교회 들어갈 때도 신발을 벗고 들어가요. 여자가 못 들어가는 곳도 많고. 어떤 면에선 우리나라하고 많이 비슷해요.

참 신기해요. 그렇게 멀리 떨어져 있는데, 비슷한 문화가 있다는 게요. 하긴 인류의 역사가 비슷하게 발전하기도 했으니까요.

인류의 역사가 그곳에서 시작되기도 했고요.

불편하지만 충만했던 에티오피아 생활

나도 언젠가 시바 여왕의 유적들을 보러 갈 수 있을까. 그런 생각이 들 정도로 멀게 느껴지지만 동시에 너무 많은 로망을 주는 이야기입니다. 세상이 참 넓고 봐도 봐도 끝이 없어요. 이런 일을 벌써 수십 년 전에 하시고 인연이 있어 두 번이나 사시다 오셨잖아요. 가끔 그리우실 때가 있나요? 불편하기도 했을 텐데요.

많이 그립죠. 불편한 걸 따지면 말할 수도 없어요. 세계에서 유일하게 빵집 없는 나라가 에티오피아일 거예요. 쌀도 없어요. 그러니까 어쩌다가 쌀이 시내에 나오면 정말 물불 안 가리고 달려가서 사재고 그랬어요. 빵집이 없으니까 마르카도(시장)에 가서 통밀을 자루로 사요. 그걸 씻어 말렸다가 나무절구에 빻아서 가루를 만들어 빵을 만들어요. 그 맛을 말하자면 그런 사치가 없죠. 제 두 딸들이 지금도 그 빵 이야기를 해요. 그렇게 맛있는 빵은 없어요. 우리가 살다 보면 잃는 것만은 없어요. 잃는 대신에 커다란 것을 얻기도 하고, 또 지혜를 계발하는 기회가 되기도 합니다. 휴지도 없고 성냥도 없고 그렇게 어려울 수가 없었지만 돌이켜 생각하면, 충만한 시간이었어요. 지금의 한국은 부족함 없이 풍요롭지만 물질로 채울 수 없는 것들이 너무 많다는 생각이 듭니다.

생활의 불편함은 있지만 충만한 거잖아요. 반대로 현대의 삶은 영혼의 빈곤함이 있어요.

또 11월이 되면 우리의 유채꽃 같은 마스칼 꽃이 좍~ 피거든요. 그러면 꿀을 벌집째로 쟁반에 담아서 팔아요. 천연 그대로의 꿀을 먹어요. 그렇게 자연이 원래 주었던 특혜를 마음껏 누릴 수 있는 곳이죠.

우리가 절대 접해볼 수 없는 것들이 그곳에는 있군요. 그래서 불편하다는 생각보다는 그곳이 주었던 원초적인 아름다움에 향수를 느끼시는 것 같네요. 저는 그동안 에티오피아에 꼭 가고 싶어, 그런 말은 별로 들어보지 못했는데요, 말씀 듣다 보니 꼭 한번 가보고 싶다는 생각이 듭니다. 음악, 커피, 좋은 것들이 너무 많은 것 같아요. 또 음식은 어떤 것이 있나요?

인제라라는 음식이 있어요. 떼프teff라는 에티오피아에서만 재배되는 곡물을 갈아 살짝 발효시켜서 전병을 부쳐요. 갈색 전병에 와트라는 소스를 얹어 먹는 거예요. 에티오피아에서는 마늘과 고춧가루를 많이 먹어요. 고추가 무척 맛있고 유명해요. 많이 맵지 않고 구수하고요. 저는 에티오피아 있을 때, 한국 지인들에게 고춧가루를 선물하곤 했는데 에티오피아 고춧가루가 한국 것보다 훨씬 맛있다고 했었어요. 마르카도에 가면 고추 시장만 따로 있을 정도예요. 와트는 고춧가루에 버터를 넣고 볶다가 고기, 채소 등을 넣어 만들어요.

마숍이라는 간이 식탁에 쟁반을 올리고 그 위에 전병을 담아요. 마숍은 풀로 짠 바구니라고 할 수 있는데 얼마나 컬러풀하게 짰는지 몰라요. 마숍을 간이 식탁처럼 두고 둘러앉아 먹어요. 인원에 따라서 작은 마숍도 있고, 큰 마숍도 있는데, 큰 것은 열몇 명도 둘러앉아 먹을 수 있어요. 부잣집에서는 대형 마숍을 쓰지요. 거기선 도구 없이 손으로 먹잖아요. 특히 높은 사람이나 재벌집 같은 데 가면, 최고의 환대는 그 집 여주인이 인제라를 자기 손으로 싸서 손님에게 먹여주는 거예요. 처음에는 너무 깜짝 놀랐어요. 문화부 장관 댁에 초대받아 갔는데, 사모님이 인제라를 싸서 우리 남편에게 먹여줬어요. (웃음) 갑자기 그렇게 해주니까 무례한 거 아닌가, 했는데 그것이 최고의 환대였어요.

에티오피아에 살았던 사람들 중 딸 가진 부모들 머리 아프게 하는 게, 딸들이 시집가서 애기를 가지면 제일 먹고 싶어하는 게 인제라예요. 임신한 딸이 먹고 싶다고 하면 해줘야 하는데, 한국에선 대책이 없잖아요. 인제라는 그 정도로 중독성이 있어요.

에티오피아 하면 떠오르는 또 한 가지가 있어요. 너무 아름다운 에티오피아 여성들이요.

그냥 지나칠 수 없이 예쁘죠. 세계에서 제일 아름다운 여인이 에티오피아 여인이라고 해요. 에티오피아라는 이름이 햇볕에 그을린 얼

굴이라는 뜻이에요. 피부도 살짝 갈색인 데다 전부 9등신 10등신이
에요. 얼굴이 정말 조막만하고, 팔 다리가 너무 길고, 눈은 큰 호수
같아요.

**저도 파리에 살 때 갔던 에티오피아 식당에서 에티오피아 여성분이 전통 의상
을 입고 서빙을 해주시는데, 정말 넋을 잃을 정도였어요. 에티오피아는 커피맛
도 빼놓을 수가 없죠.**
커피 원산지죠. 에티오피아 서부에 가면 카파kaffa주가 있어요. kaffa
가 커피의 어원이죠. 세계에서 생산되는 모든 커피에 에티오피아 커
피가 들어가지 않으면 완성이 안 된다고 하더라고요. 그 정도로 커
피에 마지막 일격을 가하는 게 에티오피아 커피라고 합니다. 에티오
피아 가정에 초대를 받으면 식사 후에 조그만 주전자와 풍로를 가
지고 와요. 숯을 조금 피워서 거기서 바로 커피를 볶아요. 그걸 조그
만 절구에다 빻아서 커피를 끓여줘요. 그게 에티오피아의 전통 커피
세레모니예요. 향기가 이루 말할 수 없죠.

　이강원 관장님의 여행 이야기를 듣는 순간은 그야말로 황홀하
다. 시공을 초월해 이국적이고도 매혹적인 여행지로 듣는 사람을 순
간이동 시키기에 충분히 생생하고 흥미진진하기 때문이다. 관장님
이 특별한 애정을 갖고 계신 아프리카 얘기를 들을 때면 더욱 그렇
다. 당신에게도 그런 기억이 있는가? 번잡스런 도시에서 살다가 소

음 하나 없는 자연 속에 들어갔을 때, 살랑살랑 불어오는 바람에 간혹 들려오는 새소리가 전부였던 순간. 그 고요함이 왠지 당황스러웠던 그런 기억. 그런데 그 고요함은 금세 익숙해지고, 다시 도시로 돌아왔을 때 내가 지금까지 이런 곳에서 살았던가 하고 생각했던 기억……. 당연하다 느끼며 살아왔던 소음과 경쟁, 스트레스 같은 것들이 어쩌면 당연한 게 아닐지 모른다는 사실, 그런 것은 태초의 인간이 살았던 황량하고 원초적인 땅을 밟아보아야 알 수 있는 것이리라.

신이 최고의 컨디션으로 만든 나라, 아르헨티나

다음으로 소개해주시고 싶은 여행지는 어디인가요?
남미의 아르헨티나로 갑니다.

관장님께는 아르헨티나가 어떤 나라인가요?
개인적으로는 저희 남편이 35년의 외교관 생활을 마친 곳이 아르헨티나입니다. 2000년~2002년 사이에 살았어요.

아주 의미 있는 곳으로 기억되시겠어요. 많은 사람들이 아르헨티나라고 하면 탱고, 마라도나, 에비타, 이과수 폭포 그 정도 기억하지 않을까요?
우리나라는 국가 이미지가 확고하게 잡혀 있지 않아서, 문화 외교를

176

할 때, 한국을 한마디로 표현해줄 수 있는 게 생각이 잘 안 나요. 굉장히 시급한 문제인 것 같아요. 그런데 아르헨티나 같은 경우엔 자기 국가를 대변할 수 있는 이미지가 넘칠 정도지요.

저는 아르헨티나 하면 떠오르는 이미지가 이민자의 나라라는 건데요. 아르헨티나에서 왔다고 하면, '그렇다면 너는 진짜로 어디서 왔어?'라고 물어요. 그때부터 우리 할머니는 러시아에서 왔고 할아버지는 프랑스에서 왔는데…… 이렇게 이민의 역사가 나오더라고요. 그리고 직업이 뭐야? 물어서 선생님이야, 그러면 또 다른 직업이 뭐야? 라고 자연스럽게 물어요. 그러면 나는 선생님인데 가수야, 라든가 나는 회계사인데 무용수야, 등의 답이 흘러나오죠. 모두에게 아티스트로서의 직업이 하나씩 더 있는 거예요. 몇 달 지내보니까 그런 예술적인 영감이 생겨날 수밖에 없는 나라더라고요. 이강원 관장님께서는 우리나라 면적의 28배인 아르헨티나, 그 중에서 어디를 소개해주실 건가요?

아르헨티나에 대해 그렇게 물어보는 게 제일 곤란해요. 우스갯소리로 신이 가장 영감이 뛰어났을 때 만든 나라가 아르헨티나래요. 다른 나라들이 하나씩밖에 갖고 있지 못한 사막, 열대우림, 빙하 그 모든 게 있어요. 브라질이 아르헨티나보다 면적이 크지만 빙하도 없고 사막도 없거든요. 그런데 아르헨티나가 세계에서 유일하게 이 모든 게 다 있는 나라예요. 정말 경이롭죠. 남쪽은 남극이 가까우니까 빙하지대이고, 가운데는 하루 종일 달려도 사람 한 명, 나무 한 그루 만나기 어려운 초원 팜파가 있어요. 북쪽으로 올라가면 후후이주라는 산악지대가 있어요. 그랑데 살리나Grande Salina라고 소금호수도 있고요. 그 북동 끝에 이루자라는 마을이 있어요.

후후이주가 엄청나게 환상적이라는 이야기는 들어봤는데 못 가봤어요. 어떤 점이 그렇게 마음에 드셨나요?

미국 있을 때 미국 친구랑 같이 명상 이야기를 많이 했어요. 그 친구가 정말 명상에 관심이 있으면 아르헨티나의 이루자Iruya란 데를 가봐라, 그래서 마음속에 담아두고 있었죠. 그런데 아르헨티나로 발령이 났잖아요. 그래서 제가 지도에 이루자를 찾아 딱 표시를 해두고 거기 갈 계획을 세웠어요. 마침 이루자 교회의 한 신부님이 살타주와 후후이주의 고아들을 도와주는 프로그램을 몇 년째 하고 계셨어요. 그 신부님을 도우려고 이루자에 가기 전에 부에노스아이레스에서 바자를 해서 기금을 모았어요. 교민분들이 그런 일에 굉장히 협조적이시거든요. 또 의류업에 많이 종사하시잖아요. 기증 받은 의상 수십 박스를 가지고 이루자에 갔어요. 이루자는 그곳까지 가는 여정 중에도 우리가 상상할 수 없는 광경들을 보게 돼요. 산이라든가 협곡이라든가. 산도 일곱 가지 색깔이 있다는 얘기 들어보셨어요? 크고 높은 산은 63빌딩만 하고 정말 무지개가 내려와 앉아 있는 것 같아요. 그게 산이 갖고 있는 광물질 때문에 다른 색이 나는 건데, 정말 절경 중의 절경이지요.

아르헨티나 다른 대도시에 가면 백인이 대부분이에요. 부에노스

아이레스에서 흑인을 본 날은 재수가 좋은 날이라고 할 정도예요. 그 정도로 백인이 많이 살고 있는데, 이 후후이 쪽에 가면 인디오들이 90퍼센트 이상이에요. 인디오 여성들이 머리 땋고, 알록달록한 옷을 입고 등에 짐을 메고 좁은 골목길을 걸어 다니는 풍경이 그려지시나요?

산을 수도 없이 지나고, 협곡을 지나 이루자에 들어가는데요, 도달하고 보니 숨이 턱 막히더라고요. 마을은 작고 길은 다 납작납작한 돌길에 언덕이에요. 산에 세운 마을이니까요. 거기서 저는 아침에 일찍 일어나서 마을을 걸었는데, 어디서도 못 들어본 소리를 들었어요. 이게 무슨 소리지, 했는데 제 내면의 소리더라고요. 얼마나 조용한지……. 제 자신 속으로 침잠해 들어갈 수 있었어요. 친구가 왜 명상을 하고 자신을 돌아보고 싶으면 이루자에 가라고 했는지 알았어요.

고요히 영성을 깨우는 이루자

이루자에서 얻은 체험을 실생활에 끌어 쓰면 참 좋겠죠. 그런데 성인이 못 되다보니까 여행 전의 일상으로 돌아왔지만, 그때 그 체험, 교회에서의 예배, 그런 것들은 생생하게 살아 있어요.

가는 도중에 너무 특이한 경험을 했어요. 나무 한 그루 없는 일곱 가지 색깔의 돌산에 공동묘지가 있었어요. 그곳 사람들은 산을 파서

묘지를 만들어요. 우리는 성묘 갈 때 생화를 가지고 가잖아요. 그런데 그곳에선 모두 조화를 바쳐요. 온갖 색의 조화가 무덤 앞에 있는데, 바람이 불면 꽃잎이 소리를 내며 춤을 춰요. 그걸 보고 감격하고 있었는데, 어딘가에서 탱고를 연주하는 반도네온 소리가 들리는 거예요. 소리의 진원지를 찾아보니 무덤 옆에 어떤 남자분이 앉아 연주를 하고 있더라고요. 아르헨티나는 탱고에 절여진 나라예요. 24시간 탱고를 들을 수 있는 라디오 방송이 있고, 시위할 때도 탱고를 틀 정도죠. 그런데 그 무덤에서 바람에 흔들리는 조화를 보며 반도네온 연주를 듣다가 정말 무릎을 꿇고 앉아 울었어요. 어디에서도 그런 감격스런 연주는 못 들어본 것 같아요.

괜히 울컥하네요. 그때 그 감정은 대체 뭐였을까요? 감동이라고만 하셨는데, 되게 많은 게 섞여 있지 않았을까요. 무덤가였고, 탱고였기 때문에 내 안으로 깊이 들어가는 것도 있고.
그 산이 주는 기운과 정말 아무 소리도 없는 가운데 울려나오는 탱고. 거기서 울지 않을 수 없었어요. 어느 교회가 그런 감동을 줄 수 있을까요.

인간이 갖고 있는 수많은 복잡한 감정이 있잖아요. 아름다움을 보고 감동을 하고, 기쁘고 즐겁고 환희에 차고 희열을 느끼고, 슬프고 아프고 고독하고 외롭고 괴롭고 화가 나고 두렵고……. 지금 묘사하신 아름다운 풍경과 소리가 바다

속의 모래처럼 영혼 안에 잠식되어 있던 감정을 확 불러일으킨 것이 아닐까 싶습니다.

모든 색의 빛을 섞으면 흰색이 된다고 하잖아요. 손미나 씨 얘기처럼 우리가 평생 가지고 사는 그 모든 감정들을 하나로 통합해버리는 그런 장소와 소리가 아니었나 생각이 듭니다. 지금도 그곳을 생각하면 경건해져요. 한 가지 아쉬운 건 가기가 힘들다는 거.

그런데 우리는 여행할 때 단시간 내에 많은 걸 빨리 보려고 하는데, 아주 멀리서 정말 이루자만 보려고 오는 사람들이 있어요. 그래서 호텔 잡기가 너무 어려워요. 그리고 그 주변에도 볼 게 너무 많아요. 사천 미터 고원에 있는 호수에 가면, 홍학 서식지예요. 호수가 새빨개요. 이루자만 다녀오셔도 후회는 안 하실 거예요.

저는 아르헨티나에 2008년에 한 번, 2009년에 또 한 번 갔어요. 아르헨티나는 한 번 가면 결국 다시 가게 된다는 이야기가 있거든요. 저도 무언가에 홀린 사람처럼 계속 생각나서 다시 돌아갔었는데, 다른 지역도 좋지만 부에노스아이레스 이야기를 빼놓을 수가 없죠.

제가 남미 여러 나라에서 살아봤잖아요. 남미 친구들한테 남미에서 어디 제일 가고 싶으냐 물어보면 모두 부에노스아이레스라고 해요. 그럴 수밖에 없는 것이 부에노스아이레스는 남미의 파리라는 말이 있잖아요. 특히 건축물들이 파리나 브뤼셀 같은 곳을 옮겨놓은 듯한데, 자연은 열대의 자연이에요. 추운 겨울에도 야자수 꽃이 피어요.

나무와 꽃들이 얼마나 크고 건강하고 거대한지 몰라요. 12월이 되면 하카란다라는 꽃 수백만 수천만 송이가 피어 부에노스아이레스에 보라색 안개가 낀 것 같아요.

부에노스아이레스에서 탱고 연주가 끊이지 않는 밀롱가(탱고를 즐기기 위해 모이는 장소)가 거리 곳곳에 있어 거기에 중독되어 보냈던 시간이 기억납니다. 거리 연주도 곳곳에서 하잖아요. 그러면 즉석에서 탱고를 추고……. 거리 연주라고 해서 연주나 춤의 질이 절대로 떨어지지 않고 정말 볼 만하죠. 그냥 시장이나 광장에서 아무 때나 탱고 음악이 흘러나오면, 나이 지긋하신 할아버지나 아주머니, 누구든 편안한 차림에 운동화를 신고도 춤을 추는데, 그 자세가 정말 끝내줬어요. 동네 곳곳에서 탱고 추는 사람들 많이 봤는데, 저는 그 장면이 그렇게 멋져 보였어요.

참 멋지죠. 그리고 연세가 많은 분들, 체격이 부한 분, 이런 분들이 추는 탱고는 더 멋있어요. 무르익음이 느껴진달까요. 탱고가 어떤 경지에 오르면 스텝을 없앤다고 하잖아요. 그 정도로 탱고에 완전히 녹아버린 그런 스텝을 거리에서 볼 수 있어요.

아무나 못 들어가는 게이 밀롱가에 초대를 받아 간 적이 있는데요, 지금도 그때 광경을 생각하면 전율이 느껴져요. 진심으로 사랑하는 사람들이 뿜어내는 뜨거움을 느꼈어요. 이렇게 뜨거운 춤을 추는 커플을 본 적이 있던가 싶을 정도로 너무 멋진 춤꾼들을 봤어요.

부에노스아이레스는 한창 잘나가던 시절에 유럽의 강호들이 와서 건물을 지어놔서 코너를 돌면 마드리드, 코너를 돌면 파리 막 그렇잖아요. 그것도 너무 멋지고요. 이쪽 골목에는 카를로스 카르델의 생가가 있으면, 저쪽 골목에는 보르헤스가 머물렀던 거리가 있고, 코르타사르가 글을 썼던 카페가 있고 그런 거예요. 저는 부에노스아이레스에 머무는 동안 매일 울었어요. 하루는 기뻐서, 하루는 감동해서, 하루는 안타까워서, 하루는 너무 행복해서, 하루는 너무 슬퍼서. 어떻게 주체할 수 없는 감동이 소용돌이 쳤던 도시예요.

저도 그렇게 느낀 것 같은데, 그렇게 표현을 못했었네요.

저는 또 그렇게 이가 아프더라고요. 쇠고기를 너무 많이 먹어가지고요. 어떻게 그렇게 맛있고 좋은 고기가 많던지요.

정말 아르헨티나 고기 맛은 상상을 초월하죠. 어떻게 세상에 이렇게 맛있는 음식이 있나 싶을 정도예요. 저도 많이 먹었죠. 제가 외교관 부인으로 식사 대접을 하면서 가장 인기 있었던 한국음식이 불고기였어요. 그런데 그게 안 통한 게 아르헨티나예요. 그 사람들은 고기에 파 마늘 간장 같은 양념이 들어간 걸 절대로 못 받아들여요. 고기의 순수한 맛을 해치기 때문이래요. 오직 암염만 뿌려서 숯불에 구워 먹는 게 아사도죠.

지금도 기억나는 게, 처음 아르헨티나 아사도를 친구들이 해줘서 먹었는데 제가 너무 놀랐어요. 도대체 뭘 어떻게 한 거야? 그랬더니 그냥 고기를 구워서 소금을 뿌렸대요. 그게 다래요. 어떻게 그렇게 맛있을 수가 있어? 그랬더니 친구들이 조금 생각을 하더니, 아르헨티나 소들은 행복하거든. 그러더라고요. 소들도 이렇게 자유를 주면 행복한데, 인간인 나는 더 자유롭게 살아야겠다, 생각했죠. 그래서 돌아와서 자유롭게 살고 있어요. (웃음)

먹거리 볼거리 말도 못하게 많은 나라인데, 정치적인 부패 상황 때문에 경제도 안 좋고. 저는 친구들을 남겨두고 오면서 가슴 아프기도 했는데요, 이야기 나누다보니까 어쨌든 정말 멋진 곳이구나 싶은 생각이 들고, 덕분에 정말 아르헨티나 여행을 원 없이 다시 해서 감사드리고 싶어요.

호기심이 꿈이 되고 인생이 됩니다

관장님께 여행은 어떤 의미인가요?

저는 여행의 DNA를 골수이식 받았다고 할까요? 제게는 방랑자의 피가 분명 있거든요. 여행은 그냥 하나의 이벤트가 아니라 일상인 것 같아요. 저를 버티게 해주는 굳건한 기둥이고요.

지금도 여행 자주 다니세요?

많이 다니죠. 박물관 시작하고부터는 일에 관계된 작가들을 만나기 위해서나 전시 준비를 위해서 가기 때문에 아무래도 유럽이나 미국 쪽을 다니게 돼요. 그쪽도 다녀볼수록 쏠쏠해요.

실례가 되는 말씀일 수도 있지만, 젊은 사람들도 이제 기운 달리고 귀찮아서 여행 못 다니겠어, 혹은 살기도 바쁜데 무슨 여행이야, 이러거든요. 그런데 관장님은 지치지 않고 다니시는데, 그 에너지의 원천이 뭘까요?

제가 지치지 않도록 불 지피는 원동력이 있다면, 호기심의 등불을 아직 끄지 않았다는 거예요. 누가 불길을 강제로 끄지 않는 이상 타고 있을 거예요. 저는 젊은 분들이 호기심의 안테나를 높이 세우셨으면 좋겠어요. 모든 것을 호기심하고 연결시키면 그것이 꿈이 되기도 하고, 내 영역도 넓어지지요.

살아오신 모습만으로도 열정이 무엇인지 보여주시는 것 같아서 감사하는 마음이 듭니다.

· · ·

이 책의 원고를 정리하고 있는 순간에도 이강원 관장님은 르네상스 미술 단기 연수 과정을 듣기 위해 영국 런던에 가 계시다. 순간이동 하듯 지구를 누비며 열정을 불태우고 계신 관장님의 소식을 접할 때마다, 내 인생의 연극이라 할 수 있는 〈19 그리고 80〉이 떠오른다. 처음엔 프랑스에서 〈해롤드와 모드〉라는 제목으로 발표되었던 영화를 연극으로 만든 작품으로, 나는 이 작품이 무대에 올려질 때마다 가서 본다. 극 중에는 여든의 나이에도 넘치는 호기심으로 매일 새로운 것을 배우는 할머니 모드와 삶의 희망이라곤 없어 매

일 자살 시도를 하는 청년 해롤드가 나누는 이런 대화가 있다. "인생
은 축구경기 같은 거야. 전후반 90분 동안 최선을 다해 뛰지 않은 선
수가 경기가 끝난 후 라커룸에 돌아가서 무슨 말을 할 수 있겠어?"
하긴 인생이 정말 축구경기라면 후반으로 갈수록 더욱 악착같이 공
을 패스하고 한 골이라도 더 넣기 위해 애써야 하지 않겠는가. 나이
를 먹을수록 꿈도 열정도 사라져버리는 게 당연하다 생각하는 수많
은 이들에게 "인생은 축구경기야!"라고 외치는 듯한 이강원 관장님
이 오래오래 모드 할머니처럼 새로운 일에 도전하며 사시는 모습을
가까이서 지켜보고 싶다. 그만큼 훌륭한 인생의 나침반이 또 있을까.

나의
뒷모습을
마주한
시간

뮤지션 윤상의 '꽃보다 청춘'
페루 여행

윤
상

∘

1990년 데뷔했다. 여전히 다양한 장르의 음악 활동으로 전 세대와 음악적 소통이 가능한 몇 안 되는 대한민국 대표 뮤지션이다. 보아, 아이유, 성시경, 박효신, 가인, 러블리즈 등의 프로듀서로 활동했으며, 최근 발매한 디지털 싱글 〈날 위로하려거든〉으로 한국 대중음악상 최우수 댄스·일렉트로닉 상을 수상하였다. 프로듀싱 팀 '원피스'를 결성해, 다시 한번 다양한 음악 세계를 보여주기 위한 준비를 하고 있다.

어느덧 십여 년 전, 방송국에서 한창 열심히 일하던 어느 겨울, '노총각 4인방'이 크게 화제가 되었던 적이 있다. 화려한 싱글로 인기 몰이를 하던 실력파 남자 가수 넷이 프로젝트 활동을 하면서 붙여진 이름이었다. 그때 이미 노총각이라 불린 사람들이니 지금은 중년에 접어든 지도 꽤 되었고 모두가 한 가정의 가장이 되었다. 좋아하는 아티스트가 자연스럽게 나이 들어가는 것, 또 그것이 음악 세계에 반영되는 것이 보기 좋다 생각하는 편이지만, 유독 평생 청춘일 것 같은, 뼛속까지 아티스트라서 결혼해 아빠가 되는 것도 왠지 안 어울린다 싶은 이가 있다. 바로 가수 윤상. 나와는 아주 오랜 인연의 주인공이다. 윤상 씨는 1998년, 우리나라 최초로 서양 뮤직비디오를 편집 없이 보여주는 음악 프로그램으로 인기를 끌었던 〈뮤직타워〉를 나와 함께 진행했다. 감수성 넘치지만 어딘가 쓸쓸해 보이는 뮤지션 윤상부터 날카롭고 시니컬한 윤상, 인간적이고 마음 약한 윤상까지 다 잘 알고 있다고 생각했는데 어느 여행 프로그램에 나와 여지없이 속을 드러내는 모습을 보며 여행을 통해 얼마나 한 사람을 깊이 이해하게 되는가, 그리고 여행이 얼마나 강력한 힐링의 효과를 지니고 있는가를 절감한 기억이 있다. 뮤지션 윤상에게 여행은 어떤 의미일까. 참으로 오랜만에, 이태원 인생학교 정원 파라솔 아래 그와 마주 앉으니 예전의 추억들이 주마등처럼 스쳐 지나갔다.

· · ·

손미나 우리가 같이 방송 진행한 게 십 년도 훌쩍 넘었더라고요. 그래도 변함이 없으세요. 궁금한 게 많지만 일단 페루 얘기를 먼저 해보고 싶어요. tvN 여행 프로그램 〈꽃보다 청춘〉 출연으로 다녀오셨잖아요. 언제였죠?
윤상 2014년 7월이요. 그거 아니었으면 어쩔 뻔했을까요.

어쩌다 거기 끌려 가셨어요? 방송 보니까 갑자기 떠나시던데, 정말 그때까지 모르셨어요?
정말 몰랐죠. 저를 섭외해준 나영석 피디한테도 깜짝 놀랐고요. 자랑은 아니지만 제가 원래 여행을 안 좋아하는 사람이었잖아요. 파리에 간 적이 있는데, 일 때문에 가긴 했지만 삼사 일 머물면서 거의 가본 데가 없어요. 로댕 박물관 갔더니 문 닫는 날이었고, 루브르 가려다가 그냥 호텔에 있겠다고 했고요.

에펠탑은 보셨어요?
지나가면서 봤어요. (웃음) 일행은 아침 일곱시에 기상해서 아주 열심히 잘 다녔는데, 저는 호텔에만 있었어요.

저도 윤상 씨가 페루에 가신 걸 보고 깜짝 놀랐어요. 일본도 아니고, LA도 아니고, 페루를! 유희열 씨나 이적 씨는 그럴 수 있겠다 싶었지만, 윤상 씨는 어떻게 이 사람을 방에서 끌어냈을까 궁금하더라고요. 세 명의 조합은 여행에선 어땠나요?
저는 그 방송을 통해서 공부를 한 셈이었어요. 방송 이후에 비난을 많이 받았어요. 그 프로그램이 아니었다면 저는 그냥 아무 생각 없이, 그냥 원래 캐릭터대로 살면 된다고 생각했을 거예요. 희열이랑 적이는 이십 년 동안 가까이 지낸 동생이자 동료 음악인이었는데, 이 친구들의 매력도 거기 가서 처음 알게 된 게 많아요.

여행이 아니면 알기 어려운 것들이 있죠.

나의 뒷모습을
마주한 시간

우리 아빠가 달라졌어요

: 페루 여행이 바꿔놓은 것들

저는 아무 생각 없이 갔어요. 그냥 따라갈게, 란 마음이었어요. 전 매사에 그랬던 거예요. 가족들과 여행을 가본 적도 없고. 가면 혼자 가는 정도였죠. 짐 싸는 것도 싫어했고. 그나마 제가 아빠가 되고 나서는 아이들을 위해서 여행이 남는 거라는 생각에 조금씩 수긍을 하게 되었어요. 그 이전에는 여행 안 가도 살아가는 데 아무 지장이 없다고 생각했어요. 왜냐면 저 스스로도 유년기 때 어디 가본 적이 없었어요. 중고등학교 대학교 때조차도. 안 가도 돼 하면서 살고 있었는데, 그 방송을 통해서 그렇게 사는 게 썩 좋은 게 아니구나, 느꼈어요. 물론 지금도 여행이라는 게 선택인 거지, 이런 사람도 있고 저런 사람도 있는 거지, 날 비난하지 말라고 말할 수 있겠지만 그 여행에서 느낀 게 너무 많기 때문에 갈 수 있을 때 가자는 쪽으로 바뀌었어요.

페루 여행이 윤상 씨의 많은 것들을 변화시킨 것 같아요. 제가 볼 때도 그 전후로 달라지신 게 느껴지는데, 더 건강해 보이셔서 기뻐요. 여행이 일단은 굉장히 힘든 과정이잖아요. 그 고생을 통해서 변화를 겪으신 거라고 볼 수도 있겠지요. 일단 페루에 가는 여정이 굉장히 멀잖아요. 그렇게 오래 비행기 타신 적 있었어요?

아르헨티나 갈 때, 서른여섯 시간 비행기 탄 적이 있어요. 이번엔 미국 텍사스를 경유해서 페루로 갔어요. 아르헨티나 갈 때보단 수월했던 거 같아요. 아르헨티나 갈 때는 LA 들러서 브라질 갔다가 거기서 또 비행기를 타고 부에노스아이레스로 갔으니까요.

나영석 피디가 오늘 당장 페루로 갑니다, 라고 했을 때, 쉽지 않을 거라고 생각은 했지만, 그래도 혼자 가는 것도 아니고 서른여섯 시간 비행을 해본 경험도 있었기 때문에 그래도 괜찮을 거라고 생각했어요. 그때만 해도 허약 체질의 유희열보단 제가 여행을 더 잘할 줄 알았는데 가서 깜짝 놀랐어요. 그 친구가 되게 약골 이미지였는데 안 지치더라고요. 유희견이라고 불렀어요. 강아지처럼 빨빨거리고 살 다녀서요. (웃음)

페루는 고산지대가 많고 사막이 많아서 공기가 희박하고 안 좋은 데도 많은데, 그런 데일수록 그렇게 마른 사람들이 잘 지낸대요. 세 분이 여행을 떠났는데 페루에서 가장 기억에 남는 곳은 어디예요?
일주일 넘는 여정이었는데, 제가 우겨서 갔던 곳이 딱 한 곳이에요. 사막을 꼭 보고 싶었거든요. 거기가 와카치나였어요. 인공 오아시스가 작게 있는 마을이었는데, 저는 태어나서 처음 사막을 본 거죠.

저도 지난 3월에 페루에 가서 한 달 동안 있었는데, 그때 와카치나에 갔어요. 거기 아저씨가 굉장히 반갑게 맞아주시더라고요. 야, 거기 얼마 전에 한국

196

나의 뒷모습을
마주한 시간

에서 어떤 남자애들 세 명이 왔다 간 다음에 한국 사람들 너무 많이 온다. 이 게 무슨 일인지 모르겠다. 맨날 한국 사람들이 온다. 그러더라고요. 저는 윤상 씨 일행이 다녀갔다는 걸 아니까 그렇군요, 했죠. 어떠셨어요? 꿈에 그리던 사 막을 보셨는데.

사막이란 데가 주는 공간감이 특별했어요. 아무리 주변을 돌아봐 도 모래언덕만 있는 그 기분. 물론 저 혼자 있던 건 아니지만 유희열 씨, 적이, 제작진 다 같이 있음에도 불구하고 사막이 이런 거구나. 우리가 도시에서만 살았지, 이렇게 척박한 자연공간이란 것이 분명 히 존재하고 그 안에서 살아가는 사람들도 있구나, 이런 걸 처음 알 았어요. 마침 적절한 타이밍에 해가 지는데 그런 기억들이 참 소중 하다는 걸 그때 안 거죠.

거기가 생각보다 작은 규모의 사막이고 오아시스도 인공이지만 차를 타고 어 느 정도 들어가면, 말씀하신 대로 온 사방이 모래언덕밖에 없는 곳이 나온 대요. 페루인 친구가 있는데, 그 친구 할머니가 계세요. 미스 페루 출신으로 90살인데 지금도 하이힐을 신고, 우리와 함께 피스코사워를 마시는 분이세요. 그분이 젊을 때 가장 인기 있는 신혼여행지가 와카치나였대요. 쿠스코도 가셨 죠? 어떠셨어요?

갔죠. 나라마다 태양빛이 다르다는 이야기를 많이 들었는데, 이번에 정말 제대로 느꼈어요. 사진 찍으면 뭔가 달라요. 자연광이 주는 아 름다움이 있었어요. 이렇게까지 밝을 수가 있구나 감탄했습니다.

거기야말로 태양의 도시라고 하잖아요. 쿠스코는 잉카 제국의 수도라고 할 수 있는데, 해발 삼천사백 미터거든요. 마추픽추는 거기보다 오히려 조금 낮아요. 혹시 고산병은 안 걸리셨어요?

보통은 쿠스코에 갈 때 그렇게 생고생을 안 해도 돼요. 리마에서 비행기를 타고 가면 편안하게 쿠스코 공항에 도착을 하는데, 저희는 그 여정 자체를 담는 게 목적이니까 열여섯 시간 동안 버스를 타고 갔어요. 그런데 다행히 쿠스코 가기 전까지는 체력이 그럭저럭 받쳐줘서 멀쩡했는데, 쿠스코 도착할 때 고산병이 온 거죠. 그건 아무도 예측을 못 한대요. 건강하고 아니고 그런 문제도 아니라고 해요. 다행히 하루 정도 고생하고 다음날 여정에 제가 낙오되지 않고 잘 따라간 것만도 자랑스럽게 생각해요. 버스 타고 가는 게 아주 힘들었어요. 제작진이 준비해준 고산병 약 먹고, 유희열의 사랑이 담긴 샌드위치를 먹고 하루 만에 극복을 해낸 거죠.

샌드위치를 먹고 고산병이 나았단 말을 들어본 건 처음인데, 정말 유희열 씨가 사랑을 많이 담았나보네요. 호텔에 산소 서비스가 있던데, 그건 이용 안 하셨어요?

그거 안 주더라고요. 은근히 바라고 있었는데, 그때 분위기가 제가 뭘 더 바라면 저 사람은 참 유별나다는 소리를 들을 것 같아서 괜찮다고 했어요. 그런데 산소를 공급 받으면 도움이 되나요?

산소요? 저는 계속 했어요. 고산병이라기엔 약간 두통 정도였는데, 같이 갔던 친구는 좀 힘들었고요. 쿠스코까지는 괜찮았는데, 저는 티티카카 호수에 가서 엄청 힘들었어요. 거기 가려면 푸노라는 도시에 가야 하는데 거기가 해발 삼천 구백 미터예요. 거기는 진짜 낮에 도착해서 한 여섯 시간 정도 활동하고 저녁이 되면 걷기가 힘들어요. 이러다 내가 쓰러지겠다 싶은데, 호텔에서 권장하는 게 오후 다섯시에서 일곱시 사이에 산소를 한 번 하고 자기 전에 한 번 더 하래요. 그때 마침 전화통화를 하면서 굉장히 화가 나는 일이 있었거든요. 그런데 화를 못 내겠는 거예요. 너무 숨이 차서. 상대방은 제가 화가 난 줄도 모르고 넘어갔어요. 얘기하고 싶어도 숨이 차서 말도 못 하는 상황이었죠.

저희는 일단 쿠스코에서 마추픽추 보고 다시 리마로 돌아왔어요. 사실은 티티카카 호수를 그때 아니면 언제 또 볼까 싶어 아쉬웠어요. 저는 아이들이 좀 더 크면 아빠가 유일하게 좀 아는 데가 거기니까 같이 가보려고 해요. 진짜 좋더라고요.

마추픽추 같은 곳은 오죽하면 몇대 불가사의라고 그러겠어요. 마추픽추에 갔던 날, 아침에 그걸 보기 위해서 새벽 세시반인가 네시에 일어나서 갔는데, 건기에 갑자기 비가 와서 정말 당황하고 억울했어요. 그 고생을 해서 갔는데 못 보면 어쩌나 했어요. 그런데 열두시가 되면서 구름이 마치 홍해가 갈라지듯이 쫙 열려서 뭐랄까 정말 더 드라마틱했어요.

정말 운이 좋으셨네요. 마추픽추는 비가 오면 하루 종일 오고, 개면 종일 개어

있대요. 그런데 비가 멈춘 거잖아요. 그곳에서 이십 년간 알아온 사람들에 대해 서로 몰랐던 점을 알게 된 과정, 그 이후에 어떤 변화가 있었는지 궁금합니다.

충분히 친하고 충분히 아는 사람들임에도 불구하고 여행을 가서 그 친구들의 행동 같은 걸 보면 참 어른스럽다 느꼈어요. 그리고 내가 얼마나 동생들과 형으로 지내는 그 관계를 당연히 여기고 살았는지 느껴지더라고요. 음악하는 사람들끼리 음악으로 얘기하면 됐지, 세 상을 더 안다고 해서 뭐가 그렇게 대수일까 정도로 저는 생각했던 것 같아요.

제 생활은 모든 게 기승전음악이었죠. 아무리 사회생활을 잘 못 하고 뭔가 남의 말 잘 못 듣고 그래도 결국 음악하는 걸로 풀어내면 되는 게 아닐까 생각했는데, 내가 너무 보고 싶은 것만 보고 살았구 나 깨달았어요. 유희열 씨는 방송이 아니어도 여행을 워낙 자주 다 니는 걸 알고 있었어요. 적어도 굉장히 폐쇄적일 거라 생각했었는 데, 이 친구도 여행이나 가족과 보내는 시간에 대해 저보다 훨씬 열 린 마음으로 살고 있었어요. 까탈 부리고 유별난 제 모습을 방송으 로 보면서 창피한 것도 좀 있었어요. 잘 보지 못하고 있던 내 뒷모습 을 본 느낌이랄까요.

제가 곁에서 지켜본 느낌으로는 윤상 씨에게 정말 많은 변화를 가져온 페루 여행이 아닐까 싶네요. 두고두고 생각할수록 그렇게 말씀하실 것 같아요.

네, 전환점이 된 여행인 건 분명해요.

방송을 보셨던 많은 분들이 나스카 유적 갔을 때 윤상 씨의 모습에 대해서 얘기하더라고요.

그 부분은 또 유희열 씨한테 고마워할 일인데, 저는 정말 경비행기를 안 타려고 했어요. 일부러 위험에 노출되는 걸 즐기지 않거든요. 어렸을 때 부모님의 권유로 청룡열차를 타본 이후로, 이걸 내가 왜 타야 하나 싶었어요. 취학 전이었는데, 결심을 했죠. 이런 거 난 다시는 안 탄다. 그런데 거기서 유희열 씨가 결단력 있게, 형 이건 꼭 해야 돼, 하고 적극적으로 권유해서 나스카 유적을 볼 수 있었어요.

비행기 타기 전에 겁을 많이 주더라고요. 옆으로 많이 볼 수 있도록 비행기 기울기를 바꿔서 비행기 탄 사람 중 80퍼센트는 다 토하니까 전날부터 아무것도 먹지 말라고 해요. 저희는 밥을 먹고 탔는데, 아무도 토하지는 않았어요. 저희가 탄 날 마침 하늘이 허락하셨는지, 구름이 한 점도 없었어요.

나스카 라인에 대해 어떤 기대를 하셨고, 보고 나서 어떤 느낌이 드셨나요.

날씨가 안 좋으면 잘 안 보인다는 얘길 듣고, 문양을 찾을 때 어려움이 있을 줄 알았어요. 게다가 제가 눈썰미가 좀 없어서 혹시 못 보면 어쩌지? 그랬는데 타자마자 제 휴대전화로 사진을 막 찍었는데 선명히 찍힐 정도니까 생각보다 훨씬 잘 보여요.

거기 굉장히 여러 가지 문양이 있잖아요. 나스카라는 것이 도시 이름이기도 하

나의 뒷모습을
마주한 시간

지만 잉카 시대 이전에 있던 문명의 이름이기도 하잖아요. 세계 7대 불가사의 중 하나이기도 하고요. 우리는 어떻게 만들었는지도 모르는 것인데, 뭐가 가장 인상 깊으셨어요?

한두 개가 아니죠. 사진에도 담아왔는데 아스트로넛이라는 아이가 있어요. 산 하나에 걸쳐서 손을 들고 있는데 그것이 외계인 애들에 대한 인사라는 얘기가 많았어요. 동물들을 형상화한 라인 자체가 정말 너무 기가 막히게 측량이 되어 있는데, 그 옛날에 어떻게 측량을 해서, 또 어떻게 그 높이에 돌을 쌓아서 만들었을까 경이로웠어요. 정말 외계인이 만든 걸지도 모른다는 생각이 들더라고요.

　손미나 씨는 가본 데가 많다 보니까 세계 7대 불가사의 거의 다 봤죠?

아니에요. 저도 몇 개 못 봤어요. 아무튼 저는 나스카 라인을 보는 데 우여곡절이 많았어요. 그 전날부터 굶어야 된다고 해서 준비를 많이 했어요. 얼마나 기대하고 갑니까. 페루 가면 그걸 꼭 보고 싶고, 평생에 한 번 볼까말까 한 거잖아요. 그런데 저희를 가이드해주신 분이, 경비행기를 탈 때 여권이 필요하단 말을 해주는 걸 잊으신 거예요. 그래서 저희가 비행기를 타러 갔다가 다시 호텔로 돌아가는 바람에 원래 타기로 했던 비행기를 놓치고 그 다음에 일본인 아주머니 단체 관광객이 탄 비행기에 끼어 탄 거예요. 조종사가 페루 사람인데 일본어로 설명을 하는 거예요. 저는 일본어를 하나도 몰라서, 어리둥절해 있다 보면 원숭이 꼬리가 있고, 그런 식이었어요. 그래서 구경을 잘 못했어요. 운이 안 따른 거죠. 또 아쉬웠던 거는 페루 정부가 고속도로를 뚫는 바람에 엄청 멋진 도마뱀 꼬리가 뚝 끊겼다더라고요.

전 다 봤어요. 집중해서 봤죠. 아이들 생각도 나고……

언젠가 꼭 한번 같이 가셔야겠네요.

애들 엄마도 좀 강요해요. 아들들하고 시간을 좀 가지라고. 정말 제가 남들에 비해서 아들들하고만 보내는 시간을 많이 못 가졌죠.

여행 하면 음식 이야기를 안 할 수가 없잖아요. 페루에서 뭘 드셨나요?

페루에서 맛있는 거 많이 먹었어요. 셋 다 결론이 세비체였어요. 그게 현지 음식 중 가장 처음 먹어본 음식이었는데, 너무 맛있는 거예요. 그냥 동네 시장에서 먹어도 맛있어요. 그거랑 잉카콜라랑 먹으면 정말 딱이에요.

잉카콜라 정말 달잖아요.

한국에서는 왜 잉카콜라를 안 팔아? 그랬는데 어디 마트에 가면 판대요. 그런데 정말 풍선껌 맛 나거든요. 세비체 먹으면서 같이 마셨는데 깜짝 놀랐어요. 너무 맛있어서. 생선회하고 샐러드 같은 게 묘한 향과 버무려져서 회덮밥에 밥 빠진 것 같은 느낌.

일본 사람들의 영향을 많이 받은 거 같아요. 아주 오래전부터 일본 사람들이

이주를 해와서 많이 살았잖아요. 후지모리가 대통령이기도 했었고요. 언어 중에도 페루에서는 일본어가 묻어 들어와 섞인 언어들이 있어요. 아무튼 세비체는 우리 입맛에도 잘 맞고, 저도 거의 이틀에 한 번 정도 먹었어요. 또 뭐가 맛있었어요?

오얀따이 땀보라는 곳에 가기 전에 길거리에서 동네 마을분들끼리 고기를 구워먹고 있었는데, 저는 그게 아마 라마 고기였을 거라고 생각해요. 아니면 알파카. 그런데 그 고기도 본의 아니게 대접을 받아서 먹었죠. 정말 짜요. 염장을 한 거예요. 아마 몇 년 두고 먹어도 될 만큼 염장을 한 거 같아요.

저도 알파카를 먹긴 했어요. 처음엔 너무 귀여우니까 먹기가 그런 거예요. 그래도 페루에 왔으니까 알파카를 먹어봐야지, 하고 알파카 카레를 시켰는데 한참 먹다가 고개를 돌려봤더니, 알파카 세 마리가 앉아 있는 거예요. 정말 미안했죠. 꾸이는 드셔보셨어요? 어떻든가요?

저흰 하이라이트가 그거였는데, 괜찮았을 리가 없죠. 일단 비주얼이 그냥 살이 잘 오른 쥐 한 마리가, 머리랑 꼬리 발톱 심지어 이빨도 다 붙어 있는 상태에서 구워져 나오니까. 그런데 몸통은 먹을 만해요.

저는 진짜 음식을 안 가리는데 꾸이는 망설여지더라고요. 그래서 일행이 먹자고 할 때마다 계속 핑계를 댔어요. 배가 아프다든가 배가 부르다든가 시간이 없다든가. 급기야는 제가 시간이 너무 없다고 서두르는데, 꾸이로 유명한 마을

을 지나가게 된 거예요. 그걸 귀엽게 표현한 동상 같은 게 서 있는 마을이었어요. 그곳에 꾸이 테이크아웃 하는 집이 있는 거예요. 더 이상 핑계를 못 대고 먹어보게 되었죠.

페루는 정말 다양한 경험을 할 수 있는 여행지인 것 같아요.

나이 들어서도 새로운 걸 발견하는 기쁨

유적 이야기, 음식 이야기로 수다를 떨다 보니, 정말 시간 가는 줄 모르겠네요. 페루 여행을 통해 무엇을 느끼셨는지, 이후에 어떤 변화를 겪으셨는지 궁금합니다.

제가 얼마나 수동적인 사람이었는지를 알게 되었어요. 지금도 능동적으로 확 바뀐 건 아니지만, 그간 내가 변명하려 들었던 부분이 많이 있었다는 걸 방송을 통해서 보게 되었어요. 물론 저건 내 모습이 아니야, 라고 자기 최면을 걸면서 그냥 넘어갔을 수도 있겠죠. 하지만 제겐 그래, 이쯤에서는 네가 자신을 제대로 봐야 돼, 하는 운명적인 시간으로 느껴져요. 페루 여행 자체도 좋았지만, 방송을 보면서 제가 그걸 발견할 수 있었던 게 좋았어요. 예전에는 불혹이면 완전한 어른이 되어 잔소리 들을 일도 없이, 책임감 느끼며 살아갈 줄 알았어요. 그런데 사십대 후반에도 여행을 통해 그동안 생각 못 했던 것들을 발견할 수 있다는 게 놀라워요. 그래서 저희가 출연했던 〈꽃보다 청춘〉 시리즈에 앞서 했던 〈꽃보다 할배〉에서 신구 선생님께서 "갈 수 있을 때 가라"고 하신 말씀이 새롭게 와 닿았어요. 앞으로 잘난 척 안 하기로 했어요. (웃음)

확실히 여행은 우리에게 변화의 계기를 주고, 내가 작아질 수 있는 소중한 기회를 주는 것 같아요. 초심으로 돌아갈 수 있는 기회, 나를 볼 수 있는 기회, 내가 내 뒷모습을 볼 수 있는 기회란 말씀이 정말 많이 와 닿았습니다. 그런 소중한 여행 이야기를 나눠주셔서 감사합니다.

. . . .

내가 아는 윤상은 천상 아티스트다. 예술과 창작의 굴에 한번 들어가면 나올 줄 모르는 사람. 예술로 치유 받고 그렇게 깨어난 감성으로 다시 세상을 치유하는 음악을 탄생시키고, 마치 예술은 곧 삶이고 운명이고 우주라는 듯이 온몸으로 예술을 살아내고 있는 윤상. 늘 어딘가에 틀어 박혀 음악만 하고 있는 줄 알았던 그가 잉카의 혼이 바람처럼 떠다니는 남미 안데스를 경험하고 들려주는 이야기는 그야말로 흥미진진, 상상을 초월했다. 그의 식을 줄 모르는 예술에 대한 고민과 열정이 여행과 만났을 때 얼마나 새로운 생명력을 갖게 되는지, 세상과 마주하는 순간 비로소 자기 자신을 만날 수 있다는 게 얼마나 짜릿한 감동이 되는지, 오랜 친구라도 여행 경험을 공유함으로써 얼마나 더 가까워질 수 있는지. 미처 생각지 못했던 고마운 선물을 전해 받은 시간이었다.

나의 뒷모습을
마주한 시간

틈나면 간다!
이 틈은
다시 오지
않으니까

개그우먼 송은이의
파리 · 이스라엘 · 아일랜드 걷는 여행

송은이
∶
○

1973년 출생. 서울예술대학 연극과를 졸업하고, 1993년 KBS 특채 개그맨으로 활동을 시작해 20여 년간 다양한 예능 프로그램에 출연하며 특출한 입담과 친근한 이미지로 활약하고 있다. 2009년 SBS 연예대상 라디오 DJ상을 수상했다. 현재 SBS라디오 〈언니네 라디오〉를 개그우면 김숙과 함께 진행하고 있다.

어느 미국 작가가 이런 말을 했다. '내게 걷기는 운동과 아무런 관련이 없다. 내게 걷기는 그 자체로 모험이다.' 걷기가 모험이라는 말의 의미를 진짜 걸어본 사람은 알 것이다. 특히 여행지에서 걷는 일은 매순간 가슴이 두근대며 설레는 모험이다. 모험가는 어떤 얼굴을 지니고 있나? 왠지 우람한 체격에 남다른 눈빛과 용기를 지닌 사람일 것 같지 않은가? 그러나 내가 지금껏 만나온 이들 중 '모험가'라 불릴 만한 삶을 살고 있는 비범한 자들은 대개 온화하고 여유 있는 얼굴에 보호본능마저 불러일으키는 체구를 지녔다. 그 중 한 사람은 오랜 동료이자 친구, 개그우먼 송은이다. 도통 개인적인 이야기를 방송에서 풀어놓지 않기로 유명한 그녀, 송은이가 개인적인 여행담을 풀어놓는 자리에 나타났다.

· · ·

손미나 반갑습니다. 인터뷰에 응해줘서 고맙고요, 좀처럼 개인사를 드러내지 않는 것으로 알려져 있는데 이번에 결심한 이유가 뭘까요?

송은이 우리가 십 년 이상 알고 지냈는데 늘 미나 씨 행보가 궁금해요. 저는 주욱 한 길을 걸어왔고, 가끔 외도로 노래를 부르긴 했지만 상상할 수 있는 범위였다면, 손미나 씨가 해내는 일들은 상상을 뛰어넘기 때문에 무척 궁금하거든요. 저야말로 미나 씨 삶에 대해 업데이트를 하기 위해 왔어요. 게다가 오랜 친구니 부담도 없고요.

오늘은 여행 이야기를 할 건데, 은이 씨도 훌쩍 떠나는 여행을 많이 하시죠. 우선 궁금한 거는 송은이 씨 여행 스타일이에요. 예를 들어 미리 다 준비된 대로만 간다, 꼼꼼히 준비한다, 누구랑 간다, 혹은 혼자 떠난다, 이런 거요.
저는 많은 여행을 김숙 씨랑 다녔더라고요.

둘을 거의 부부로 생각하시는 분들까지 있다던데요. (웃음)
아무래도 코드가 잘 맞는 친구라 여행을 함께 계획하기 좋고, 김숙 씨도 주변에 여행 좋아하는 친구들이 많은데 가정이 생기다 보니까 가고 싶을 때 함께 훌훌 떠날 수 있는 여건이 안 되는 것도 있고요. 틈나면 가자. 일단 제 여행 철학은 그래요. 이 틈은 또 오지 않는다.

현재를 즐기는 게 중요하죠.

2박3일 시간 있다, 그러면 국내 여행. 조금 더 여유가 있다, 그러면 외국으로. 그렇게 해서 틈틈이 많이 다녔어요. 오히려 여행은 준비할 때가 더 좋은 거 같아요. 여행의 즐거움은 비행기를 타면서 정점을 찍고요, 공항에 내리면서부터 하향곡선을 그리기는 해요. 그래도 다녀와서 여행의 추억을 곱씹으면서 또 가고 싶은 생각이 들기도 하죠. 준비하는 시간이 재미있는 것 같아요. 항공권을 사고, 그곳에 가면 어디를 가야 되고, 또 무엇을 먹어야 되고, 무엇을 할지 정하는 과정이 가장 설레요.

여행에도 포지션이 있다면 '리베로'

어떤 분은 비행기 티켓을 수개월 전에 사서 옷 속에 넣어가지고 다닌대요. 그러다가 회사에서 부장이 짜증나는 소리를 좀 해도 화장실 가서 그걸 꺼내 보는 거예요. 난 여기 갈 거니까, 그러면 한결 견디기가 낫다고요. 정말 좋은 방법인 것 같아요.

여행 스타일 이야기를 해볼까요? 예를 들어 여행을 떠났어요. 어떤 사람은 일주일에 다섯 개의 도시를 가야 하는 사람이 있고, 나는 한 도시를 다 보는 것도 벅차, 한 곳에 머무를 거야. 그런 분도 있죠. 제가 파리에 살 때 윤종신 씨가 뮤직 비디오를 찍으러 오신 적이 있어요. 파리에 처음 오셨대요. 그런데도 마레 지구를 벗어나지 않았어요. 에펠탑도 못 봤고, 아무것도 못 봤는데 사실 그거야말로 진짜 여행이었던 거예요. 다른 데 안내해줄게요, 라고 해도 싫다고 하더라고요. 송은이 씨는 어떤 스타일이에요?

저는 그때그때 다른 것 같아요. 축구로 따지면 리베로가 있는 것처럼 저는 포지션을 따지지 않고요. 누구와 갔느냐가 중요한데 저는 김숙 씨랑 갈 때는 어느 나라를 가느냐보다 즐길거리가 있는지 볼거리가 있는지, 이번 여행은 박물관을 투어할 건지, 푹 쉴 건지, 테마를 하나 정해요.

저한테도 그게 맞는 방법인 것 같아요.

제가 2012년 파리에 갔을 때는, 그게 첫 파리 여행이었는데요, 유럽, 특히 이탈리아로 출장을 자주 다니는 언니가 있어요. 그 언니가 간다기에 따라 나섰죠.

아, 저 기억나요. 그때 저한테 연락했었잖아요. 그런데 제가 그때 하필 파리에 없어서……. 아마 프랑스 남부에 갔거나, 그래서 못 만났었죠.

맞아요. 제가 그때 4박 5일의 시간이 생겼어요. 그 언니는 이탈리아 출장을 한 달 정도 마치고 파리에서 합류해서 내가 너의 여행을 안내해주겠다, 그렇게 된 거예요. 그래서 낮 두시에 파리에 도착해서 숙소에 짐을 던져놓고 무작정 걷기 시작한 거죠. 지하철을 타고 나와서, 개선문부터 콩코드 광장까지 죽 가서…….

거기가 샹젤리제 거리인데, 꽤 길잖아요.

그렇죠. 죽 걸어요. 해가 떨어질 때까지. 그냥 걷는 게 아니라 궁금한 건 봐야 하니까 상점도 들르고 나폴레옹 3세 다리에서 사진도 찍고. 또 파리에 오래 사신 디자이너 오빠가 있어서 그분의 가이드를 들으면서 요즘 파리 분위기는 어떻고 파리의 문화인들은 무엇을 집중적으로 생각하고 있고 성향은 어떻고 그런 얘기를 들으면서 죽 가다가, 카페에서 차 한잔 하고 그러는 거죠. 그러다 보니 해가 떨어지더라고요. 프랑스 가정식 요리 파는 데 안내해줘서 저녁을 먹고, 다음날 오전에 루브르, 오후에 오르셰를 예약하는 거죠. 투어를 예약하는 거예요.

　제가 잘 모르니까 개인 도슨트를 섭외해서 오전에 루브르 박물관을 보는데, 루브르 안에 들어가서 자칫하면 길을 잃는데 니케를 찾아서 오면 중심이라는 얘기도 듣고, 또 모나리자는 가까이서 보기 힘들다면서 모나리자 프린트를 파는 지하로 데려가서 여기서 모나리자를 봐야 한다고 하더라고요. 다빈치가 그림을 그릴 때 다람쥐 겨드랑이털로 만든 붓을 사용했고, 스푸마토 기법을 이용해서, 미세하게 옅은 안개에 싸인 것 같은 효과를 냈다, 좌측과 우측에서 볼 때 시점이 다르고, 그런 설명을 다 듣는 거예요. 이게 도난당하면서 유명해졌다……

기억력이 정말 좋으시네요.

메모를 했죠. 누가 뭐 했어? 물어보면 모나리자 봤어. 어땠어? 물어보면 메모를 들춰보면 되니까. 그렇게 미리 프린트로 모나리자를 보고 가서, 정작 모나리자 앞에선 사람들이 줄을 좍 서 있잖아요. 모나리이~~자아~~ 이러고 지나가는 거예요. 자동차 부웅 지나가듯이. 우와 모나리잔데~ 이러면서 줄에 밀려 가는 거죠. (웃음) 그림 하나마다 역사적 사건과 배경을 들으니까 너무 재미있더라고요. 학창시절에 내가 왜 공부를 열심히 하지 않았던가. 다시 한번 후회와 반성을 하면서 나가서 점심을 먹고 오후에 또 오르세 미술관에 가는 거예요. 오르세는 원래는 지하철역이었는데, 국제 박람회 때 만들어졌고……. 그런 이야기를 듣다보면 하루가 후딱 가는 거죠. 해가 질 무렵에 나와서…….

와~ 세느 강변이 얼마나 아름다워요.
걸었죠. 거기서도 걸었죠. 오르세에서 나와서 세느 강변을 걷다가 마레 지구로.

약간 동쪽으로 가서 위로 올라가셨군요.
옛날 뉴스에서 봤던 파리 특파원들이 '세느 강에서 누구입니다.' 하던 바로 그 세느 강 아니냐 하면서 사진 찍고, 다리에 대한 설명도 듣고, 여기가 퐁네프 다리인데 가장 오래된 다리는 사실 다른 다리고……. 그런 얘기를 들으면서 갈 때 너무 좋았어요.

정말 아는 만큼 보인다고, 설명을 들으면서 다닐 때는 훨씬 잘 기억할 수 있고 감동도 있잖아요.

게다가 같이 다닌 언니가 패션을 하는 분인데, 어머, 어머, 소리를 지르면서 어느 가정집 앞에서 여기 사진 찍어야 돼~ 하고 서더라고요. 굉장히 유명한 디자이너의 집이래요.

친구가 외국에 살고 있을 때는 얼른 가서 무조건 얹혀서 여행을 해야 해요. 좀 귀찮아도 일단 여행 가서는 만나서 다니는 게 좋아요.

맞아요. 이십 년 만에 연락을 하는 친구나, 되게 어렵게 공부를 하고 있는 친구라도 일단 얹혀야 해요. (웃음)

그 김에 맛있는 것도 사주고 그런 거죠. 저는 걷는 걸 무척 좋아하거든요. 제 친구 중에 아나운서 동료인데 둘이서 같이 여행을 다니는 사람들이 있어요. 그런데 한 사람은 정말 걷는 걸 좋아하고, 한 사람은 평상시엔 정말 부지런한데 여행지에만 가면 무조건 택시만 타거나 가만히 있으려고 해요. 또 여행지에서 부지런한 친구는 평상시엔 무척 게을러요. 그래서 둘이 여행을 가면 꼭 싸워가지고 돌아올 때 티켓은 바꿔서 따로 와요. 그런데 다음에도 또 둘이 같이 여행을 가더라고요. 그것도 하나의 스타일이에요.

여행의 묘미는 무작정 다니다가 우연히 발견하는 아름다운 것들에 있죠. 정해진 것도 좋지만 파리 같은 도시나 프랑스 남부 지방은 차라리 길을 잃으면 좋겠다 싶은 아름다운 곳들이 많으니까요.

유럽의 도시들은 오래된 아름다움을 유지하잖아요. 이탈리아에 갔을 때 돌무늬에 꽂혔어요. 돌바닥이 너무 예쁜 거예요. 그걸 한참 동안 들여다 본 적이 있어요.

사실 기억에 남는 건 그런 거예요. 대단한 유적지보다. 그래서 여행을 가면 귀찮아도 차림새를 가볍게 하고, 계속 걷는 게 좋아요. 그런데 송은이 씨는 원래는 철저히 준비하고 가는 스타일이었다가 최근에 여행 패턴이 달라진 계기가 있었다면서요.

호기심이 왕성하고 이것저것 궁금해하던 시절이 지나고 나면, 곁가지가 정리돼서 더 잘할 수 있는 것이나 더 하고 싶은 것에 집중하게 되잖아요. 여행도 마찬가지로 호기심 넘쳐서 여기저기 기웃거리다가 이제는 그런 것들이 때로는 부질없다고 느껴져서 오히려 집중하게 되는 것 같아요. 여행은 형편 되면 좋은 사람들과 맞춰서 가려고 해요. 작년에는 저 혼자 체코를 가려고 했어요. 마침 팔 일 정도 시간이 났어요. 제 대학 동창이 결혼하자마자 연극 공부를 하러 체코에 갔어요. 다행히 신랑도 학교 선배님이고요. 계속 연락을 하면서 서로 체코 언제 올 거냐, 가야 되는데 이러던 차에, 드디어 가기로 한 거죠. 너무 가고 싶었거든요. 동유럽을 한 번도 가본 적이 없어서 준비하고 있었는데 김숙 씨가 언니 뭐 해? 하더니 자기도 시간이 될 거 같다는 거예요. 그럼 같이 가자. 그렇게 된 거죠. 또 그 옆에서 지켜보던 뮤직 비디오 찍는 주희선 감독이라는 친구가 있어요. 그 친

구가 언니들 뭐 하십니까? 그래서 또 같이 가게 된 거예요. 체코에만 있다가 정말로 책 읽고, 상황이 되면 좀 멀리도 가보고, 친구 집에 있다가 공연 보러 가고 전시 가고, 트램 타고 다닐 생각이었어요. 그런데 이 두 친구가 합류를 해서는 갑자기 체코에만 있기에는 너무 아깝다는 거예요.

가서 못해도 5개국은 보고 와야지 무슨 소리야, 그렇게 됐어요. 그럼 계획을 짜보라 했더니, 독일을 가느니 오스트리아를 가야 한다느니 자기들끼리 여행 코스를 짜는 거예요. 여행 계획에 제 의견을 넣을 수 없는 지경에 이르러서 그냥 따라갔는데, 체코에 갔다가 아일랜드, 영국, 다시 체코로 가서 한국으로 돌아오는 일정. 동생들 따라 다니는 여행도 재미있더라고요.

내일은 몇시에 일어나? 새벽 세시 반에만 일어나심 됩니다. 저가 항공을 타야 한다고 세시 반에…… 아일랜드 갔을 때 김숙 씨가 밤새 잠 안 자고 뭘 하더라고요. 너 뭐 하냐 물어보니 호텔 경매 사이트에서 낙찰 받는 중요한 순간이래요. 평소에는 되게 비싼 방인데 그 사이트를 통해서 가격이 정해지고 있다는 거예요. 그만 자라~ 그랬죠. (웃음)

그런 동생들 있으면 좋겠어요. 또 무슨 재미난 일이 있으셨어요?
영국에 가서는 뮤지컬을 봐야겠다, 그래서 〈빌리 엘리어트〉를 봤어요.

아는 분이 런던에서 칠 년 살았거든요. 그분이 〈빌리 엘리어트〉는 꼭 보라고 추천을 했어요. 빌리 엘리어트 역을 맡은 배우가 너무 잘생겨서 친구 중에 뮤지컬을 마흔 번 본 사람이 있대요. 그래서 저도 보러 갔는데, 제가 갔을 땐 배우가 바뀌었어요. 그 전설적인 주인공을 보지 못했죠.

저는 〈빌리 엘리어트〉 보러 가기 전날, 영화를 노트북에 담아가지고 가서 봤어요. 이해도를 높이기 위해서.

정말 부지런하시군요. 메모하고 예습하고 복습하고.

저는 〈빌리 엘리어트〉 꼭 보고 싶었거든요. 그런데 영어 안 들리면 졸고 있을 수도 있거든요.

만족했어요?

너무 좋았어요. 너무너무 아름답죠. 제가 사실은 다른 포인트에 감동했는데, 우리나라 뮤지컬은 근로자 역할이든, 파티셰 역할이든 다 잘생기고 완벽한 몸매를 갖춘 배우분들이 하시잖아요. 그런데 영국에서 본 뮤지컬에서는 진짜 배 나오고 역할에 충실한 배우분들이 다 하시더라고요. 저것이 진짜 리얼 뮤지컬이다, 그런 생각을 하게 됐어요. 그런 분들이 안무도 그들의 스타일로 하는 게, 딱딱 맞는 군무는 아니지만 저에게는 더 감동이었어요.

저는 런던 갔다가 〈맘마미아〉를 봤어요. 주인공 엄마의 애인들이 찾아오잖아

요. 배가 산타클로스만큼 나온 아저씨들이 노래를 하는데, 이 사람들이 처음 나왔을 땐 뭐지 싶었지만 어찌나 연기를 잘하고 노래를 잘하는지, 나중에는 거기에 완전히 빠져들었어요. 한 번 보고 너무 좋아서 있는 내내 연속으로 봤어요.

김숙 씨랑 같이 하는 여행에서도 많이 걸으시나요? 불평은 안 하시나요?

많이 걸어요. 김숙 씨는 평발이에요. 계속 투덜거리면서 걷는 거죠.

제가 김숙 씨를 이십 년간 아는 동안 한결같이 이 길은 내 길이 아닌가봐. 때려치워야겠어. 방송은 나한테 안 맞아. 그 얘기를 했는데, 제가 너만큼 웃긴 사람은 없다 말해줬어요. 예전에 한번은 해가 바뀌고 1월쯤에 김숙 씨랑 권진영 씨랑 셋이 설악산에 같이 갔어요. 우리가 다 술을 못해요. 마실 줄은 알지만 많이 마시진 못해요. 맥주 한 병 가지고 셋이서 되게 즐겁게 놀아요. 밤새 수다 떨면서 나 좀 취한 거 같지 않아? 이러면서요. 저희가 매년 그해 자기가 꼭 하고 싶은 것 버킷 리스트 스무 가지를 적어서 연말에 몇 개나 했는지 체크를 하는데요, 리스트에 소개팅 다섯 번 이상 하기, 12월에 세 커플 쌍쌍파티 하기, 그런 거 적는데 한 번도 한 적 없어요. (웃음)

설악산에 간 날, 케이블카를 타야 하는데 바람이 너무 많이 불어서 운행을 안 하는 거예요. 그래도 여기까지 왔는데 동생들한테 설악산 한번 보여주고 싶었어요. 저는 가끔 등산을 가거든요. 겨울에 등산할 땐 늘 아이젠을 갖고 다니니까 제 거는 차에 있었어요. 가다 보니 식당에서 아이젠을 천 원에 빌려주더라고요. 그래서 빌려서 아이들에게 신겨가지고 올라갔어요. 원래 흔들바위까지만 가려고 했는데, 가보니 좀 싱겁길래 울산바위까지 가는 게 어떠냐 했어요. 애들이 울산바위가 어딘지 모르는 거예요. 그래서 저를 따라 올라가기 시작했어요.

사실 케이블카가 운행을 안 하면 이유가 뭔지 한 번은 생각해봐야 하잖아요. 날씨가 너무 안 좋고 바람이 많이 부니까 운행을 안 한 거예요. 그런데 그냥 올라간 거죠. 어느 정도 올라가니 몸이 흔들릴 정도로 바람이 부는데 저는 올라온 게 아까워서 끝까지 올라가고 싶고 애들에게 울산바위 꼭대기에서 보이는 동해 바다를 한번 보여주고 싶은 거죠. 권진영 씨는 체력이 약하고 김숙 씨는 평발인데 그런 애들 둘을 끌고 울산바위까지 꾸역꾸역 갔어요. 정상에 서니까 정말 쓰러지겠더라고요. 다들 바위에 납작 엎드려서 사진 한 장 찍고 내려와서 동생들한테 욕을 왕창 먹었죠. 안개가 껴서 동해 바다는 눈곱만큼도 못 봤고요. 그 두 친구들은 다시는 등산을 안 가요. 첫 등산인데 제가 그렇게 고생을 시켜가지고요. 그런데 무슨 얘기하다가 이렇게 됐죠? (웃음)

친구들하고 여행을 가면 그렇게 날씨든 평발이든 여행을 방해하는 요소가 하나씩 끼어줘야 재미가 있어요. 또 걷기 좋은 곳은 어디였어요?
진짜 걷기 좋은 곳은 아일랜드 같아요.

아일랜드 좋다고 자랑하는 사람들이 주변에 정말 많네요. 저는 아직 못 가봤어

요. 뭐가 그렇게 좋았어요?

아일랜드 더블린에 있다가 버스를 타고 골웨이란 곳에 갔어요. 아일랜드 서부에 있는 항구도시예요. 주로 어부들이 살죠. 굴 축제가 전 세계적으로 유명하고요. 제가 갔던 시기가 가을이었는데, 골웨이에 간 이유가 유명한 모흐 절벽 투어를 하기 위해서였어요. '전 세계에서 꼭 가봐야 할 곳' 같은 책에 보면 모흐 절벽이 나와요. 제주도의 주상절리가 이십 킬로미터 정도 펼쳐져 있다고 보면 돼요. 해안 절벽이 너무 아름답고, 진짜 거기서는 비행기를 타고 가다가 구름을 내려다보면 저 구름으로 뛰어내리면 폭삭 안길 것 같다, 그런 느낌이 들어요. 그 바다를 보고 있으면 수영을 못하지만 자유롭게 날면서 풍덩 들어갈 수 있겠다, 바다를 즐길 수 있겠다, 그런 느낌이 들고요. 바다가 너무 크고 무섭기도 한데 그 절경이 사람 마음을 참 희한하게 만들더라고요. 또 〈텔레토비〉 배경이 된 언덕이 거기에 있대요. 눈으로 봤을 땐 텔레토비 언덕이랑 좀 다른 것 같은데, 영감을 주고 모티프가 된 언덕이라고 해요.

버스를 타고 가면서 투어 코스처럼 운전하시는 분이 여기는 지질학적으로 이런 곳이다, 바람이 불어오는 걸 느껴보라는 둥 설명을 해주는데 영어를 못해서 너무 답답했어요. 영어가 자연스럽게 되시는 분들은 열심히 들으시더라고요. 유적지, 자연, 생태적으로 의미 있는 곳에 중간중간 들렀어요. 골웨이란 곳의 문화는 참 독특했어요. 아일랜드 전체적으로 그런지 모르겠지만 다 너무 친절하고요,

영어를 잘 못하는데도 내 이야기에 귀를 기울이고 있다는 느낌이 들었어요. 영어가 늘겠더라고요. 어설프게 한마디 물었는데, 어디서 왔냐, 왜 왔냐, 어딜 가봤냐고 다 물어보더라고요.

밤에 골웨이의 자그마한 호텔에서 걸어 나왔는데 거리마다 버스킹이 벌어져요. 아일랜드 휘슬 연주하는 사람들, 기타 연주하면서 노래하는 사람들, 곳곳에 있는 펍에서 맥주 한잔하면서 보는 거죠. 우리는 펍이라면 홍대 젊은이들 생각하잖아요. 아일랜드 펍에서는 백발의 할머니 할아버지 들이 테이블 위로 손을 잡고 서로 눈을 보면서 이야기 나누는 걸 아주 자연스럽게 볼 수 있어요. 그 옆에는 힙합 드레드 머리 한 친구들이 앉아서 물담배 비슷한 걸 피우면서 테이블에 다리를 얹고 자연스럽게 이야기를 하고, 비즈니스맨처럼 보이는 사람들도 한쪽에서 맥주 마시면서 이야기하고 그런 문화가 저한테는 놀라웠어요. 세대를 뛰어넘는 게 가능하구나. 전혀 이상하지 않구나.

저는 깨고 싶은 게, 한국사회에서는 나이 때문에 국적 때문에 출신 때문에 가까워지지 못하는 일이 많은 거예요. 그런 편견을 버리고 진짜 안에 있는 나와 너가 마주할 수 있는 분위기가 되면 노인 커플과 젊은이가 같이 음악 듣는 게 무슨 이상한 일이겠어요.

접하지 않았던 문화라서 놀랍고 신선하고, 또 얼마나 자연스러운지. 무척 부러웠어요.

그걸 가능하게 해주는 게 음악이잖아요. 그래서 아일랜드에서 〈원스〉 같은 영화도 나온 거 같고요.

거기 갔었어요. 〈원스〉에 나왔던 악기 가게. 많이 확장하셨더라고요. 영화에서 봤던 것처럼 작지 않으니까 젊은이들이 앉아서 자연스럽게 튜닝도 해보고 잼도 해보고 그러고 있더라고요. 참 좋았어요.

오래전 영국의 한 신문사에서 약간은 엉뚱한 이벤트를 진행했다. 런던에서 영국 북부에 위치한 맨체스터까지 가장 빨리 가는 방법이 뭘까라는 질문을 하고 공모를 받은 것이다. 이벤트가 시작되자마자 각종 아이디어와 기상천외한 가설들이 막 쏟아졌는데, 최종 선정된 방법은 바로 이거였다. '좋은 친구와 함께 가는 것.' 아마 고된 여행도 따분한 일상도 마찬가지일 것이다. 좋은 친구만큼 힘이 되는 존재는 없지 않을까. 그런 의미에서 개그우먼 송은이는 참 행복한 사람일 거다. 단순히 친구라는 단어로는 설명이 부족해 보일 정도로 끈끈하고 단단한 동지들을 주변에 많이 두고 있으니.

힐링 여행 이스라엘, 요르단

여행을 떠난다는 건 어떤 가슴속의 소리를 듣고 따른다는 걸 의미하죠. 그러다 보니 어떤 여행은 꼭 갈 수밖에 없던 이유 같은 게 있는데요, 송은이 씨 중동

걷기 여행은 어떤 이유로 얼마 동안 누구랑 다녀오셨나요?

저는 크리스천이기 때문에 늘 예수님의 발자취를 따라서 가보고 싶다는 꿈이 있었어요. 많은 크리스천 분들이 꿈꾸는 일을 동료 연예인들과 함께 하게 된 거죠. 성지순례를 가게 되면서 이스라엘과 요르단 여행을 9박10일 정도 다녀왔어요.

그런 목적이 있지 않고는 이스라엘이나 요르단은 일순위로 꼽는 여행지는 아니잖아요.

그 여행을 다녀와서 황보 씨가 자기는 신혼여행을 가게 되면 이스라엘에 가겠다고 했어요. 그냥 여행을 하기에도 굉장히 아름다워요. 이국적이고 흔하게 접할 수 없는 풍경이 있죠. 중동 문화에 대한 막연함이 있잖아요. 그런 것에 대해서 살짝 맛보기에는 경치도 아름답고 바다도 너무 예뻐요.

막연하기도 하지만 요즘에는 국제정세 때문에 두려움도 있고요. 사실 이스라엘이 아름답다는 이야기는 저도 많이 들었어요. 꼭 가보고 싶기도 하고 특이한 문화가 호기심을 불러일으키기도 하거든요.

이스라엘에 가면 텔아비브 국제공항에 내려요. 거기는 우리가 흔히 상상할 수 있는 도시예요. 바다와 인접해 있어서 낭만적인 도시죠. 우리는 일정상 빨리 예루살렘과 성지들을 가야 했기 때문에, 거기 오래 있지는 못했구요. 성경 속에 나오는 지역들을 찾아갔어요.

삼 개월 전부터 성경을 같이 보면서 공부하고 지도를 보면서 그때 역사적인 배경을 공부하고 갔기 때문에 더 몸과 마음에 와 닿았던 것 같아요. 막연한 이야기가 아니고 실제구나 진리구나, 느낄 수 있으니 꼭 한 번 가보시라 얘기하고 싶어요. 공부를 하고 가면 훨씬 좋아요.

아주 특이한 체험을 하셨다고 하던데.

그곳엔 전 세계 가톨릭 신자들이 아주 많이 옵니다. 어떤 지역에는 예수님께서 돌아가신 곳으로 추정되는 바위를 너무 만져서 바위가 닳아서 반들반들 해요. 저희가 비아 돌로로사라는 고난의 길에 갔어요. 바리새인들에게 죄인으로 몰려서 예수님께서 로마 병사들에게 끌려 언덕을 올라가잖아요. 십자가를 지고 올라가시는 지역에 성경 말씀에 비추어서 열세 개의 지점들이 있어요. 여기서 한 번 쓰러지셨고, 다음 지역에서 마리아가 입을 맞췄고……. 죽 나오거든요. 신자들이 십자가를 직접 지고 비아 돌로로사 언덕을 올라가는 체험이 있어요.

십자가를 지고 간다고요?

십자가를 빌려줍니다. 큰 십자가는 20불, 작은 건 10불 정도 해요. (웃음) 큰 거는 성인 키만 하더라고요. 성인이 매달려야 되니까. 나무로 된 십자가인데, 원목 두 개를 이어 만들어서 무척 무거워요. 남자들이 섰을 때 키를 넘어야 되니까, 길이가 180센티 정도? 하나를 빌려서…….

아, 각자 하나씩 빌리는 게 아니군요…….

십자가 하나를 빌려서 나눠 지고 가는 거예요. 저희는 그걸 위해서 새벽에 일어났어요. 비아 돌로로사는 지금은 상업 지구예요. 그때의 골고다 언덕의 모습은 지금은 볼 수 없지만 지역마다 성경 말씀을 새기면서 갑니다. 아랍 상인들이 있는 지구이기 때문에 새벽에 가야 사람이 없어요. 저희는 조용한 말씀의 묵상 시간을 갖기 위해서 새벽에 갔어요. 개그맨 김영철 씨, 박미선 씨, 황보 씨, 김숙 씨, 권진영 씨, 저, 이영자 씨가 같이 갔어요. 십자가가 구조상 앞을 지면 뒤가 흘러내리거든요. 누가 십자가를 지면 뒤에서 받쳐주고 질질 끌리지 않게 도우면서 걷다 보면 예수님께서 이렇게 힘드셨구나 느끼게 됩니다. 박미선 씨 뒤에선 김숙 씨가 받쳐주고, 그러다 이영자 씨가 십자가를 져야 하는 타이밍이 됐는데, 이영자 씨가 십자가를 딱 짊어지고 혼자서 성큼성큼 가는 거예요. 가뿐하게. 이영자 씨가 십자가를 지는 순간 십자가 배달 시키신 분~ 이런 느낌…… 때문에 재미있고 웃겼고요. (모두 웃음)

이스라엘 친구가 두 명 있는데 바다라든가 자연이 아름답다고 하더라고요.

도시마다 건축물이 많이 없어요. 전쟁이 때문에 많이 파괴되었고,

왜 새 건물을 안 짓는 건지 잘 모르겠지만 역사에 나오는 것을 고스란히 유지하려고 하는 것 같더라고요.

제가 듣기로는 전쟁이 언제든지 날 수 있기 때문에 사람 앞일 모르는 거다, 라는 철학이 굉장히 깊게 박혀 있대요. 그래서 이스라엘 사람들이 굉장히 직설적으로 자기 감정을 잘 표현하고 지금 아니면 안 된다는 느낌으로 현재를 살아간다고 들었어요. 아름다운 바다에서 수영도 하셨어요?

이스라엘 지도를 보면 제일 위에 갈릴리 호수가 있고요, 물줄기 따라서 요단강이 펼쳐지고, 그 밑에 사해 바다가 있어요. 갈릴리 호수에는 물고기가 살아요. 성경 속 베드로가 어부잖아요. 그 물고기를 베드로 물고기라고 식당 주변에서 팔아. (웃음) 생명이 넘쳐나는 호수에서 물줄기가 흘러서 죽어 있는 바다까지 이른다, 뭔가 아이러니하면서 의미가 있죠. 사해에서 수영하는 것도 재미있어요. 거기서는 수영을 하려면 얼굴을 담그지 말라는 게 첫번째 규칙이에요. 따가워서 못 견뎌요. 염도가 엄청나요. 몸에 상처가 있거나 그런 부위는 너무너무 따가워요. 사해가 죽어 있는 바다라고는 하지만 사실은 거기가 생명의 바다예요. 미네랄이 풍부한 천연 소금이 있고, 진흙도 성분이 좋아서 머드팩도 있어요. 진짜 좋더라고요.

요르단으로 가면서 걸어서 국경을 넘었다면서요?

일단은 이스라엘과 요르단이 중동의 민감한 국가랑 밀접해 있잖아요. 그 어느 때보다 삼엄하게 국경을 넘었던 것 같아요. 다른 곳보다 몸 수색 짐 수색이 디테일해요. 이스라엘에서 요르단으로 넘어갈 때나 다시 이스라엘로 들어갈 때도 마찬가지예요. 한번은 이스라엘 군인이 이영자 씨 여권을 가져가더니 이름을 물어봤어요. 이영자라고 대답했더니 그 사람이 너무 놀라요. 왓? 왓츠 유어 네임? 다시한번 물어요. 영자 리. 그랬어요. 그랬더니 더 놀라요. 왓? 다시 한번더 물을게, 이름이 뭐야? 그때 제가 깨달았죠. 아, 언니의 본명은 이영자가 아닌데, 본명은 이유미거든요. 유미와 영자는 너무 다르잖아요. 언니, 본명 본명! 다급하게 외쳤어요. 그랬더니 이~ 맞아맞아, 유미 리 유미 리. 유미리여. 한국말로 이~ 그것은 내 가명이고 이것은 내 본명. 본명. (웃음)

김영철 씨는 괜찮았어요?

김영철 씨가요, 해외 가니까 매력이 넘쳐요. 저희 모두 영어에 대한 두려움과 울렁증이 있는데 김영철 씨는 영어를 못해서 안달이 난 사람이잖아요. 신난 거예요. 외국항공기를 탔는데 수속부터 모든 곳에서 영철이 영철이 찾았죠. 영철 씨 비위 상하지 않게 조심했어요. 왜냐면 잘 삐치잖아요. (웃음) 김영철 씨가 영어 덕분에 저희들의 사랑을 많이 받았죠.

별빛이 내리던 신비한 사막의 밤

요르단에서 에피소드 더 얘기해주실 것 있으세요? 추천해주실 만한 거라든지.
요르단 하면 페트라를 빼놓을 수가 없죠. 4세기 나바테아인들이 집을 짓고 살았다는 엄청나게 신비스런 마을이 있어요. 유트브에 내셔널지오그래피 다큐멘터리 같은 게 많이 뜨잖아요. 거기에 대해 설명해주는 프로그램을 보고 갔어요. 직접 보니 정말 엄청나더라고요. 드라마 〈미생〉에 장그래랑 오차장님이 마지막에 촛불 막 켜놓고 있던 그곳이 페트라인데, 거기서 촬영을 했다는 것도 너무 대단하고, 드라마로 다시 보니까 좋더라고요. 기암절벽 사이를 사 킬로미터 정도 걸어가요. 그 절벽마다 너무너무 사진을 찍고 싶을 정도로 아름다워요. 요르단의 흙이 붉은색이잖아요. 그 붉은 흙과 검푸른 흙이 퇴적되어 너무 아름다운 절벽을 이루고 있어요. 그 사이를 걸어가다가 가이드가 여기서부터는 고개를 들지 말고 땅을 보고 가라는 거예요. 제가 고개를 들라고 할 때 드세요, 하더라고요. 그래서 시키는 대로 했더니 말도 안 되는 궁전이 눈앞에 딱! 펼쳐져요. 그 궁전은 흙을 쌓아서 만든 게 아니라 산 암벽을 깨서 만들었다고 해요. 화면으로 봤던 거랑은 완전히 달라요.

그 다음은 사막에서의 하룻밤. 천막에서 자는 거예요. 낙타 타고 다니는 유목민 베드윈들이 지어놓은 호텔 같은 거죠. 천막호텔이 아홉시면 소등하는데, 정말 칠흑 같은 어둠이 이런 거구나 알 수 있어요. 깜깜한 하늘을 딱 올려다봤는데 세상에, 별이 코앞에 있어요. 쏟아져요. 말로 표현하기 어려운데, 3D영화의 그래픽으로 보는 것 같은 그런 별들이 눈앞에 펼쳐져요. 꿈꾸는 기분으로 잠자리에 들었다가 새벽에 밖에서 소리가 나서 나가봤더니, 이영자 씨가 사과를 아삭아삭 드시고 있다가 은이야 여기 앉아봐, 하시더라고요. 천을 한 장 깔고 앉아서 하늘의 별을 보고 있는 거예요. 아직 채 빛이 사라지지 않은 별과 함께 해가 뜨는 광경을 같이 봤어요.

정말 아름다웠을 것 같아요, 새벽별. 사막에 가서 꼭 봐야겠어요.
수많은 아름다운 사진을 봐왔지만 인간의 눈을 따라갈 수 있는 좋은 렌즈는 없는 것 같아요. 내가 직접 보고 있는 걸 카메라에 담아보려 해도 아무리 비싼 렌즈로도 이걸 담을 수는 없다는 생각을 했어요.

맞아요. 기억 속에 가슴속에 남는 게 최고죠. 그럼에도 우리는 사진을 찍고 영상을 만들어요. 왜냐면 그래도 완전히 잊혀지기 전에, 남겨두기 위해서 혹은 누군가에게 보여주기 위해서죠. 사진도 찍고 영상도 만드시죠? 그런 취미는 왜 시작하신 거예요?
제가 방송 일을 오래했잖아요. 야외 촬영하면서 스태프들하고 친하게 지내고 하면서 그런 제작 메커니즘이 궁금했어요. 저는 가끔 제 인생을 카메라로 본다면 어떨까 그냥 상상해봐요. 예를 들어 우리가 같이 있는 광경을 위에서 보면 전체가 보이잖아요. 저는 그걸 자주

● 사해. 염도가 높아 몸이 둥둥 뜬다.

●● 암벽을 깨서 만든 페트라

상상하거든요. 친구들이랑 모여서 식당에서 밥 먹을 때도 이걸 부감 샷으로 보면 어떤 모습일까. 그걸 객관적으로 카메라에 담으면 어떤 영상일까 궁금해하기도 하고요. 사진이나 눈으로 보는 것이 마음에 박히잖아요. 그런데 이 마음에 찍히는 것을 어떤 말재간과 아름다운 수식어를 써도 표현이 안 될 때, 그냥 사진 한 장으로 보여주는 게 더 이해가 빠를 때가 있고요. 사진과 영상은 그런 면에서 제게 의미가 있어요. 우리가 재밌는 순간에 아, 이걸 찍었어야 해, 그러잖아요. 그런 호기심에 촬영도 배우고 편집도 배우고 한 거죠.

요즘에는 1인 미디어 시대가 되었기 때문에, 본인이 그런 걸 할 줄 알면 정말 할 수 있는 일들이 많고, 앞으로는 더 많아질 거라고 생각해요. 저도 방송국에서 십 년 있었으니까 어깨 너머로 배우고, 포토그래퍼나 영상 찍는 친구들에게 배워보기도 했거든요. 그걸 여행지에서 써먹게 되더라고요. 나중에 나이가 더 들어도 정말 좋은 취미활동이 될 것 같아요.

저도 아직까지 취미 수준이에요. 여행을 다녀오면 사진을 정리하잖아요. 그러면서 여행 일정을 다시 되새겨보는데, 동행의 포토제닉 하나를 찜해놨다가 그 여행이 잊혀질 때쯤 그걸 딱 인화해서 선물로 주는 거죠.

정말 박수 쳐드리고 싶네요. 이런 친구가 있는 여행 동반자는 얼마나 좋겠어요. 앞으로 꿈이 뭐예요? 봉사활동도 다니고 그러시잖아요.

저는 크리스천이니까 기독교적 의미로 세계를 볼 수 있는 여행도 많이 가고 싶어요. 얼마 전엔 미국과 캐나다에 갔는데, 나이아가라를 보러 가는 길에 기네스북에 등재된 세계에서 가장 작은 교회가 있었어요. 안에 여섯 명 정도가 앉을 수 있는 아주 작은 예배당이에요. 찬양이 절로 하고 싶어지더라고요. 거기서 같이 갔던 교회 친구분들하고 찬송가를 막 부르고 있는데 저 뒤에서 영어로 누가 같은 곡을 부르는 거예요. 봤더니 그 주변의 포도농장에서 일하는 분이 저희가 부르는 노래를 따라 부르는 거예요. 자기들이 여기에 살면서 이 교회를 다녀가는 많은 사람을 봤지만 이 교회에서 찬양을 하는 사람을 처음 봤다고 해요. 그러면서 너무 좋았다고. 그분들이 더 하고 싶은 곡 없냐고 해서 한 곡 더 같이 부르고 왔어요.

그 사람들에게도 좋은 선물을 하고 오셨네요. 저도 스페인 북부 피게레스라는 곳에 있는 달리 미술관에 갔다가 차 타고 아무렇게나 발길 닿는 대로 친구 둘하고 다니는데 친구 한 명이 어? 태극기를 봤어, 그러는 거예요. 에이, 설마, 그랬죠. 정말 시골 마을이었거든요. 그런데 다시 한번 차를 돌려보니까 태권도장이 있는 거예요. 그래서 차 세워놓고 들어갔더니 한국을 떠난 지 삼십 년이 넘은 어떤 한국인 부부가 운영하고 계셨어요. 도장에서 스페인 꼬마들이 한국말로 하나둘 하면서 태권도를 하고 있는 거예요. 그냥 반가워서 들어왔다고 그랬더니 저녁 먹고 가라고 권하셨는데, 시간이 도저히 안 돼서 차만 마시고 온 적이 있어요. 그게 잊혀지지 않아요. 그런 게 여행의 재미와 선물인 것 같아요.

이런 재미를 느끼려면 떠나야 합니다.

송은이 씨, 언젠간 아마추어와 프로의 중간쯤 되는 우리의 실력으로 영상과 사진을 찍으면서 동시에 봉사도 할 수 있는 그런 좋은 여행을 한번 기획해서 가봐야겠다는 생각이 들었어요. 같이 갈 거죠? (웃음)

· · ·

유명인이기 이전에 친구로서 송은이는 여러모로 배울 점이 많은 사람이다. 알차고 단단하게 영근 과일 같은 사람. 재주도 많고 열정도 많은데, 발랄하면서도 차분하고, 한없이 사람 좋은 느낌과 빈틈 없이 야무지다는 느낌을 동시에 주는 그런 친구다. 인기인지만 십년 넘도록 한결같은 겸손함을 유지하면서 늘 새로운 도전을 하고, 신 앞에 완전히 엎드린 인간으로서 자신을 낮출 줄 아는 지혜로운 그녀에게서는 남과 다른 향기가 난다. 가끔 연락을 할 때마다 늘 새로운 무언가를 목표로 달리고 있다는 소식을 전해주는 나의 좋은 친구 송은이. 나는 그녀가 무엇을 하든 언제고 있는 힘껏 그녀를 응원할 것이다.

호기심
부자,
상상력
박사

로봇공학자 데니스 홍의
미국 · 터키 여행

데
니
스
홍
。

UCLA 교수. 세계 최초로 시각장애인이 직접 운전하는 자동차를 개발하는 등 로봇과 인간의
아름다운 공존과 따뜻한 기술을 고민하는 로봇공학자로, 〈파퓰러사이언스〉가 선정한 젊은 천
재 과학자 10인에 들기도 했다. 지은 책으로 『로봇 다빈치, 꿈을 설계하다』 등이 있다.

"찾아가되 따라가지는 마. 도착지는 같아도 여정은 달라지니까."
아마도 누구나 해본 그런 여행 말고 나만의 특별한 방법으로 여행
을 즐겨보란 이야기 아닐까. 그리고 이것은 여행뿐 아니라 인생에도
적용되는 지혜일 것이다. 자기만의 방식대로, 자기만의 길을 가야
그 길에서 만나는 기쁨과 감동을 고스란히 즐길 수 있는 것, 그것이
야말로 여행과 인생의 공통점일 테니.

자기만의 방식대로 산다는 건 어떤 것일까? 내게는 이런 이야기
를 할 때 가장 먼저 떠오르는 사람 중 한 명이 바로 로봇공학자 데
니스 홍 박사이다. 다른 사람 눈치 안 보고, 자기가 정한 룰에 따라,
자신의 성품과 장단점을 있는 그대로 표현하면서 원하는 일을 하고

있는 사람. 사실 '찾아가되 따라가지는 마'라는 건 박사님이 하셨던 말씀이다. 한국뿐 아니라 세계를 무대로 활동하고 계신 박사님은 그야말로 홍길동같이 일주일에 한국을 두 번씩 방문하는 열정맨! 정말 촘촘한 일정을 소화하는 중에도 짬을 내어 인터뷰에 응해주셨는데 시차 등으로 피곤하지 않으실까 했던 것은 나만의 기우였다. 도대체 어디서 그런 에너지를 계속 생산해내시는 걸까? 도대체 어떻게 그리 잠을 조금 자고도 체력 유지가 될까? 도대체 시간 관리는 어떻게 할까? 어린아이 같은 천진함을 잃지 않으시는 비결은 뭘까? 궁금함을 가슴 가득 안고 박사님을 만났다.

· · · ·

손미나 정말 바쁜 일정을 소화하고 계시는 중에 시간을 내주셔서 감사합니다. 로봇공학자 하면 만화에 나오는 직업이잖아요. 누구나 한 번쯤 꿈꾸지만 실제로 되는 경우는 잘 못 봐서 신기하기도 해요. 진짜 궁금한 게 하나 있는데, 어린 시절부터 로봇공학자가 되는 게 꿈이셨는지요?

데니스 홍 네. 제가 일곱 살 때 〈스타워즈〉 에피소드4를 보고서 거기 나오는 우주선들하고 R2D2하고 C-3po라는 로봇을 보고서 너무너무 흥분이 되었던 거예요. 영화 끝나고 집에 가는 자동차 안에서 어머니 아버지께 "나는 커서 로봇과학자가 될 거예요!" 하고 약속한 이후로 그 꿈을 한 번도 저버리지 않았고 지금 이 자리에 와 있어요. 힘든 일도 많았어요. 사람들은 성공한 로봇만 보는데 사실 실패한 로봇도 많아요.

그 과정에 대한 이야기, 기대됩니다. 우선 하루가 24시간이라는 게 인생 최대 난제다, 요런 말씀 하셨는데, 정말이세요?
진짜로 하고 싶은 게 너무너무 많아요. 해야 할 일도 많고.

어제 몇 시간 주무셨어요?
한 시간 반 잤습니다.

와, 그 체력의 비결이 뭔가요?
저는 축구, 배구, 야구, 농구, 골프, 수영…… 아무것도 안 해요. 걷는 것도 싫어해요.

그럼 건강의 비결이 대체 뭐죠?
잘 모르겠는데, 저는 제가 하는 일이 너무너무 즐거워요. 하루하루 가 너무너무 즐겁고, 열정이 저의 원동력이 아닐까, 해요. 사실은 저 는 데니스 홍이 아니에요. 데니스 홍 박사님은 지금 연구하고 계시 고 저는 박사님이 만든 로봇이에요. (모두 웃음)

그럼 24시간이 아니라 48시간이 주어졌다면 뭘 하고 싶으세요?
지금 하고 있는 게 굉장히 많습니다. 학교에서 학생들을 가르치고 로봇을 만들고, 요즘은 우리나라에 자주 와요. 학생들에게 용기를 주고 롤모델 역할을 하기 위해서 애쓰고 있어요.

사실 박사님은 현재 살고 계신 곳은 미국, 태어나신 곳도 미국이시잖아요. 그런데 어린 시절은 한국에서 보내셨다고요.

미국 한국, 하기 전에 다 지구입니다. 저는 지구인이죠. (웃음) 태어나기는 미국 LA 근처에서 태어났어요. 그런데 세 살 때 한국으로 왔어요. 한국에서 학교를 다니다 대학 3학년 때 미국으로 가서 학부하고 석박사 하고, 작년에 UCLA에서 저를 납치해갔어요. 이 학교가 굉장히 좋은데 로봇을 연구하는 사람이 아무도 없어요. 그래서 총장님께서 로봇연구소Robotic institute를 세우셨는데 제가 거기 디렉터를 할 예정이에요.

실제로 미국에 로봇 박사라고 할 수 있는 분이 얼마나 되나요?

수백 명?

우리나라는요?

우리나라도 많죠.

로봇 박사님으로 연구를 하신 게 몇 년 되신 거죠?

어릴 땐 로봇을 갖고 놀았을 뿐이고 대학원에서부터 연구를 시작했죠.

진짜 제 로봇을 만든 건 교수가 되고 나서부터니까 십일 년 되었네요.

로봇을 개발하고 만드실 때도 재미있게 세상을 바라보려는 시각이 도움이 되겠죠?

로봇을 개발하는 건 쉬운 게 아니에요. 어려움이 있을 때 긍정적인 마인드, 연구자들과의 즐거운 분위기가 도움이 되죠.

제일 대표적인 로봇은 어떤 거죠?

요즘 연구하는 건 재난구조용 로봇이에요. 또 시각장애인이 직접 판단하고 직접 운전할 수 있는 로봇 자동차도 만들고요. 인간을 위한 따뜻한 기술을 만들고 싶어요.

어쩌면 세계 최초의 맛집 블로거

박사님은 사실 이런 훌륭한 일도 하시지만 다른 재주가 너무 많으세요. 요리도 잘하시고 좋은 아빠시고요, 여행 이야기를 풀어가며 그런 이야기를 들어볼까요? 90일 동안 90개 레스토랑을 다녀보신 적이 있다면서요.

아주 오래 전이에요. 미국의 파사디나라는 도시에 나사의 JPL이란 연구소가 있는데요. 화성 탐사로봇을 만든 곳이에요. 십 년 전에 제가 상을 받게 돼서 여름에 석 달 동안 가서 연구를 하는 기회가 주

호기심 부자,
상상력 박사

어졌어요. 저는 요리를 굉장히 좋아해서 매일 집에서 저녁에 요리를 해요. 그런데 이 90일 동안은 요리를 안 하고 매일 레스토랑에서 밥을 먹기로 했어요. 룰은 매일 다른 곳을 가는 것. 재미로 한 거죠. 연구소에서 사람들이 그 얘길 듣고 어젠 어땠어? 맛있었어? 하고 물어보는 거예요. 일해야 하는데 자꾸 물어보니까 제가 종이에 써서 오피스에 붙였어요. 그러다가 그걸 인터넷에 올렸죠. 그게 어쩌면 최초의 블로그가 아니었을까 싶어요. 그게 나사에서 유명해져서 레스토랑 리뷰 가이드가 되어버렸어요.

90일 동안 레스토랑 가고 마지막 이틀은 가장 맛있었던 곳을 한 번 더 갔어요. 하나는 아주 작은 쿠바 레스토랑, 하나는 아주 매운 인도 레스토랑이었어요. 마지막 인도 레스토랑에 갔는데 종업원이 제가 뭘 쓰니까 비평가인 줄 안 거예요. 계산할 때 매니저가 나와서 계산서를 주면서 윙크를 하더라고요. 공짜였죠. 나중에 들은 얘긴데 나사에서 나중에 새로운 방문객이나 연구원이 오면 제가 쓴 레스토랑 리뷰를 프린트해서 나눠줬다고 하더라고요.

정말 재미있는 에피소드네요. 제일 잘하시는 요리는 어떤 거예요?
저는 매일 저녁 시장에 가서 그날 가장 싱싱한 재료를 사요. 그리고 집에 와서 펼쳐놓고 그 자리에서 뭘 만들지 생각하는 거예요. 요리를 디자인, 설계하는 거죠.

박사님이 요리 경연 프로그램인 〈마스터 셰프 USA〉 시즌4에도 출연하셨다고 들었어요. 고든 램지에게 극찬을 받으셨다고.

맞아요. 고든 램지가 제게 "데니스! 유아 지니어스!"라고 했죠. 그리고 잘렸어요.

하하. 그때 뭘 만드셨어요?

로봇공학자로 소개 받았기 때문에 거기 맞는 요리를 했어요. 농어를 구워 찬 소면에 올린 요리예요. 보통 요리는 맛은 조화를 이루고 텍스처는 대조를 이루는데 나는 그걸 반대로 뒤집으려 했어요. 생선은 뜨겁고 소면은 차고, 위에 있는 소스는 맵고 짜고 단데, 밑에 소면 국수는 참기름으로 무쳐서 담백하게. 그런데 색은 똑같고 텍스처도 똑같아요. 그걸 보고 고든 램지가 칭찬한 거죠. 사실 방송에 나가진 않았는데, 그 사람이 먼저 소면을 먹더니 뱉었어요. 아무 맛이 없다고. 그래서 제가 한국에선 밥과 반찬을 먹는데 아무도 밥에 간을 하지 않습니다. 그러자 바로 사과를 하더라고요. 아마 고든 램지가 최초로 사과를 한 사람이 저 아닐까 싶어요.

어떻게 그런 프로그램에 나갈 생각을 하셨어요?

예전에 어떤 프로그램에서 로봇의 개념을 설명하기 위해 요리를 해 보인 적이 있어요. 그 후에 〈마스터 셰프〉에서 연락이 온 거예요. 너무 시간이 없어서 처음엔 거절했어요. 그런데 문득 어떤 생각이 들었어요. 제가 다음 프로젝트로 생각하고 있던 게 몸이 불편하신 분들의 일상생활에 도움을 주는 로봇이었거든요. 사람들이 많이 보는 〈마스터 셰프〉라는 쇼에 나가서 제가 만든 로봇과 함께 요리를 한다면, 그 비전을 보여줄 수 있잖아요. 그래서 로봇을 하나 만들어서 함께 출연했죠. 저는 셰프고 로봇 칼이 저의 조수 셰프로.

칼이 요리를 잘했나요?

사실 쇼의 측면이 강했어요. "어, 시간이 없어. 칼! 당근 좀 줘!" 그러면 칼이 당근을 딱 썰어서 주고, "라이스 두 컵!" 하면 계량컵으로 딱 담아서 주고, "레몬 하나!" 그러면 칼이 레몬을 던져요. 그럼 제가 딱 받는 거죠. 요리는 제가 하고. 사람들에게 비전을 보여주기 위한 쇼였죠. 사실 그 로봇은 그 당시 만들고 있던 재난구조용 로봇의 팔을 잠깐 떼어다가 만든 거였어요.

여행은 마음을 열고
다름을 인정하는 사람이 되는 일

박사님은 가족들과 여행을 많이 다니시나요?

전 여행을 좋아해요. 어릴 때부터 부모님이 여행은 산교육이다, 라고 하셔서 가족끼리 많이 다녔어요. 아버님이 대한항공 연구소에 계셨는데 일 년에 비행기 티켓이 일정 수량 무료로 제공됐어요. 초등학교 때 혼자 여행을 간 적도 있어요. 지금 저희 가족들과도 여행을 많이 다니죠.

특별한 추억이 있는 여행지는 어디인가요?

미국 노스캐롤라이나주에 빌트모어스테이트란 곳이 있는데요. 빌트모어 명문가가 미국 몇 군데에 대저택을 갖고 있죠. 미국에 있는 베르사유 정도라고 생각하시면 돼요.

저는 학생 때 결혼을 해서 거의 이십 년이 되었어요. 여성분들에게 멋진 프러포즈는 로망이잖아요. 그런데 전 금전적 여유가 없었어요. 반지를 좋은 걸 해줄 수가 없어서 미안함이 있었죠. 프러포즈도 제대로 안 했고요. 그래서 삼 년 전에 빌트모어스테이트의 분위기 좋은 레스토랑에 갔어요. 프러포즈 하는 데로 유명한 로맨틱한 곳이죠. 와이프와 둘이 가서 식사를 하고 디저트를 먹는데 바로 그 자리가 프러포즈를 많이 하는 자리였던 거죠. 그동안 모은 돈으로 알이 큰 반지를 사서 무릎을 꿇고 "Would you marry me again?"이라고 말했죠. 사람들이 다들 박수칠 준비를 하고 있었고요. 그런데 우리 와이프는 "어, 이거 이쁘네? 어 이거 진짜야? 와아~" 이러기만 하는 거예요. (웃음)

학생 때는 어떤 여행을 하셨어요?

제가 학부를 다녔던 매디슨 캠퍼스가 아주 아름다워요. 큰 호수 두 개가 캠퍼스에 있죠. 요트클럽이 있었고요. 제가 요트를 좋아해요. 금요일 밤에 몰래 요트를 갖고 나와서 그 호수 가운데에 배를 묶어요. 횃불을 달고 호수 한가운데에서 파티를 하는 거죠. 한번은 요트부 친구들하고 차를 타고 플로리다에 가서 요트 네 대를 빌려 열여섯 명이 일주일 동안 멕시코만을 항해한 적이 있어요. 그때 아무도 가지 않는 무인도에 가기도 했어요. 그 무인도에 고무보트를 타고 더 들어가서 해변에서 잠을 잤죠. 밤하늘에 별들이 쏟아져내려요. 어떤 때는 요트를 타고 가는데 돌고래들이 나타나서 옆에서 같이 헤엄을 치더라고요. 요트를 멈추고 물속에 뛰어들면 돌고래들이 와서 같이 헤엄쳤죠. 사실 불법적인 일을 하기도 했는데, 헤엄치다 물속에 바닷가재가 엄청 큰 게 있어서 막대기로 잡아서 삶아 먹었는데 정말 꿀맛이었어요. 태어나서 처음 먹는 맛이었어요. 한참 지나고 들은 얘긴데 플로리다 해양경찰서에 제가 바닷가재를 들고 찍은 사진이 붙어 있다고 하더라고요. 이러면 안 된다고. (웃음)

많은 곳을 여행하셨을 텐데, 최근에 다녀오신 곳은 어디예요?

최근에 간 곳이 터키인데요. 저는 터키에 자주 가요. 지난 이 년간 다섯 번은 간 것 같아요. 처음엔 가족 여행을 갔었죠. 그 다음엔 비즈니스 때문에 갔어요. 로봇컵이라는 로봇축구대회가 있어요. 무선 조종이 아니라 자율적으로 움직이고 팀플레이를 하는 로봇축구

대회인데요, 이 로봇컵의 공식목표는 서기 2050년까지 로봇축구팀이 인간 월드컵 우승팀과 경기해서 이기는 거거든요. 저희는 미국 대표팀으로 나갔죠. 2011년 이스탄불에서 열렸는데 저희가 전 세계 챔피언이 됐어요. 로봇컵 트로피가 루이비통 트로피예요. 이 대회는 루이비통이 후원하거든요. 전 세계에 단 하나뿐인 근사한 트로피죠. 저는 이 트로피를 우리가 갖는 건 줄 알았는데 일 년간 보관하다가 돌려줘야 되는 거더라구요. 그런데 이게 〈반지의 제왕〉의 절대반지처럼 갖게 되면 정말 돌려주기가 싫어요. 그래서 어떻게 한 줄 아세요? 중국에 가서 짝퉁을 하나 만들었어요. (웃음) 그런데 사실 2012년에 또 우승, 2013년, 2014년에도 또 우승을 해서 트로피를 계속 갖고 있어요.

터키에 그 다음에 간 것은 학회에서 기조연설 요청을 받아서였어요. 그런데 어느 날 갑자기 터키 대통령 비서실에서 이메일이 왔어요. 터키 대통령이 절 만나고 싶어한다고요. 일정보다 며칠 일찍 가지안텝으로 와달라고 요청을 했어요. 그래서 제가 가족과 자주 떨어져 지내는데 가족들하고 같이 가도 되냐고 했죠. 그랬더니 가족까지 모두 초청을 해줘서 함께 가게 되었어요. 가지안텝이라는 도시가 터키 남부인데 시리아 국경 지대에 있어요. 굉장히 위험한 곳이죠. 그런 곳에 갔는데 터키 대통령이 갑자기 급한 일이 생겼다고 해서 바람을 맞았습니다. (웃음)

가지안텝은 굉장히 크고 아주 유서 깊은 도시예요. 실크로드의 마지막 도착지라고 알고 있어요. 사람이 살고 있는 도시 중 가장 오래된 도시라고 하고요. 가면 관광객이 별로 없어요. 잘 정돈된 곳은 아니죠. 거기서 제일 유명한 게 피스타치오예요. 가지안텝의 피스타치오는 다른 데 거랑은 완전히 맛이 달라요. 녹색이 아니라 회색이에요. 볶은 깨 같은 맛이라고 해야 할까요. 고소하고 정말 맛있어요. 바클라바라는 피스타치오가 들어가는 중동 디저트가 있는데 전 세계 바클라바의 수도가 또 가지안텝이죠. 그런데 바클라바가 맛있는 이유가 피스타치오 때문이 아니라 사실은 버터 때문이라는 이야기를 들었어요. 그쪽 버터가 흰색인데 맛이 특이하고 아주 좋아요. 이스탄불에 다녀간 사람들은 이 바클라바를 양손에 잔뜩 들고 비행기를 타죠.

처음 들어보는 이야기네요. 정말 맛있겠어요.

터키 크루아상이 구부러지지 않은 이유

또 다른 재미있는 이야기가 있어요. 다음에 또 터키에 갔는데, 호텔에서 조식을 먹는데 반달 모양이 아닌 일자형 크루아상이 나왔어요. 아무 생각 없이 먹었는데, 이 크루아상이 오스트리아 음식이래요. 옛날에 오스만투르크가 오스트리아를 침략했을 때 오스트리아 제

과업자가 오스만투르크를 상징하는 초승달 모양의 빵을 만들어서 자국 병사들에게 먹였다는 거예요. 이걸 먹는 게 오스만투르크를 잡아먹는다는 의미로, 빵을 먹고 용기를 내도록 한 거죠. 그러니 크루아상이라는 게 터키에선 부정적인 의미이니까 반달이 아니라 구부러지지 않은 일자형으로 파는 거 아닌가 하는 이야기를 들었어요.

여행 가서 그런 이야기를 알고 먹으면 더 재미있고 기억에 남겠어요. 터키를 다양하게 경험하신 것 같아요.

저는 출장을 자주 다녀요. 그런데 꼭 하루 정도는 관광객이 안 가는 곳에 가는 걸 좋아해요. 터키 같은 경우는 시장, 바자에 가죠. 그랜바자 같은 경우는 대부분 물건이 중국산이에요. 그런데 가지안텝은 진짜 그곳 주민들의 시장이라 좋았어요. 그런 데 가서 자국 문화나 역사에 자부심을 가진 현지인과 만나 이야기하는 걸 좋아해요. 물론 용기가 필요한 일이죠. 말도 통해야 하고. 몇 달 전에 갔을 때는 가지안텝의 바자에서 문방구에 갔어요. 어떤 할아버지가 계신데 육십 년 동안 문방구를 하신 분이에요. 한국인이라고 했더니 좋아하시면서 차를 끓여주셨어요. 한국전쟁 참전용사라고 하시더군요. 또 어떤 바클라바 가게에 들어갔더니 꼬부랑 할아버지가 삼각형 모양의 바클라바를 주면서 그걸 자기가 발명했다고 하는 거예요. 정말 바클라바를 당신이 발명했냐고 물었더니, 그 삼각형 모양을 발명한 게 자기라고 하시더라고요. (웃음) 그런 자부심을 가진 게 보기 좋았어요.

또 카페에 갔는데 분위기가 정말 묘해요. 몇백 년 된 역사적인 분위기를 풍기더라고요. 이 카페 주인이 오더니 목에 힘을 주고 가슴을 펴더니 사백 년 전통의 카페라고 하더군요.

어떤 역사책에서 배우는 것보다 더 살아 있는 공부잖아요. 그래서 여행을 좋아할 수밖에 없죠.
여행을 가면 그 지역 문화에 자부심 있는 사람들하고 접촉하고 소통하면서 여러 관점을 접하게 돼요. 그래서 저는 여행을 많이 다닌 사람들을 좋아해요. 그런 사람들은 오픈 마인드가 되고 다름을 인정하는 사람이 되거든요.

맞아요. 여행이 주는 가장 큰 선물은 다른 사람을 이해하게 되는 거라고 생각해요. 다른 사람의 시각에서 삶을 볼 수 있잖아요. 그래서 처음 여행 가면 충격을 받죠. 아주 작은 것부터. 저는 사실 여행을 좋아해서 회사를 뛰쳐나온 게 아니라 어쩌다 보니 여행을 조금 다니고 또 다니고 하면서 "어, 내가 여행을 통해서 이렇게 성장을 하네? 이런 것도 있네?" 하다 보니 자타가 공인하는 여행가가 됐어요. 처음에는 저를 여행가라고 규정짓는 게 싫었어요. 그런데 지금은 얼마나 행운인가 싶어요. 세상을 여러 시각으로 볼 수 있는 기회가 있다는 것이 너무 감사합니다. 그런데 여행이 참 좋긴 한데 박사님은 여행도 하셔야죠, 강연도 하셔야죠, 출장도 다니셔야죠, 연구도 하셔야죠…… 혹시 가족하고 보내는 시간이 너무 부족하지 않을까 싶어요.

호기심 부자,
상상력 박사

데니스 홍 박사는 보기 드물게 불혹을 넘긴 나이에도 어린아이의 호기심을 지니고 있는 분이다. 세상 모든 일에 관심도 많고, 명석하고 긍정적인 데다 박학다식하시고, 게다가 특유의 유머감각까지 더해져서 사람들이 따르고, 그 에너지를 가지고 무언가 새로운 걸 또 만들어내시고…… . 사람부터 자연, 로봇까지, 그리고 국경을 넘나들며—곧 지구 밖으로도 나가실 것 같은 기세이지만!—수많은 것들의 경계를 허물고 선순환을 창조해내고 있는 분. 모르긴 몰라도 과학자이기 이전에 좋은 아빠로 소문난 데니스 홍 박사가 가진 에너지의 근간은 가족의 사랑 혹은 화목한 가정의 울타리 안에서 생산되는 것이 아닐까. 그에게 가족은 어떤 존재일까.

교육이란 아이가 사랑받고 있다고 느끼게 해주는 것

저는 제일 행복할 때가 우리 가족하고 같이 놀 때예요. 전 자신 있게 얘기하는데 사실 웬만한 아버지들보다 아들하고 시간을 많이 보내요. 여섯시에 퇴근해서 장을 보고 요리해서 같이 식사를 하고 가족끼리 신나게 놀고 밤 열시 정도에 다 잠이 들면 저는 연구소에 가요. 연구소에서 새벽 세네시까지 일을 해요. 그리고 새벽 네시쯤 집에 돌아가서 잠을 자요. 아침 여덟시에 눈을 떠서 같이 출근을 하고요. 저는 출장 중에 아무리 중요한 사람, 심지어 대통령을 만나고 있어도 우리 아이에게서 영상전화가 오면 받아요. 제가 집근처에 있든 학교에 있든 지구 반대편에 있든 간에 언제든지 단추만 누르면 아빠의 얼굴을 볼 수 있다는 걸 아니까 아이가 불안해하지 않더라고요. 물론 정말 중요한 미팅 전엔 제가 먼저 아이에게 전화를 걸어요. 그렇게 하면 미팅 중에 전화가 안 오죠.

특별한 교육법이 있나요?

저는 어렸을 때부터 이런 생각을 했어요. 내가 아빠가 되면 아이가 왜?라고 질문했을 때 꼭 대답을 해줘야지. 그리고 지금 그걸 하고 있어요. 이게 굉장히 어려운데 왜냐면 꼬마아이들은 늘 당연한 질문을 하잖아요. 하늘은 왜 파래? 공기는 왜 안 보여? 이게 대답하기 힘들어요. 그때마다 대답을 하려고 애쓰는데 그런 질문들이 과학자로서 일반적인 전제조건을 의심할 기회를 주거든요. 아이가 이건 왜 그래? 하면 이건 이러저러한 거야. 그럼 그건 왜 그래? 그러면 그건 이렇기 때문이야. 어, 그건 또 왜 그래? 이렇게 계속 이어져요. 그런데 저는 그걸 다 대답해줘요. 그러다 질문이 계속 이어지면 마지막엔 이렇게 대답하죠. 응, 그건 내가 널 사랑하기 때문이야. 그럼 오케이 하고 가죠. 사실 이건 아주 중요한 거예요. 교육에서 가장 중요한 건 자녀가 부모에게 사랑받고 있다는 걸 진정으로 느끼는 것이거든요. 그렇게 사랑을 받고 큰 사람은 절대 비뚤어질 수 없다고 믿습니다.

그런 예를 들어주실 만한 에피소드가 있을까요?

몇 달 전 일인데요. 우리 애가 냉장고를 열고 초콜릿우유를 꺼내고 문을 닫으려는데 냉장고에 불이 켜져 있잖아요. 아빠, 냉장고에 불이 켜져 있어! 그럼 보통 문 닫으면 꺼져, 하잖아요. 그런데 저는 그렇게 안 해요. 자 우리 한번 실험을 해보자. 제 스마트폰으로 동영상을 찍었어요. 자, 지금 냉장고 문을 열었는데 냉장고에 불이 켜져 있어요. 그런데 이 냉장고 문을 닫으면 어떻게 될까요? 하고는 촬영하고 있는 스마트폰을 냉장고에 넣는 거예요. 그리고 냉장고 문을 열고 촬영된 화면을 보죠. 냉장고 문이 닫히면 불이 꺼진다는 걸 아이가 직접 봐서 알게 되는 거죠.

풍선에 관한 에피소드를 들었던 기억이 있는데, 무척 인상적이었어요.

저는 아이들이 너무 좋아요. 아이들은 누구나 반짝이는 눈이 있어요. 바로 호기심이에요. 자라면서 그 반짝임이 사라지죠. 어린이들은 그 눈으로 세상을 다르게 봐요. 한번은 저녁을 먹고 집에 들어오는데 별들을 보면서 아들이 아빠, 별들은 세상이 조용할 때만 나오는 것 같아, 하는 거예요. 시인 같죠? 한번은 풍선을 사서 실험을 하는데 아빠, 풍선의 입구를 열면 바람이 왜 나와? 묻는 거예요. 처음엔 풍선 안에는 압력이 높고 밖은 압력이 낮은데 바람은 높은 데서 낮은 데로 간다고 설명했어요. 어렵잖아요. 조금 있다가 아이가 그래요. 아, 풍선 안의 공기가 신이 나고 흥분되어서 밖으로 나가서 놀고 싶어서 그런 거야? 그럼 공기는 밖으로 나오면 슬퍼지겠네. 하는 거예요. 그러다가 또 하는 말이 바람은 눈에 안 보이네. 바람은 아빠의 사랑 같아. 눈에 보이지 않아도 느낄 수 있거든. 이런 어린이의 호기심과 세상을 바라보는 눈이 정말 좋아요. 저도 평생 어린이같이 살고 싶어요. 그런 호기심 많은 사람이 또 여행을 좋아하죠. 새로운 걸 느끼려 하고 익숙한 환경에서 벗어나려 하고요. 결국 여행이 창의력에 도움이 되는 거예요.

삶 자체를 여행하듯 살고 계신데, 정말 감동적인 이야기들이에요. 로봇에 관한 이야기를 좀 더 듣고 싶어요. 박사님의 로봇 연구의 성과도 그런 호기심에서 시작된 것이잖아요. 2011년에 로봇컵 대회 무렵 자동차 브라이언을 만드셔서 워싱턴포스트에 대서특필되었죠.

사람을 행복하게 만드는 따뜻한 로봇을 만듭니다

그 프로젝트는 무척 소중한 경험이었어요. 2007년에 무인자동차 대회에서 3등을 한 로봇 자동차인데, 도심지를 모든 교통신호를 지키면서 다니는 차였어요. 그때 시각장애인협회에서 그걸 보고 전 세계 연구소에 시각장애인을 위한 자동차를 만들면 새로운 대회를 오픈하겠다고 공문을 보냈어요. 그래서 저도 지원을 했어요. 무인자동차

호기심 부자,
상상력 박사

를 만들었으니까요. 무인자동차에 시각장애인을 태우면 되잖아요. 그런데 이 대회 첫 미팅, 그날은 태어나서 가장 쇼크를 먹은 날이었어요. 이 큰 대회에 지원한 사람이 전 세계에 저 하나뿐이었던 거예요. 알고 보니 제가 실수를 했어요. 이 사람들이 원했던 건 시각장애인이 직접 운전하는 차였던 거예요.

사실 그 일에 대해 주변 사람들의 의견은 세 부류로 나뉘었어요. 시각장애인이 어떻게 운전을 해? 하는 사람들, 그게 무슨 돈이 되냐? 돈 되는 걸 해, 하는 사람들, 시각장애인 그 불쌍한 사람들은 그냥 집에서 쉬어야지 무슨 운전이냐, 하는 사람들. 이 프로젝트는 사실 실수로 시작했고 주변에서 불가능이라 하니까 오기가 생겨 계속했어요. 그런데 정말 아이디어가 없었어요.

어느 날 생각했죠. 내가 시각장애인을 위한 기술을 개발해야 하는데 아이디어가 안 나오는 이유는 이 기술을 사용하는 사람들이 어떤 사람인지 모르기 때문이다. 갑자기 창피했어요. 시각장애인을 위한 기술을 만들면서 그들에 대해 관심이 없다는 게요. 그래서 하루 종일 안대를 쓰고 생활해보자, 하고 안대를 써봤어요. 한 세 시간 지났나 하고 안대를 벗었는데 삼 분이 지나 있더군요. 정말 창피했죠. 바로 그날 학생들을 데리고 자동차를 타고 네 시간 반을 운전해서 볼티모어에 있는 시각장애인협회 본부에 갔습니다. 거기에서 시각장애인들과 2박3일 동안 같이 생활했어요. 그러면서 그들이 어떤 사람인지 배우려 했는데 그들과 친구가 되었어요. 돌아오는 길에 저는 당연한 진리를 깨달았어요. 시각장애인은 우리랑 똑같은 사람이라는 것을. 우리랑 똑같은 꿈이 있고 우리랑 똑같은 행복을 누릴 권리가 있다는 걸. 그 순간 갑자기 아이디어들이 나오더라고요. 맨 처음에 만든 자동차를 가지고 그 협회에 가서 첫 테스트를 했어요. 시행착오 끝에 테스트하던 차가 간신히 도착했는데 저는 그 순간 굉장한 것을 봤어요. 운전을 마친 그 시각장애인의 너무너무 행복한 미소를요. 내가 이 친구를 이렇게 행복하게 해줄 수 있다면 시각장애인을 위한 차를 완성해서 모든 시각장애인에게 행복을 주자. 그래서 그 후로 브라이언이라는 차를 만들었어요. 2011년 1월 29일에 전 세계에 처음 공개했죠. 유명한 자동차 경주장에서 시연을 했어요. 저는 로봇을 만드는 사람인데 제가 하는 모든 로봇 프로젝트는 사람들을 행복하게 해주고 세상을 이롭게 만드는 따뜻한 기술을 개발하는 것 그거예요. 모든 건 사랑에서 시작된다고 생각해요.

사랑을 바탕으로 하신 과학자시라 이런 결과들이 나오는구나 싶네요. 앞으로도 그런 좋은 연구 많이 해주시고요, 로봇공학자 말고 또 꿈들이 있으시죠? 요리사, 놀이기구 디자이너, 마술사……. 요리사 꿈은 어느 정도 이루셨네요.
요리는 프로페셔널하게도 하죠. 나중에 레스토랑도 오픈하고 싶어요. 놀이기구 디자이너의 경우는, 저는 롤러코스터 광이에요. 학생 때는 어디어디에 무슨 롤러코스터가 생겼다, 하면 비행기 타고 가서 타봤어요. 우리나라에 로봇랜드를 만들고 있는데 거기에 제가 참여

호기심 부자,
상상력 박사

해서 이런 놀이기구 콘셉트를 디자인하고 있죠. 또한 할리우드에서 엔터테인먼트와 로봇을 결합시켜서 하는 연구도 하고 있고요.

정말 하나도 해내기 힘든 일을 여러 가지 하고 계신데요. 누군가 데니스 홍 박사님, 행복하세요? 하고 물으면.
저는 이 세상에서 가장 행복한 사람이라고 자신 있게 말할 수 있습니다.

젊은 사람들이 어떻게 하면 그렇게 될 수 있냐고 물으면 어떻게 대답하실 건가요.
우리나라에선 많은 사람들이 물질적 가치를 중시하는 것 같아요. 돈 중요해요. 그런데 많은 사람들이 사는 이유를 까먹고 살아요. 돈은 행복한 가치를 위해 필요한 거지, 그 자체가 목적이 아니잖아요. 자기 꿈을 찾고 이루는 것보다 중요한 건 삶에 없다고 생각해요.

잠시 멈춰서 자기를 돌아보는 시간이 필요한 이유죠. 그럴 때 내가 어디를 가고 있는지 알게 되거든요.
그게 여행의 중요한 역할 중 하나이기도 하고요.

박사님과 함께하며 깨어나는 느낌이 든 사람들 많을 거예요. 어느 정도 나이가 들면 꿈 얘기 잘 안 하거든요. 하지만 그 꿈을 이어가는 것이 행복을 위해서 가장 필요한 일 같아요. 꿈을 되새기게 해주셔서 감사합니다.

· · ·

데니스 홍 박사와 함께 한 시간은 정말 총알처럼 지나갔다. 그는 무슨 도사님처럼 뿅 하고 약속 장소에 나타나 그 장소는 물론 함께 있던 사람들의 긍정 에너지 온도를 1도쯤 올려 놓고는 바람처럼 홀연히 사라져버렸다. 쉴 새 없이 쏟아지는 경험담, 통찰, 재미난 이야기들, 그리고 슬랩스틱 코미디라도 하는 것처럼 정신없이 이어지는 박사님의 몸개그와 익살스런 표정 연기는 타의 추종을 불허한다. 그런데 그 중에서도 한 가지 뇌리에 콕 박혀 잊혀지지 않는 메시지는 바로 '여행은 호기심을 재충전시켜주기에 최고'라는 것이었다.

나이가 들수록 혹은 절망적인 상황을 마주하게 되면 사람은 의욕과 희망을 잃고 다시 일어설 힘도 잃는다. 그럴 때 우리에게 필요한 것이 바로 호기심! 세상에 대한 관심과 궁금증이야말로 새로운 에너지와 용기를 갖는 데 필요한 원료일 것이기 때문이다. 호기심과 여행의 관계에 대한 새로운 발견은 개구쟁이 로봇공학자 데니스 홍 박사와의 유쾌한 만남이 남긴 최고의 선물이라 하겠다.

로봇공학자
데니스 홍

꿈은
꾸어야
이루어진다

'슈퍼파월' 김영철이 꿈을 찾아 떠났던

몬트리올 · LA

김
영
철

·
。

1974년 울산에서 태어났다. 1999년 KBS 14기 공채 개그맨으로 방송 활동을 시작했다. 2003년 〈개그콘서트〉 서수민 PD의 권유로 참석했던 캐나다 몬트리올에서 열린 코미디 페스티벌을 계기로 인터내셔널 코미디언이 되겠다는 꿈을 갖게 된 이후, 자신의 꿈을 이루기 위해 십여 년간 끊임없이 영어공부에 매진해 영어 잘하는 개그맨으로 유명세를 떨쳤다. 지은 책으로 『뻔뻔한 영철영어』 『THE 더 뻔뻔한 영철영어』가 있고, 옮긴 책으로는 『치즈는 어디에?』 『개구리와 키스를』 등이 있다. 현재 SBS라디오 〈김영철의 펀펀 투데이〉를 진행하고 있다.

　임계점, 영어로는 크리티컬 포인트Critical pont라는 말이 있다. 고유의 성질이 변화되는 시점이란 뜻인데, 물 끓일 때를 예로 들자면 100도가 되는 그 시점을 말한다. 아무리 물이 뜨거워도 99.9도에서는 물이 끓을 수 없기 때문에 그 임계점에 도달한다는 것은 매우 중요한 일이다. 혹시 꿈이 있는데 이제 포기하려 하고 있진 않은가? 많은 사람들이 힘들어 이제 그만하고 싶다는 생각을 할 때 실은 그 순간 99.9도에 이르러 있을 가능성이 높다고 한다. 그 0.1도를 높이는 힘, 그것은 엄청난 인내심과 지구력, 원하는 고지에 올라서고야 말겠다는 의지가 더해져 생겨나는 것인데 가끔 그런 과정을 이기고 뜻한 바를 이루어내는 모습을 몸소 보여주는 놀라운 사람들이 있다.

꿈은 꾸어야
이루어진다

영어 공부라고는 해본 적 없는 개그맨에서 대학 영어강사 자리까지 꿰찬 김영철. 그가 임계점에 이르게 된 과정은 어떤 것이었을까.

. . .

손미나 **꿈을 이루기 위해 갔던 여행지에 관한 이야기입니다. 김영철 씨에게 그런 장소는 어디예요?**

김영철 두 군데예요. 첫번째는 몬트리올. 2001년과 2003년 7월에 두 번 갔고요, 간 이유는 매년 몬트리올에서 코미디 페스티벌을 하고 있기 때문이에요. 애딘버러 페스티벌과 자웅을 가릴 정도의 큰 행사예요.

대회에 참가하신 거예요?

굿 퀘스천입니다. (웃음) 정식으로 참여하려면 캐나다관광청에 절차를 밟아서 일 년 전에 준비가 되어야 해요. 저는 급하게 준비해서 갔기 때문에 경쟁 부문 참여는 하지 않았어요. 〈개그콘서트〉 서수민 피디님이 추천을 하셨어요. 서수민 피디님이 멋있는 게, 아직까지 저한테 그래요. 영철아 내가 정확하게 너한테 뭐라고 했다고? 어떤 누군가는 툭 던져. 그런데 그 사람은 꿈을 꾸고 실행을 다 했어. 이런 거죠. 정작 던졌던 사람은 생각이 안 나는 거예요. 영철아, 왜 재석이랑 신동엽이랑 강호동이가 했던 개그만 모니터링해? 좀 더 넓게 봐. Think Big! 서양 개그맨들은 어떻게 웃기는지도 보고, 하하하 닷컴이라고 들어가봐. 몬트리올에서 열리는 코미디 페스티벌 공식 사이트인데, 서양 사람들은 뭘로 웃기는지 더 크게 생각해봐. 아, 기회가 되면 그 대회도 나가보렴…… 나가보렴…… 나가보렴……. 그 "나가보렴"이 제 귀에서 계속 메아리처럼 울렸어요.

혼자 갔어요? 정말 용감하세요.

2001년도에 혼자 갈 때 손미나씨가 제게 『누가 내 치즈를 옮겼을까?』란 책을 읽으라고 권해줬어요. 사주진 않았고요. (웃음) 그 책을 몬트리올 가는 비행기에서 읽었어요. 그때 변화를 꿈꾸었죠. 서수민 피디님이 6밀리미터 카메라를 하나 주셨어요. 거기 가서 좀 찍어와라. 그러니까 현장에서 웃기는 그림 좀 찍어야 될 거 아니에요. 거기 오픈 마이크가 있어요. 우리로 치면 대학로에서 마이크 하나 놓고, 사회자가 야, 그럼 다음에 누가 웃길래, 이런 거예요. 그래서 가서 "헬로 에브리원. 여기는 몬트리올. 셀린 디온의 고향이지 않니?" 그때가 영화 〈타이타닉〉이 개봉하고 나서 얼마 안 되었을 때여서 "and My heart will go on~" 하니까 오~ 박수가 나왔어요. 거기서 그 그림을 찍어서 한국에 와서 TV에 틀고 했는데, 느꼈던 건 그거예요. 서양 사람들 웃기기 정말 어렵다.

꿈은 꾸어야
이루어진다

서양 사람을 웃기려면 영어부터 공부해야지

그때 정확하게 원했던 게 뭐예요? 상을 받는 거? 아니면 그 무대에 서보는 거? 영어로 코미디 해보는 거? 세계적인 코미디언으로 이름을 알려보는 거? 어떤 마음으로 간 걸까요?

그때는 그냥 서수민 피디님의 "나가보렴"이란 말을 듣고 나갔어요. 2001년 2003년도 몬트리올에 가면서 느꼈던 제 삶의 키워드는 아마 '실행'이었던 거 같아요. 사실 비행기 예약하는 데도 몇 달 걸리잖아요. 비용도 비용이지만 제가 해외 대회에 나가면, 제 자리가 비고, 그러면 다른 사람들이 치고 올라올 것이라는 불안감 때문에 결정하고 실행하기 어려운 점이 있었어요. 그런데 용기 있게 녹화를 한 주 빼고 일단 가봤던 게 지금의 저를 만든 것 같아요. 가서 느끼게 된 거죠. 첫번째 포인트는 'Doing comedy is later, Studying English first.' 일단 영어를 먼저 배우자. 서양 사람들 앞에서 나도 언젠가는 웃겨봐야지. 원대한 꿈을 품고 돌아왔어요. 2003년 9월부터 본격적으로 영어학원을 등록해서 영어 공부를 했어요.

얼마 만에 영어공부를 한 거였나요?

대학교 때, 2001년, 2002년에도 매년 1월 1일에 시작해서 작심삼일로 끝났던 영어 공부를 2003년 9월에 본격적으로 시작한 거예요. 관계자가 그랬어요. 제가 가진 장점 중 하나가 용감함이라고요. 시

276

꿈은 꾸어야
이루어진다

골에서 서울로 올라왔던 애가 할 수 있는 일은 저지르는 일이에요. 말하자면 무대포 정신인 거죠. 코미디 페스티벌 관계자를 만날 수가 없어서, 수소문해서 한인신문 통신원을 통해서 만났어요. 제가 그때 들었던 말은 그거였어요. "영어에 대해 두려워하지 마라. only six words. 몇 년 전에 어떤 일본인이 왔는데, 오직 여섯 단어밖에 안 썼다. 걘 마임으로 했는데, 넌 뭐가 걱정이야." 그 말을 듣고 저는 반 대로 꿈을 꿨죠. 아니야, 나는 영어로 할 거야. 나는 마임을 하지 않을 거야. 왜냐면 제가 마임을 잘 못해요. 게다가 얼굴이 마임을 하기에는 임팩트가 없어요.

그때부터 영어 공부를 하면 좋은 일이 생길 거야. 그렇게 생각을 했어요. 손미나 씨가 도움을 많이 주셨죠. 멘토 역할을 해주셨어요. 손미나 씨는 스페인어도 하시잖아요. 불어도 하시고, 4개국어를 하시는 분을 보면서 영어를 한번 제대로 해보자는 생각을 갖게 됐어요.

몬트리올 이야기 좀 해주세요. 코미디 페스티벌에 참가한 용기가 정말 대단한 것 같아요. 그 이전엔 어떤 개그맨도 세계무대에 서기 위해 비행기 타고 가신 분이 없었죠. 그 꿈을 안고 영어도 완벽하지 않았을 때에, 카메라 하나 들고 책 한 권 들고 갔던 그때 몬트리올의 느낌은 어땠어요? 몇 시간 걸려요?
직항이 없어요. 뱅쿠버로 가든지 토론토로 가든지 둘 중 하나를 택해야 해요. 캐나다 국적기를 열한 시간 타고 뱅쿠버에 내려서, 두 시간 정도 잠깐 공항 구경하다가, 몬트리올까지 두 시간 더 가는 거예요.

에어캐나다에 얽힌 에피소드가 있어요. 저는 국적기에 익숙해요. 그러니까 항상 우리말을 먼저 듣잖아요. 그런데 캐나다 항공의 승무원은 전부 서양 사람인데, 캐나다-한국 직항 노선에는 한국 승무원이 한 분 있어요. 그분들이 대체로 교포예요. 비행기가 갑자기 흔들리잖아요. 영어로 안내방송이 먼저 나오고 한국어 방송을 하는데, "암~ 밖에 지금 바람 많이 불어요. 그러니까 지자리에 앉아 있어야 돼요. 그리고요 암~ 싯벨트 같은 거 하셔야 되고요, 베버리지 암 마시는 거, 못 줘요. 정말 미안해요~" 이런 방송을 처음 들었어요. 이 얘기를 방송에서 많이 했거든요. 한번은 스타 얼라이언스 행사에 갔는데, 에어캐나다 사장님이 와 있는 거예요. 사장님이 방송을 다 보신 거예요. "어~ 그 에어캐나다 2003년도에 탄 거 아냐. 이젠 안 그래요. 에어캐나다 한번 탄 거 가지고 십 년째 우리 승무원들 괴롭혀요. 하기는 우리도 홍보가 돼서 좋기는 한데 요새 승무원들 영어도 잘하고 한국말도 잘해요." 하시더라고요. 그런 면에서 몬트리올은 제게 개그 소재도 많이 준 도시죠.

김영철 씨가 본 몬트리올의 인상은 어땠어요?

처음 가보는 서양이어서 저는 사람들이 다 브래드 피트, 스칼렛 요한슨 같을 줄 알았어요. 아니더라고요. 저보다 못생긴 서양 사람들도 있어요. 저보다 키 작은 사람도 있고. 그냥 생각보다 영화배우 같은 사람들이 있진 않았어요. 저는 몬트리올에서 처음 브런치를 경험

꿈은 꾸어야
이루어진다

했어요. 브런치란 어휘가 익숙지 않았던 시절이었어요. 오전 열한시 쯤 줄 서서 기다렸다가, 화이트 와인을 시켜서 시저 샐러드랑 같이 먹으며 여행자의 여유를 누렸죠.

낯선 이가 가서 브런치를 하고 산책을 즐기기에 아름다운 도시예요? 꼭 봐야 하는 게 있다면 뭘까요?

생카트리나 스트리트가 중심가예요. 태국으로 치면 카오산 로드 같은 곳이어서 배낭여행객이 모이는 곳이기도 하고, 또 모든 교통의 중심지예요. 몬트리올에 가셨다면, 퀘벡주의 퀘벡시에 꼭 들러봤음 좋겠어요. 딱 리틀 파리예요. 실은 파리는 이틀밖에 안 가봤지만요. 퀘벡시에서 조금만 벗어나면 메르시에 브리지가 있어요. 퀘벡 주를 흐르는 세인트로렌스 강에 세워진 다리인데, 중간 부분을 지나면 오르막이 시작돼 마치 하늘과 연결된 느낌이 들어요. 끝이 안 보이는 다리 위로 올라가거든요. 잠깐만, 나 천국에 올라가는 건 아니겠지? 하는 행복한 상상으로 다리를 지났어요.

달에게 한 약속을 지키려 매일 노력해요

영철 씨가 꿈을 이루기 위해 갔던 또 다른 여행지가 있다면요?

몬트리올과 함께 이야기해야 하는 짝꿍 여행지예요. 로스앤젤레스,

LA, 나성. (웃음) 제가 LA 가기 전에 『당신이 사는 달』이란 권대웅 씨의 산문집을 보고 갔는데, 그분의 책이 참 재미있었어요. 이사를 가든 어디를 가든 내가 있는 곳에서 달의 위치를 꼭 파악해놓으래요. 그리고 달에게 꿈을 얘기하래요. 달은 당신의 꿈을 도와주는 조력자이자 친구가 될 거래요. 달하고 친구가 되고 이야기한다는 게 조금 익숙해졌을 때, LA에서 영화를 찍고 나서 달을 딱 봤어요. 그때가 2013년 12월이었는데, 2003년 캐나다 몬트리올에서 갔던 생카트리나 거리가 생각나면서 제가 그 밤에 달을 보고 얘기했던 기억이 선연하게 지나가는 거예요. 2003년에 달아, 나 너무 영어를 잘하고 싶고 인터내셔널 코미디언이 되고 싶은데 어떻게 하면 돼? 한국에 가서 영어학원 다니면 돼? 나 도와주면 안 돼? 나 십 년 뒤에 꿈을 이룰게. 꼭 인터내셔널 코미디언이 되어 돌아올 거야. 내 약속 지켜줘. 달아 나를 기억해줘. 그런데 2013년 LA에서 달을 보는데 그 달이랑 얘기했던 십 년 전이 기억났어요.

정확하게 약속을 지키지는 못한 것 같아요. 그래서 약속을 이십년 후로 할 걸 그랬나 했어요. (웃음) 하지만 이젠 어느 정도 왔네, 영어 공부도 하고 있고. 독립영화지만 영화도 찍고 있고. 달에게 면이 섰던 기억이 나요. 약속을 완전히 지킨 건 아니지만 완전히 안 지킨 건 아니잖아요. 도와주지 않겠니? 하고 달하고 이야기하는데 기분이 너무 좋아서 눈물이 왈칵 쏟아질 것 같은 밤이었어요.

LA에서 제가 멋진 친구를 만났어요. 김인호라고 미국 이름이 알

렉스라는 교포 친구인데 제니퍼 로페즈, 데이비드 베컴이 소속된 엔터테인먼트 회사 부사장이에요. 저랑 동갑인 이 친구가, 할 수 있는 한 저를 도와주고 싶대요. 저를 도와주고 싶었던 이유는 우리 둘이 마흔이 되었는데, 자기는 아시아인으로서 할리우드에서 일하면서 '뱀부 실링bamboo ceiling'을 느낀대요. 대나무는 밖에서 자라야 하는데 천장이 있으면 자라다 멈추잖아요. 내가 아시아인으로서 할리우드에서 부사장 정도로 끝나겠지. 다음엔 내가 뭘 해야 할까. 그렇게 한계를 많이 느끼고 있었는데, 제가 꿈 이야기를 하는 걸 듣고는, 마흔이 넘어서 남의 꿈을 경청한 게 처음이래요. 마흔이 넘은 김영철도 저렇게 꿈을 꾸고 있는데 왜 나는 포기하려고 했지? 그래서 저를 도와주고 싶다는 생각이 들었대요. 그리고 꼭 벤 스틸러 같은 멋진 엔터테이너가 됐으면 좋겠대요.

저는 LA에서 달을 봤던 그 밤이 잊혀지지 않아요. 저는 그날 멕시코 사람, 미국 사람, 한국 사람이 북적대는 파머스 마켓이라는 거리에 있었는데, 전혀 시끄럽지 않았어요. 달하고 이야기하는데, 달만 보이는 거예요.

그 무렵 『연금술사』를 다시 읽었거든요. 그대가 진정으로 원하는 꿈이 있다면 온 우주가 나서서 도와줄 것이라고요. 이거구나. 내 온 우주가 나를 도와주려고 이러는 것 같구나. 모두가 나의 우주더라고요.

김영철 씨의 꿈을 위해 떠난 여행 이야기 정말 잘 들었어요. 이렇게 진지하게

꿈은 꾸어야
이루어진다

꿈을 품고 달에게 한 약속을 지키기 위해 영어학원을 다니고, 국제적인 엔터테이너가 되기 위해 한 발 한 발 나아가는 영철 씨의 모습에 감동도 받고 또 살짝 두근거리기도 하네요. 여행은 새로운 문화로 충격을 주기도 하고, 새로운 자기 모습을 만나게도 하고, 또 꿈을 꾸게도 만드는 것 같습니다. 달에게 한 약속을 완전히 이루시길 바랍니다.

· · ·

나는 김영철 씨가 데뷔할 때부터 친하게 지내온 동료로서 그를 오랫동안 지켜보았다. 수많은 일들이 있었는데 내게 마치 한 장의 사진처럼 기억되는 사건이 있다. 어느 날 늦은 시각, 집 앞 커피숍에서 만난 그는 "누나, 영어 공부를 하고 싶은데 과연 나도 할 수 있을까? 뭘 어떻게 해야 할지 감이 안 잡혀."라고 말하며 평소와 달리 자신감 없는 모습을 보였다. 유달리 학구열에 불탔지만 기회가 없었던 그는 늘 그 일이 마음에 사무쳤던 모양이었다. 나는 반신반의하는 마음으로—그를 아끼는 선배로서 최선을 다해 용기를 주고 싶었지만 외국어 공부하는 것이 다 때가 있는 데다 바쁜 스케줄을 소화해야 하는 연예인으로서 그런 도전을 해서 마무리를 짓는다는 건 아주 어려운 일임을 누구보다 잘 알았기 때문에—"당연히 할 수 있어. 욕심 내지 말고 차근차근, 예를 들어 동네 영어학원에 매일 가서 조금씩 공부한다는 마음가짐으로 하면 가능할 거야. 그렇게 하는 것이 힘들 테지만."이라고 말해주었다.

그리고 얼마 후 그를 만났을 때 정말 놀랄 수밖에 없었다. 김영철은 정말로 종로 한복판에 있는 영어학원에 등록해 새벽반 수업을 들었고 그 사이 이미 실력이 일취월장해 있었다. 그때 나는 이미 알았다. 그가 포기하는 일 없이 임계점까지 다다를 준비가 되어 있음을. 가끔은 얄미울 정도로 자기가 원하는 일을 향해 질주하는 후배. 어려운 일이 있어도 그것을 웃음으로 넘기고 또 다시 달리는 자. 김영철이 주변인뿐 아니라 수많은 대중에게 몸소 전하고 있는 메시지는 분명하고도 강렬하지 않은가.

꿈은 꾸어야
이루어진다

가까이
빛나
더 고마운
무지개처럼

팝페라 테너 임형주의
뉴욕 · 피렌체

임형주

。

1998년 12세의 나이에 독집 앨범을 발표하며 데뷔했다. 예원학교 성악과를 수석으로 졸업하고 뉴욕 줄리어드음악학교 예비학교 성악과에 심사위원 만장일치로 합격했다. 이탈리아 피렌체 산 펠리체 음악원 성악과를 조기 입학해 가장 늦게 졸업했다. 2003년 팝페라 데뷔 앨범 〈샐리 가든〉을 발매, 클래식음반 판매차트 1위를 석권했다. 노무현 대통령 취임식에서 애국가를 선창하며 주목을 받았다. 뉴욕 카네기홀 데뷔 독창회, 암스테르담 콘서트헤보, 파리 살 가보, 빈 콘체르트 하우스, LA월트디즈니홀 등 세계적인 공연장에서 성공적인 공연을 선보였다. 지금까지 발매한 10여 장의 앨범이 모두 발매 첫주 1위를 기록할 만큼 한국 클래식계의 독보적인 스타로 군림하고 있다.

　여행 길 힘든 여정 중에 우연히 들어가 앉아 아픈 다리를 두드리던 한 카페, 그 순간 흘러나온 음악 덕분에 피로가 싹 씻겨 내려가던 경험이 있으신지? 그럴 때 우리는 새삼 음악이 가진 치유의 힘에 대해 생각하게 된다. 또 모든 걸 초월해 감동을 나눌 수 있는 유일한 언어라는 사실을 깨닫고 감동하기도 한다. 그러니 음악적 재능을 타고난 사람들은 얼마나 큰 축복을 받은 것인가. 그야말로 신의 선물이라고 해도 과언이 아닌 음악적 소양을 지니고, 그것으로 세상에 빛을 전하는 사람들. 나는 그런 사람들을 늘 동경한다.

방송국에서 일할 적엔 그런 사람들을 만날 기회가 종종 있었다. 그 중에서도 꾸준히 서로의 활동을 지지하며 좋은 관계를 유지하고 있

가까이 빛나
더 고마운 무지개

는 몇 사람이 있는데 팝페라 가수 임형주가 그렇다. 1998년 그가 데뷔할 때 나는 한창 방송국에서 활발한 활동을 펼치고 있었는데 당시 형주 씨가 워낙 어릴 때이다 보니 함께 다니던 그의 어머니, 동생 등 가족까지도 좋은 친구가 된 케이스다. 그렇게 오랜 지인인데도 최근에서야 새롭게 알게 된 사실이 있다. 그가 소위 말하는 '엄친아' 이지만 자신의 꿈을 실현하기 위해 걸어온 길은 그다지 순탄치 않았다는 것이다. 어쩌면 많은 이의 상상을 초월할 임형주의 여행 그리고 유학 이야기를 공개한다.

· · · ·

손미나 일 년 365일 중에서 며칠 공연을 다니시나요?
임형주 일 년에 독창회는 국내외 합쳐서 60회 정도 하는 것 같습니다. 데뷔 이후 석 달 이상 국내에 체류해본 적이 없는 것 같아요. 계속 왔다 갔다, 나그네처럼 살고 있습니다.

임형주 씨가 처음 해외에 나가서 뭔가를 하기 시작했을 때, 그 무렵으로 돌아가서 이야기를 해봤으면 좋겠어요. 그래서 소개해주실 여행지가 바로?
뉴욕입니다.

임형주 씨가 생각하시는 뉴욕은 어떤 도시인가요?
그런 말이 있죠. 'In New York, everything is OK.' 저는 그 말이

낭만적으로 들려요. 거기 가면 사랑도 오케이, 비즈니스도 오케이, 나의 어떤 취미도 오케이. 뉴욕은 자유의 도시, 낭만의 도시. 그 말이 딱인 것 같습니다.

뉴욕은 공부를 하러 가셨던 건가요? 처음 뉴욕에 가게 되신 이야기를 들려주세요.

사실 뉴욕이 낭만의 도시, 자유의 도시이기도 하지만 제게는 영광과 고난의 도시예요. 영광도 주었고, 고난도 주었고, 희로애락이 담겨 있죠. 제가 1998년에 데뷔를 했는데, 활동을 길게 하지 않고 바로 예원학교 성악과에 진학했어요. 졸업을 앞두고 있던 중3 겨울방학 때 처음 뉴욕에 갔어요. 서울예고에 합격했지만, 줄리어드 음악학교 예비학교 오디션을 보기 위해서였어요. 저희 부모님은 제가 너무 일찍 유학 가는 걸 반대하셨어요. 그런데 저는 더 빨리 큰 무대를 경험하고 싶은 거예요. 그럼 뉴욕 여행이라도 보내 달라, 그래서 갔는데 안 돌아온 거죠.

뉴욕, 차고 옆 창고 방에서 꿈을 꾼 시간들

부모님께 지원을 받고 가신 게 아니라, 아주 어린 시절에 용기를 가지고 강행을 하셨던 거네요.

가까이 빛나
더 고마운 무지개

처음 뉴욕에 갔을 때 어머니 지인 집에 있었어요. 원래는 몇 주간 있기로 했던 건데 거의 눌러 앉게 되었어요. 그 집에 방이 넉넉지가 않았어요. 뉴욕 주택은 차고 옆에 창고 같은 방이 하나 딸려 있거든요. 햇볕이 거의 안 들어요. 그런 창고 방에서 유학생활을 한 거죠. 부모님은 제가 차고 옆방에 사는지 전혀 모르셨어요. 왜냐면 여행 짐만 싸갖고 가서 안 돌아온 거니까요. 그때가 IMF 직후라 달러 환율이 1700원 정도였어요. 부모님께 너무 손 벌리고 싶지 않았어요.

부모님이 유학을 반대하시니까, 엄마 저 여행 갈게요 하고 가서 눌러 앉으신 거네요. 그때가 몇 살이었어요?
중3이니까 열다섯 살? 부모님이 애 많이 태우셨죠. (웃음)

주어진 상황에 순응하지 않고 그렇게 자기 길을 개척할 용기를 중학생이 가졌다니 범상치 않네요.
제가 그리 특별한 사람은 아니지만 그때 당시 평범한 학생은 아니었던 것 같아요.

그럼 그때 그렇게 고생을 하고 있는 줄 부모님은 전혀 모르셨던 거예요?
전혀 모르셨죠. 뉴욕의 어머니 지인분 자녀 방에서 같이 삼 주간 머물다 오기로 했던 건데, 제가 유학을 하게 되니까 차고 방에 들어가게 된 거였어요. 그분들도 저 때문에 많이 불편하셨을 거예요. 부모

님은 제가 카네기홀 데뷔 공연 때 오셔서 제가 살고 있는 방을 처음 보시고는 너무 놀라셨죠.

줄리어드 입학시험 때 이야기를 좀 해주세요.

그때 진짜 열심히 했어요. 뉴욕에서 줄리어드 예비학교 오디션 보러 갈 때 바지에 곰팡이가 핀 줄도 모르고 입고 갔었어요. 차고가 눅눅하잖아요. 다른 아이들은 드레스 입고 오고 그랬는데……. 저는 옷차림은 후줄근했지만 자신이 있었어요. 내가 이렇게 노력했으니 보상 받을 거라고 생각했어요. 수험번호가 거의 끝이었어요. 시험장에 들어갔는데 심사위원들이 저를 쳐다보지도 않는 거예요. 제 앞에 수많은 아이들이 오디션을 했으니 얼마나 지겨웠겠어요. 체구도 너무 조그맣고, 게다가 곰팡이 핀 청바지를 입고 있는 아이를 보고 쟨 또 뭔가 했을 거예요.

〈룬지 달 카로 베네Lungi dal caro bene〉라는 이탈리아 가곡을 불렀는데, 첫 소절을 부르니 갑자기 심사위원 세 명이 동시에 저를 또렷이 쳐다보시는 거예요. 첫 곡이 끝나니 박수가 나왔어요. 저는 그 자리에서 합격할 걸 알았어요. 준비한 세 곡을 다 불렀는데, 한 곡을 더 불러보래요. 당시 영어를 잘 못했지만, 왜냐고 물어봤어요. 한 선생님이 내년에 프랑스 니스에서 성악캠프를 하는데, 음역대가 맞으면 주인공으로 캐스팅하려고 한다고 하셨어요. 그래서 속으로 아, 합격했구나 했죠. 마지막으로 선생님이 제게 너희 집 가난하니? 이렇게 물으셨어요. 저는 우리나라를 무시하는 것 같아서, 우리 집 한국에서 엄청 부자라고 했어요. 반주해주신 분이 교포였는데, 그분이 나중에 에이, 바보야 가난하다고 했어야지. 전액 장학금을 주려고 했던 건데, 라고 하시더라고요. 장학금은 못 받았어요. 곰팡이 바지까지 입고 갔는데, 딱 봐도 가난해 보이는데, 의외였을 거예요. 부자라고 하니까. (웃음) 그렇게 줄리어드 예비학교에 심사위원 만장일치 수석합격을 했어요.

줄리어드 예비학교에 가셔서 처음에는 클래식을 공부하신 거죠?

제가 뉴욕에서 만났던 음악 관계자들이 정통 클래식도 좋지만, 크로스오버, 오페라틱 팝, 한국에선 팝페라라고 하죠. 그걸 해보는 게 어떠냐고 권유하시는 거예요. 저는 그때만 해도 정통 테너, 오페라 가수가 되는 게 꿈이었는데 왜 그런 크로스오버를 권유하실까 하고 두 달 동안 고민했어요. 줄리어드가 링컨센터에 있잖아요. 링컨센터랑 아메리칸 발레극장이랑 그 사이에 분수가 하나 있는데 거기를 왔다 갔다 하면서, 왜 사람들이 안드레아 보첼리처럼 크로스오버를 하라는 거지? 왜 그럴까 생각하고 있었어요. 그런데 살짝 비가 오다 개어서 분수대에 무지개가 걸린 거예요. 아, 무지개가 하늘에도 있지만 이렇게 땅에 닿을 수도 있는 거구나. 사람들이 클래식을 무지개처럼 너무 멀리 있는 거라고 생각한다면, 내가 분수대 위에 비치는 무지개처럼 가교 역할이 되었으면 좋겠다는 생각이 들더라고요. 좀 조숙했죠? 그래서 마음을 굳히고 크로스오버를 하겠다고 했어요.

사람들이 여행의 매력에 대해 물어볼 때, 늘 하는 답변이 이런 거거든요. 갑자기 내 눈앞에 나타난 무지개 하나, 강물 위에 흘러가고 있는 물결 사이에서 발견하는 반짝임 하나, 이런 게 사람들의 인생을 바꿔요. 그런 걸 마주할 수 있는 게 여행이거든요. 뉴욕으로 떠나서 어찌 보면 거기서 고생을 하고, 혼자 있는 시간을 가졌기 때문에 이런 걸 발견할 수 있었던 거잖아요.

맞아요. 혼자서 고독을 음미하고 사색하는 게 음악하는 사람에게 큰 도움이 돼요.

뉴욕이라는 도시가 가수 임형주를 넘어 인간 임형주에게 어떤 의미일지는 우리가 모두 가늠하기 힘들지 모른다. 하지만 열정과 꿈을 품은 전 세계 젊은이들의 요람과 같은 뉴욕에서 그가 겪었던 파란만장한 일들이 결코 헛되지 않았음은 분명한 사실. 용감무쌍하게 뉴욕으로 건너간 한국의 청춘이 남긴 역정의 스토리는 그 도시가 갖고 있는 태생적 특성들과 버무려져 지금 이 순간 꿈을 향해 도전하는 많은 이들에게 영감을 줄 터이다. 임형주에게 뉴욕 외에 또 중요한 의미의 여행지가 있다면 그건 어디일까 물었더니, 이런 답이 돌아왔다. '누구를 가장 사랑하는지 알고 싶으면, 멀리 여행을 떠나라'라는 대사로 유명한 도시가 어딘지 아세요? 영화 〈냉정과 열정 사이〉의 배경이 된 피렌체입니다.

시간이 느리게 흘러가는 곳, 피렌체

피렌체는 어떤 의미로 임형주 씨에게 중요한 도시죠?

거의 육 년 동안 거주했던 도시고요. 음악원에서 학사를 했던 곳이죠. 산 펠리체 아카데미아라는 음악원에서 성악을 전공했어요. 제가 조기입학을 했는데, 제일 늦게 졸업했어요. 활동하고 공연하느라 점수가 안 나와서요.

그 도시가 너무 좋아서 계속 그곳에 있으려고 하신 거 아니에요?

그런지도 모르겠어요. 피렌체가 진짜 과거에서 멈춰 있는 도시이긴한데, 그만의 낭만이 있거든요.

피렌체는 저도 한 번 가봤는데, 어느 골목을 가도 역사와 예술이라는 두 개의 단어를 바로 떠올리게 하는 도시인 거 같아요. 피렌체는 영화 〈냉정과 열정 사이〉의 배경이 된 곳으로 유명하잖아요. 배경이 되었던 광장, 다리, 두오모, 어느 곳 하나 빠질 것 없이 아름답죠. 형주 씨는 어디가 가장 좋으셨어요?

다 좋아요. 피렌체는 아시다시피 2차세계대전 때도 손상된 곳이 거의 없습니다. 오랫동안 메디치 가문 소유의 도시였고요. 로마에 가면 안타까운 게, 유적지들이 다 부서져 있잖아요. 피렌체는 아직도 디테일이 살아 있고, 그대로 보존되어 있습니다. 제가 가장 좋아하는 곳은 미켈란젤로 광장입니다. 피렌체의 구시가지가 한눈에 다 내려다보입니다. 굉장히 로맨틱합니다. 구시가지를 두오모 꼭대기에 올라가서 볼 수도 있지만, 올라가려면 다리가 아프니까 반대편 산 위로 택시를 타고 올라가서 보는 방법이 있어요. 바람이 불어오고 해는 뉘엿뉘엿 지는데, 피렌체 구시가지를 내려다보면 그렇게 아름다울 수가 없어요. 한 폭의 명화 같거든요. 저의 힐링 장소였습니다.

저는 이탈리아 여행을 할 때, 로마에 도착해서 아, 내 자신이 부끄럽다. 내가 감히 그동안 유럽을 봤다고 이야기하다니, 그런 생각을 했어요. 웬만한 건물은 천 년, 이천 년이 되었고⋯⋯. 그 가운데서도 특별히 더 고즈넉하고 아름다웠던 곳이 피렌체였습니다.

일 년에 반 이상을 공연 때문에 여행하신다는 임형주 씨인데요, 여행하실 때 가방 안에 뭐 넣어 다니시는지 물어봐도 돼요?

옛날에는 진짜 많이 갖고 다녔어요. 그런데 나중에는 다 짐이 되는 거예요. 요즘에는 아주 간소하게 가지고 다니고 있어요.

빠뜨리지 않고 넣는 건 뭐예요?

수트케이스 브리프 케이스 같은 건 꼭 챙기고요. 예전엔 청바지도 네 벌씩 가지고 갔는데, 요즘엔 청바지 두 벌, 추울 때 입는 재킷 하나, 아주 간략하게만 챙겨갑니다. 악보는 늘 갖고 다녔는데 이제는 USB로 대체했고요. 튜브 고추장을 꼭 가지고 다녀요. 한국식당이 많지만, 없는 곳도 있거든요. 또 현지 한국식당이 한국인이 먹기에는 너무 단 음식을 내는 곳도 많고요. 고추장을 꼭 가지고 가는 이유 중 하나는 공연 일정이 길어지면 호텔 말고 레지던스에 묵는데, 그러면 저희 프로덕션 해외 스태프들한테 한국음식을 해줍니다. 양념을 다 구하지 못해도, 그냥 기름을 두르고 양배추를 볶더라도 고추장을 넣으면 한국음식이 되잖아요.

아니, 해외 공연을 가셔서 현지 스태프들에게 요리를 해주신다고요? 그 와중에?
네, 제 낙이에요. 한번 맛보면 스태프들이 또 해달라고 해요.

공연 가면 왕자 대접 받고 싶어할 것 같은데, 부엌에서 고추장으로 요리하고 있는 모습을 상상하니 재미있네요.
예전에는 공연 같은 거 하면 프로덕션에서 준비한 레스토랑에 갔는데 이제는 그대로 안 따르고, 공연 끝나고 내려오면 그냥 한국에 있는 일반인 임형주로 돌아와 제가 직접 요리하기도 하고, 파리 가면 와인하고 바게트만 싸서 몽마르트에 가서 놀기도 하고요. 밤에 가면 재미있는 거 많잖아요. 옛날엔 그러지 않았어요. 클럽도 안 가고. 아무것도 안 했거든요. 아, 다시다도 꼭 가지고 가요. 그거 넣으면 음식 맛이…… (웃음) 스틱형 포장제품으로 꼭 가지고 다닙니다.

반전에 반전을 거듭하시네요. 이게 임형주 씨의 또다른 매력 아닐까 싶어요. 피렌체에서 가장 추천해주시고 싶은 장소가 어디신지? 산책을 나간다면 어디

부터 볼까요?

정말 볼 데가 많은데요, 피렌체에 가면 팔라초 피티라는 곳이 있어요. 베르사유처럼 넓은 건 아니지만, 굉장히 아름다워요. 팔라초 피티가 메디치 가문의 궁전이었거든요. 그 안에 보볼리 정원이 있는데, 메디치 가문의 코시모 1세가 아내를 위해 만든 거라고 해요. 가보시면 피렌체 느낌이 뭔지 느낄 수 있을 거예요. 저는 피렌체에 가면 비싼 요리 같은 거 사먹는 대신 마차를 타고 팔라초 피티로 갑니다. 피렌체는 로마보다도 마차가 굉장히 발달했어요. 정말 신데렐라에 나오는 호박이 둔갑한 것 같은 마차가 있는데, 저는 그거 타고 등교했어요.

관광용으로 한 번 탄 게 아니고요? 마차를 타고 등교를 했다고요?

아저씨랑 흥정을 했죠. 택시비보다 비싸지 않아요. 마차 타고 통학한 남자입니다. (웃음) 선생님들이 너무 놀라셨어요. 마차를 타고 오니까.

거기서도 특이한 거 맞죠?

특이한 거죠. 밥은 맥도날드 가서 먹더라도 마차를 타고 다녔어요.

로마에서 피렌체에 기차 타고 갔던 기억이 나요. 기차 타고 가는 길마저도 아름다웠던 걸로 기억하고요. 형주 씨한테 어떤 느낌의 도시냐고 물어봤을 때, 시간이 멈춘 도시다 설명하셨거든요. 왜인가요?

〈냉정과 열정 사이〉에 그런 구절이 나와요. 준세이의 스승이신 이탈리아 회화를 복원하는 교수께서 준세이한테 "우리 피렌체 사람들은 정체된 과거 속에서 살아가는 사람들이다. 그런데 미래를 꿈꾸며 살아간다." 그 이야기에서 느꼈죠. 과거의 공간에서 살지만 그 속에 있는 사람들은 현재 진행형이고, 그들의 필요는 미래를 바라보고 나아가는 것. 이것이 얼마나 낭만적입니까.

맞아요. 21세기 도시라고는 믿어지지 않을 정도로 과거의 느낌을 그대로 간직하고 살아가고 있는 도시죠. 이탈리아 사람들 재밌죠? 피렌체에서 만났던 친구와 겪은 즐거운 이야기는 없나요?

피렌체에는 디저트 가게가 많아요. 제가 즐겨 갔던 곳에는 갓 구운 크루아상 말고도, 되게 단 빵이 있어요. 꿀을 듬뿍 발라서 달달한 시나몬 냄새가 막 진동을 하는데, 세 평 남짓한 그 빵집의 주인아저씨가 재미있었어요. 노래를 잘해요. 아침부터 항상 취해 있어요. 자기는 와인이 안 들어가면 빵 반죽하기가 힘들대요. 그래서 가면 항상 코가 빨개요. 그리고 제게 늘 같은 걸 물어봐요. 노스 코리아에서 왔냐, 사우스 코리아에서 왔냐. 제가 자주 가는데도 볼 때마다 묻기에 한번은 노스에서 왔다고 했어요. 그랬더니 표정이 굳어요. 다음에 갔는데 또 물어봐요. 그래서 리퍼블릭 오브 코리아에서 왔다고 했죠. (웃음)

가까이 빛나
더 고마운 무지개

● 산 펠리체 아카데미아에 등교할 때 탔던 마차
●● 산 위에서 바라본 피렌체 전경

피렌체 하면, 형주 씨는 음악과 관련한 추억도 많이 있을 것 같아요.

많은 분들이 오페라의 발상지를 로마나 밀라노로 알고 계시는데, 오페라는 사실 피렌체에서 탄생했습니다. 카메라타라는 사조직이 있었어요. 오페라라는 성격이 확립되기 전에는 음악극, 연극 대사에 운율을 넣어 말하는 정도였는데, 카메라타의 주 멤버인 줄리오 카치니가 대사를 노래로 하는 것을 처음 만들었어요. 그러니 피렌체가 오페라의 오리지널 발상지라 할 수 있습니다. 클래식 음악인들이면 다 아는 사실이고요, 줄리오 카치니가 오페라 형식을 만들기도 했지만, '렌 오브 뮤지끼'라는 예술 가곡도 창시했어요. 여러 모로 피렌체가 성악에 있어서는 중요한 도시입니다.

형주 씨가 들려주니까 오페라 이야기가 더 재미있네요. 피렌체에서 또 어디를 좋아하세요?

푸치니의 오페라 중에 〈자니스키키〉가 있어요. 〈오, 미오 빠삐노까로〉, 즉 '사랑하는 나의 아버지'라는 아리아가 삽입된 오페라인데요, 이 아리아에 본테베키오 다리가 나와요. '안드레이 솔 본테베키오~' (여기서 형주 씨는 아리아 한 소절을 불러주었다.) 여기 나오는 본테베키오가 베키오 다리입니다. 이것은 라우레타라는 여성의 아리아예요. 아빠, 나 사랑하는 사람이 생겼는데, 결혼을 허락해주세요. 만약 허락하지 않으시면 본테베키오에 가서 아르노 강에 몸을 던지겠어요. 제발 허락해주세요. 이런 내용이에요. 사실 이 아리아 제목이 '사랑하는 나의 아버지'라고 알려져서, 아빠에게 효도를 장려하는 노래로 많은 분들이 알고 계신데, 전혀 다른, 아빠한테 응석부리면서 부드럽게 협박하는 노래예요. 가사와 멜로디가 매치가 안 되긴 하지만, 무척 아름다운 노래입니다. 그런가 하면 본테베키오는 단테의 〈신곡〉에도 나옵니다. 아르노 강이 우리 한강처럼 피렌체를 가로지르는 강인데, 본테베키오 근처에 가면 보석상들이 많아요. 정말 눈알만 한 루비나 에메랄드를 팔아요.

피렌체 여행을 하다가 이 다리에 가려면 어떻게 가야 하나요?

피렌체 구시가지가 굉장히 작아요. 용산구만 할 거예요. 웬만하면 며칠 안에 얼기설기로 다 볼 수 있거든요. 구석까지 자세히 보려면 더 걸리지만요. 그래서 딱 코스가 있어요. 만일 피렌체에 가신다면 구시가지에 있는 호텔에 짐을 푸셨으면 좋겠고, 구시가지 안에서―두오모가 거의 중심입니다―거기에서 위쪽으로 가느냐, 옆쪽으로 가느냐가 나뉘는 건데, 시뇨리아 광장도 있고, 우피치 미술관도 있어요. 이곳을 가려면 본테베키오를 계속 건너게 되어 있어요. 이 다리에 자물쇠를 막 엮어놓은 곳이 있어요. 지금은 보석 상점들만 남았지만, 옛날엔 대장장이들도 많고 자물쇠 가게도 많았대요. 또 미용 크림으로 유명한 산타마리아노벨라 약국이 거기에 있어요. 이곳이 원조죠.

여유와 유머가 몸에 밴 이탈리아 사람들

본테베키오 근처를 여행한다면 형주 씨는 어떤 코스로 무엇을 보라고 추천해 주실 거예요?

이탈리아에서 먹는 파스타는 진짜 맛있잖아요. 한 번도 실패한 적이 없었어요. 저는 일단 미켈란젤로 광장에 가면, 거기 파스타집이 아직도 있나 모르겠는데 현지인들이 많이 가는 노천에 있는 아주 싼 집에 가요. 우리나라 욕쟁이 할머니 곰탕집처럼 메뉴판도 없고, 파스타도 토마토소스밖에 없어요. 메뉴라고 해야 파스타, 피자, 음료거든요. 이탈리아 욕쟁이 할머니가 해주는 거 같은데 굉장히 푸짐해요. 피렌체 야경을 보면서 먹으면 환상적이죠.

그리고 거기는 왜 그렇게 시간이 느리게 가는지 모르겠어요. 우리는 정말 모든 게 빠르게 흘러가잖아요. 체감상. 그런데 거기에 이렇게 앉아 있으면, 세 시간이 한 여섯 시간처럼 느릿느릿 가는데, 어쩜 그렇게 여유가 있는지……. 밤이 되면 아이들 데리고 마실 나온 부부가 있어요. 아이들은 막 뛰어놀고, 엄마 아빠는 팔짱을 끼고 와인 한 잔씩 마시면서 둘이 시간을 보내는 걸 보면 아, 저런 게 느림의 미학이구나. 우리는 왜 저런 게 없을까, 그런 생각이 들어요.

처음에 가면 정말 적응이 안 되죠. 이탈리아나 스페인 같은 데 한국 사람들이 여행을 가면 막 짜증내요. 여긴 왜 이렇게 느린 거야, 이러면서요. 여섯시 이후

엔 상점이 다 닫고요. 답답하죠. 그런데 한 이삼 일 지나면 그 리듬에 적응하면서 잃어버렸던 여유를 찾게 되더라고요.

제가 처음에 피렌체에 갈 때 칫솔을 안 가져갔어요. 거기서 사면 될 줄 알고. 그런데 24시간 편의점이 없는 거예요. 비행기가 늦게 떨어졌거든요. 하루 동안 이를 못 닦았어요. 이탈리아 사람들은 그게 뭐 대수냐고 할 거예요. 유럽의 특징이 그런 것 같아요. 막 부지런한 게 아니라 그냥 좀 느릿느릿. 그럴 수도 있지. 좀 어때. 거기에 대해 아무도 뭐라고 하지 않고요.

우리가 피렌체에 관해 〈냉정과 열정 사이〉 얘기도 했다가 오페라 얘기도 했다가 여러 이야기를 했지만, 어디를 가서 무엇을 보든 간에, 이탈리아 여행에서 얻을 수 있는 가장 좋은 것은 여유로운 마음인 것 같아요. 오늘 형주 씨와 이야기한 곳을 다 못 보고 온다고 해도, 뭔가 내 삶에 한 박자 더 브레이크를 거는 계기가 되어 돌아오신다면, 충분할 것 같아요.

저는 이탈리아에 가면 항상 아쉬운 게, 우리나라 분들 특성이 있어요. 꼭 깃발을 꽂으려고 하세요. 유적지 보는 것도 물론 중요하죠. 그런데 정말 놀란 게, 일정을 무리하게 잡아서 피렌체를 거쳐가는 도시로 잡고 오는 분들이 있어요. 하루 만에 우피치 가고 어디 가고 어디 가고. 깃발 들고 관광 가이드 따라 다니는 분들. 그렇게 보면 피렌체를 완전 수박겉핥기식으로 보시는 거예요.

저는 두오모 성당에 가보고 깜짝 놀랐거든요. 말로 다할 수 없이 아름답고 독특해서 이런 성당도 존재하는구나 했는데, 저도 한국인 관광객 분들이 줄을 서서 순서대로 다 같은 장소에서 사진을 찍은 다음 떠나시는 걸 보고 안타까웠어요.

임형주 씨 얘기를 들으면 여행도 많이 하고, 이것저것 많이 해봐서 더 하고 싶은 게 있을까 싶어요. 어느 날 갑자기 대통령 취임식에서 노래를 부르고, 그게 CNN 방송으로 나가고, 그래서 카네기홀에서 공연을 하게 되고……. 이렇게 멋진 인생을 살아가고 있는 사람에게도 정말 이것만은 하고 싶은데 못 했어, 하는 게 있나요? 앞으로의 꿈은 뭐고, 가고 싶은 여행지는 어디예요?

꿈은요, 행복한 사람이 되었으면 좋겠어요. 물론 지금도 행복하지 않은 건 아니지만, 조금 더 순간순간 최선을 다하면서 즐기기도 하고 싶어요. 그동안은 즐기기보다는 최선을 다해서만 살아왔던 것 같아요. 이제는 즐기고 싶어요. 그리고 올해 서른이 되다 보니까, 시간이라는 게 무한하지 않다는 걸 깨닫게 되었어요. 시간의 속도가 가속이 붙어서 삼십대의 시간은 이십대의 시간보다 훨씬 빠를 거란 생각이 들더라고요. 시간은 귀한 거니까 잘 쪼개서 정말 행복한 시간들로 내 인생을 채워갔으면 좋겠어요. 가고 싶은 여행지는 아르헨티나 부에노스아이레스. 제가 탱고를 너무 좋아해요. 피아졸라의 〈조소이 마리아〉란 노래를 정말 좋아하거든요. 그 노래에 맞춰서 아리따운 여성과 탱고를 추고 싶어요.

멋진 여성을 만나서 부에노스아이레스에 가서 탱고를 추는 날이 오길 바랍니다. 제가 옆에서 보는 형주 씨는 남한테 뭘 줄 때 너무 계산을 안 해요. 지나칠 정도로 마구마구 베푸는 스타일이에요. 그 모습이 저는 보기 좋아요. 본인이 가진 재능을 많이 나누며 멋진 활동을 이어가시길 바랍니다.

• • •

　임형주는 알면 알수록 신기한 사람이다. 대통령 취임식이나 미국 카네기홀 같은 호화롭고 범접하기 힘든 장소에서 비싼 티켓을 사서 온 사람들 앞에서 공연을 하기도 하지만 세월호 참사 같은 비극적인 일이 있을 때면 가슴을 절절이 울리는 곡을 만들어 함께 나누기도 한다. 또 세계적 명사들과 친구라는 것이 알려지며 인터넷 상에서 화제가 되기도 하는데, 사적인 자리에서 만나면 처음 만난 사람이나 동네 아주머니들과도 몇 시간씩 잡담을 나누며 즐거워한다. 나이, 국적, 직업 모든 걸 뛰어넘어 음악 하나로 사람들을 모으고, 울고 웃음 짓게 하는 임형주. 어린 나이에 큰 성공을 거둔 사람답지 않게 매일 등산하듯 정성을 다해 자기 길을 닦고 있는 이 청년이 앞으로 보여줄 놀라운 일들은 어떤 것일까.

가까이 빛나
더 고마운 무지개

다시
돌아오기 위해
떠나는 것이
여행이다

에디터 이영미의
앙코르 와트 · 히말라야 여행

이
영
미
∘

국문학을 전공하고, 소설과 시를 끼적거리다 출판사에 정착했다. 강금실, 강인선, 김진애, 손미나, 구혜선, 박혜란, 정혜윤, 한호림, 이적 등의 책을 출간했으며, 최근까지 펭귄클래식코리아 편집인을 맡았다. 주로 책상에 앉아 생활하는 선비형 노동자로 살다가, 10년 전부터 장거리 수영과 자전거, 마라톤을 즐기는 근육형 노동자로 돌아섰다. 소식과 채식을 즐기며, 요즘엔 배드민턴과 해금, 일본어를 배우는 중이다. 시간과 육체가 허락하면 사막 마라톤이나 유럽 자전거 여행을 하는 게 꿈이다. 현재는 출판 에이전트, 인생학교 선생님이며, 라디오에서 책을 소개하는 고정 게스트로 일한다. 스콧 니어링처럼 죽고 싶다.

우리는 언제 행복하다고 느끼는가. 사람마다 행복의 기준은 다르다지만 현대인들은 마치 모두가 한 목표를 향해 무의미하고 소모적인 레이스를 하고 있는 느낌이다. 자기만의 기준을 상실한 채, 자본주의라는 사회제도가 정해놓은 좁은 의미의 성공과 행복을 쟁취하기 위해, 우르르 몰려가며 영혼의 빈곤함과 피로감을 느끼고 있진 않은가. 어쩌면 생각보다 많은 사람들이 똑같은 성공과 행복에 자기 자신을 투영하며 살고 있을 것이다. 그런데 내 곁에는 아주 확고한 자기만의 기준을 가지고 살아가는 멋진 선배가 있다. 이영미 에디터. 그녀는 넓은 아파트에 살지 않아도, 남들보다 많은 연봉을 받지 않아도, 동기보다 먼저 승진하지 않아도, 자녀가 명문대학에 들어가

다시 돌아오기 위해
떠나는 것이 여행이다

지 않아도 별로 개의치 않는다. 가장 가까이 있는 사람과 주말마다 좋아하는 운동을 하고, 자녀의 꿈을 존중해주고, 돈이 되는 일보다는 자기가 하고 싶은 일을 하고, 바쁜 시간을 쪼개 친구의 고민을 들어줄 때가 오히려 행복하다고 말한다.

이영미 선배는『스페인, 너는 자유다』,『파리에선 그대가 꽃이다』,『누가 미모자를 그렸나』등의 책을 같이 만든 인연에서 시작해, 이제는 그걸 뛰어넘어 내 인생에서 가장 중요한 사람 중 한 명이 되었다. 얼마 전 대표로 있던 펭귄클래식을 과감하게 퇴직하고 인생학교 서울의 선생님이 된 그녀는 차고 넘치는 자기만의 향기를 가진, 요즘 같은 세상에 보기 드문 사람인데 그러한 철학과 취향은 여행에서도 고스란히 드러난다. 여러 모로 삶의 전환점을 근사하게 맞고 있는 선배의 이야기를 많은 사람들과 나누고 싶다.

· · · ·

손미나 선배, 여전히 잘 지내고 계시죠? 편집자라는 직업이 기획을 하고 글을 만지고, 책에 관한 모든 것을 관장하면서도, 그렇게 만들어진 책에는 자신의 존재를 전혀 드러내지 않는 일이기에, 선배가 만든 수백 권의 책을 읽으신 분들도 정작 '이영미 에디터'를 잘 모를 수도 있을 것 같아요. 간단히 자기소개를 부탁드립니다.

이영미 한 이십오 년 정도를 에디터로 살면서 조직생활을 계속했죠. 최근까지 펭귄클래식 대표로 있다가, 살짝 업을 좀 바꿔볼까 마음먹

고 제대로 딴짓을 하고 있습니다. 십 년 전부터 운동을 시작해서 제 프로필에 에디터editor 말고 라이더rider라든가 러너runner, 트라이애슬릿triathlete 등을 추가했습니다.

철인3종 경기 선수시잖아요. 그럼 업을 바꾼다는 것은 운동선수가 되시려는 건가요?

그게 제 바람이지만 이미 프로 운동선수를 하기에는 몸이 낡은 것 같고요. 그것보다는 에디터와 거리가 멀어지는 건 아니지만 좀 더 사람들을 많이 만나고 대화를 더 나누는 그런 업으로 바꿔볼까 생각 중입니다.

오늘은 함께 여행 이야기를 나누려고 만났는데요, 뒤늦게 여행에 눈을 뜨시지 않았나요? 여행을 본격적으로 하는 생활을 하신 지는 얼마 되지 않으셨는데요, 얼마 전엔 저에게 혼자 외국에 나가 살아보고 싶다고까지 하셨어요. 그럼 가족은 어떻게 하실 생각이세요?

버려야죠. (웃음) 실은 여행다운 여행을 별로 못 했어요. 주로 출장에 하루 붙여서 다니는 여행밖에 못했는데, 미나 씨랑 같이 갔던 남프랑스 여행이 저에게는 진정한, 자유롭게 돌아다니는 첫 여행이었어요. 제가 여행서를 만드는 에디터였잖아요. 그런데 정작 저는 별로 여행을 못 다닌 거죠. 미나 씨 여행 다니는 모습 보고 굉장히 부러웠어요. 아이도 많이 컸고 하니 나도 이제 여행다운 여행을 해보자, 해서 작년부터 본격적인 여행을 하기 시작했어요. 최근에 제가 버킷리스트로 꿈꿔왔던 캄보디아의 앙코르 유적들을 돌아보고 왔습니다.

평소 선배는 '여행이 모든 것을 해결해주지 않지만 무언가를 얻어오는 것은 사실이다, 그러니 반드시 자신을 위해 여행하고, 자신을 위해 기록을 남기라'고 하셨는데 과연 어떤 이야기들을 남기셨을까요. 앙코르 와트는 저도 정말 가보고 싶은데 아직 못 가본 곳이에요.

자기 두 발로 걸어야만 갈 수 있는 곳

제가 여행지를 고르는 중요한 기준이 하나 있어요. 이 세상은 돈으로 안 되는 게 없다고 많은 사람들이 이야기하잖아요. 그런데 제가 다녀온 두 곳은 돈이 있다고 무조건 갈 수 있는 곳이 아니에요. 나중에 히말라야 이야기도 해드릴 텐데, 히말라야 트래킹이나 앙코르 유적을 올라갔다 오는 것은 자동차나 비행기로도 할 수 없거든요. 자기 두 발로 걸어가야 해요. 만약 어떤 대기업의 회장님이 몸이 안 좋은데 여기 가고 싶다고 갈 수 있을까? 못 가거든요. 바로 그렇게 산을 트래킹하거나 유적을 직접 올라야만 하는 곳에 주로 가고 싶었습니다.

여행에서도 일종의 도전을 하신 거네요. 돈과 시간이 있다고 갈 수 있는 게 아니라 체력도 받쳐줘야 하고, 여러 조건이 되어야만 가볼 수 있는 곳. 그 중에서도 앙코르 와트를 꼽으신 이유가 있으신가요? 특별히 역사에 관심이 있으신지…….

앙코르 와트가 아니라, 제대로 말하면 앙코르 유적이에요. 앙코르 와트는 유적 중 하나인데 사람들이 거기를 대표적인 고유명사로 부르는 거죠. 제가 여길 가고 싶다고 생각한 것은 예전에 김영하 소설가의 소설집 『엘리베이터에 낀 그 남자는 어떻게 되었을까』를 읽고 난 다음부터였어요. 이 소설집 안에 「당신의 나무」라는 단편 소설이 있어요. 정신과 의사와 환자가 아주 치명적인 사랑을 하는 이야기예요. 그 관계를 이렇게 비유했어요. '우리는 사원과, 사원을 누르고 있는 나무의 관계다.' 그게 어떤 관계냐면 무너지지 않게 나무가 유적을 잡아주는 반면 나무 때문에 유적이 서서히 무너지는 거거든요. '둘은 서로 없으면 안 되는, 점점 무너져가며 서로를 잡아주는 치명적인 관계'라는 것이 인상에 남았던 것 같아요. 예전에 소설책을 읽으면서 여기에 가서 나무가 유적을 파고드는 장면을 보고 싶다고 생각했어요. 또 하나는 영화 〈화양연화〉의 마지막 장면. 이것도 역시 치명적인 사랑이네요. 주인공 남자가 비밀스러운 사랑 이야기를 앙코르 유적 구멍에다가 집어넣고 봉인을 하는 마지막 장면이 인상적이었습니다. 언젠가는 가야지 가야지, 했는데 이제 다녀왔어요.

에디터
이영미

그렇게 비밀스럽고 치명적인 사랑 이야기들을 보며 자극을 받아서 꼭 가야지 했던 꿈에 그리던 여행지, 누구와 가셨어요?

치명적인 사랑을 한 남편이랑 갔습니다. (웃음) 치명적 사랑과 남편은 안 어울리지만요.

이영미 선배와 남편이 만난 이야기는 내가 들은 수많은 러브스토리 중에도 손에 꼽을 만큼 재미있다. 수많은 다른 이들처럼 지인들의 소개로 처음 만난 두 사람은 정치적 성향은 물론 모든 것에 대한 의견이 달라 첫 만남의 자리에서 얼마나 티격태격했는지 모른다고. 그런데 극적으로 그날의 분위기가 반전되면서 둘은 바로 다음날 결혼을 약속했고 한 달 만에 부부가 되었다. 평소 영미 선배를 보면 누구보다 신중하고 진지한 사람인데 간혹 저돌적인 추진력과 에너지를 가지고 있어 깜짝 놀라게 된다. 어쩌면 선배는 뼛속까지 도전과 모험을 두려워하지 않는 여행자의 피를 가지고 있는 사람일 게다. 아담한 체구는 보호본능을 일으키지만 실제 그녀 가슴속에 자리한 불덩이는 엄청난 것이고 그것은 여행지에서나 인생에서나 쓰디쓴 고비를 맞았을 때 강렬한 힘을 발휘한다. 아마도 이러한 점이 내가 선배를 좋아하는 큰 이유일 것이다.

앙코르 와트는 며칠 가신 거죠?

저는 이번에 짧게 갔다 왔어요. 대충 어떤 분위기인지 보고 싶어서

4박5일로 다녀왔고요. 다음에 시원한 계절, 별로 시원한 계절은 없습니다만, 11월 정도에 다시 한 번 길게 다녀올 생각입니다. 거긴 4월에 가시면 안 됩니다. 직장인들이 휴가를 마음껏 낼 수가 없잖아요. 저는 항상 긴 휴가를 쓸 수 있는 5월 1일에 맞춰서 가는데 날씨 사정을 모르고 갔어요. 캄보디아에서 4월은 굉장히 뜨거운 날씨예요. 거의 38도를 웃돌아요. 거기를 에어컨도 없는 오토바이 차, 툭툭이를 타고 누비고 다녔으니 얼마나 뜨거웠겠습니까.

그 여행지에 도착해서 툭툭이 탔던 이야기를 하셨는데 그때 운전해주셨던 아저씨가 깜짝 놀라셨다고요.
저희가 그 더운 날씨에 너무나 씩씩하게 여러 유적을 돌아다니자고 제안을 하니까 되게 놀랐던 것 같아요. 다른 분들은 유적 하나 보고 호텔로 가서 자고 싶다고 하고, 쉬고 싶다고 하는데 하루에 다섯 개, 여섯 개씩 보고 다녔으니까요.

가기 전에 미리 공부를 좀 했어요. 그런데 책으로 사진을 봐도 도무지 차별점이 뭔지 파악이 안 됐어요. 이름도 되게 어렵잖아요. 그런데 첫날 가서 세 개를 돌아보고 나니까 유적이 다 다른 거예요. 위치도 다르고 생긴 것도 다르고. 그러니까 웬만하면 하나도 놓치지 않고 다 보고 싶다는 욕심이 생기더라고요.

유적이 총 몇 개나 있는데요?

에디터
이영미

씨엠립에 있는 게 제가 본 것만 해도 삼십여 개가 넘어요. 시외로 나가면 훨씬 더 많이 있죠.

거기까지 포함해서 앙코르 유적이라고 하는 거예요? 어마어마하게 많군요. 제가 듣기로 유럽 친구들은 가격대가 만만한 숙소를 잡아놓고 자전거 타고 한 달 정도 머물며 여기 들렀다가, 저기 들렀다가, 어떨 때는 가만히 앉아 시간을 보내며 본다고 하더라고요. 그런데 하루에 대여섯 개씩 보셨다니 정말 대단하세요.

일단 위치 확인을 해두고 다음에 오면 저희도 자전거를 타고, 툭툭이 기사 도움 없이 다닐 수 있도록 정보도 파악할 겸 그렇게 했어요.

그러면 거기 가 있는 4박5일 동안 앙코르 유적만 집중적으로 보신 거죠? 그런 여행 계획에 남편분도 아무 반대 없이 동의를 하셨나요?

그런 건 점점 합의가 되는 것 같아요. 저는 나중에 혹시 세계여행을 하더라도 돌아다니면서 짧게 스쳐가는 여행은 하지 않으려고 하거든요. 어디든 한 군데에서 오 일이든 육 일이든 충분히 보는 여행을 하고 싶어요. 이번에도 캄보디아에서 베트남까지 넘어갈 수 있었지만 그러지 말고 유적만 보자고 미리 약속을 했어요.

선택하지 않을 자유를 누린다

: 한 곳에서 오랫동안 머무는 여행

보통 이런 이야기는 여행을 정말 하고 하고 더 이상 갈 데가 없다는 고수들이 하는 이야기인데 그렇게 여행을 많이 하시는 건 아니잖아요. 그런데 어떻게 그런 철학을 가지게 되셨을까 궁금해지네요.

미나 씨가 저를 행복한 사람이라고 소개하시잖아요. 저는 가끔 가다 제가 왜 행복할까 생각해요. 다른 사람들이 내가 행복해 보인다고 하고 제 자신도 행복하다 느끼는 이유는 뭘까 생각하다가, 알았어요. 저는 뭔가 선택하고 고르는 것을 잘 못해요. 저는 백화점과 대형 쇼핑몰을 안 가거든요. 너무 많아서 고를 수가 없어요. 동네 슈퍼나 제가 자주 가는 생협 쇼핑몰에서 장을 보고요. 옷집, 미용실도 단골집만 가요. 제가 원하는 상이 명확하기 때문에 제 앞에 주어진 많은 선택지 앞에서 고르면서 다니는 것을 싫어해요. 그런 선택의 다양함이 펼쳐져 있는 게 자유스럽고 좋은 것 같지만 골치 아프고 스트레스거든요. 제게는 여행지도 마찬가지인 것 같아요. 여길 갈까, 저길 갈까 고민하는 게 아니라 여기 가고 싶어, 하면 다른 데는 쳐다보지도 않고 딱 거기만 가는 편이에요.

많은 사람들이 그렇게 하고 싶다고 생각해도 결국 욕심 때문에 그러지 못하는 것 같아요. 이것만 봐도 되나? 하면 저것도 봐야 할 것 같고. 사람을 만날 때

이 사람만 만나도 되나? 하면 더 좋은 사람 있을 것 같고. 뭐든지 더 좋은 게 있을 것 같잖아요. 옷을 입을 때도 이것보다 더 좋은 게 있을 것 같고. 그런데 그런 것보다 이걸 더 단순하게 아니야, 내가 원하는 건 ABCD 다 아니고 E야, 라고 생각하고 살아가는 심플함을 유지하는 게 나이가 들수록 어려워져요. 단순함을 유지하는 비결이 있으세요?

좋고 싫고가 좀 정확해요. 사람을 봐도 그렇고. 그게 흔들리는 것보다는 그걸 좀 더 명확하게 하는 쪽으로 행동하고 생각합니다.

그렇게 기준이 확실해서 망설임 없이 앙코르 유적에 가신 거군요. 여행 계획을 짜실 때 뭘 기준으로 짜셨어요?

앙코르 유적에 대해 미리 공부를 하려 보니 책이 세 권 정도 나와 있더라고요. 도서관에서 어떤 책이 좋은 안내서가 될까 싶어서 빌려 보고, 서점에서 책을 사서 공부를 좀 했어요. 제가 강의 때 가끔 이야기를 하는데, 정서적인 것도 중요하지만 정보를 확실하게 주는 책이 좋은 여행서예요. 제가 고른 책은 만약 3박4일로 앙코르 유적을 볼 때 하루 일정을 어떤 형식으로 짜야 할지를 위치를 기준으로 정해둔 책이었어요. 초보자에게는 가장 좋은 방법인 것 같아서 그걸 가지고 일정을 짜서 툭툭이 기사에게 처음부터 나는 이 순서대로 가고 싶다고 했더니, 어디서 그렇게 잘 배워서 왔냐고 하더라고요.

다시 돌아오기 위해
떠나는 것이 여행이다

유적지를 수도 없이 보셨는데 소개해주고 싶은 곳이 있다면 하나씩 얘기를 들려주세요.

일단 가장 인상적이었던 곳은 앙코르톰을 통해 지나가다 보면 바이욘이라는 유적이 있는데, 우리말로는 사면상이에요. 탑이 사람 얼굴 형상처럼 되어 있어요. 그런 탑들이 우후죽순처럼 솟아 있거든요. 어떻게 사람 얼굴을 조각해서 저렇게 만들어놨을까 싶더라고요. 왜 7대 미스터리 있잖아요. 이스터섬의 석상을 보면 신기하다고 하는 것처럼 저도 그걸 보면서 신기했어요.

인물들은 뭐죠? 거기 신들인가요?

신들이라고도 하고 옛날 왕의 얼굴이라고도 하고. 유적을 감싸고 있는 나무를 스펑나무라고 해요. 어마어마하게 크고 강한 나무인데 그 나무가 유적을 거의 휘감아 붙잡고 있어요. 그런 유적지가 두 군데 있었는데요, 따프롬이랑 따솜이라는 유적이거든요. 나무의 크기에도 놀라고 저렇게 둘이 붙어 있는 채로 오래 가는 것도 놀랍고. 따솜이라는 데는 문 하나에 나무뿌리가 겹쳐져 있는 곳이었는데 그거 하나 보려고 아주 먼 곳에 있는데도 찾아갔었어요.

그 나무가 어느 정도로 큰가요?

상상을 초월할 만큼 큽니다. 클 뿐만이 아니라 저렇게 억센 나무가 어떻게 유적 안에 자라고 있었을까, 생각될 정도구요. 심지어 그쪽 사람들은 유적을 보호하기 위해 어느 정도는 나무를 자르고 있다고 하는데 문제는 그 나무를 다 치우면 유적이 무너져 내려 견딜 수가 없다고 합니다. 거의 공생하는 관계가 되어버린 거죠. 저는 앙코르 유적이 다 비슷한 모양이라고 생각했는데, 가보니 다 다르더군요. 어떤 것들은 피라미드 형식으로 올라가게 되어 있어요. 네 발로 올라갈 정도로 가파른 층계로 되어 있어요. 왜, 돈이 아무리 많아도 못 간다고 그랬잖아요. 너무나 가파르고 높이 있어서 실은 저도 겁이 나더라고요.

올라갈수록 신 앞에 겸손해지고

올라가셨어요?

올라갔죠. 실제로 떨어져서 죽은 사고도 있었다고 해요. 그런데 왜 그렇게 가파르게 만들었을까, 하면 사람이 손과 발을 써서 기어가는 자세로 올라가게 되는데 그렇게 신 앞에 겸손한 자세를 취하게 하는 거라고 합니다. 어떤 유적은 피라미드 형식으로 되어 있는가 하면 어떤 유적은 기차처럼 평면으로 되어 있어요. 문을 통해 앞으로 쭉 걸어가는 형식인데, 이게 되게 재미있는 게, 문이 점점 작아져요. 그것도 마찬가지로 사람이 신한테 점점 가까이 다가가면서 몸을 낮추고 예의를 다하는 형식으로 되어 있었어요.

거대한 사원 하나를 보는 게 아니고 수십 개 혹은 그 이상의, 아주 다른 의미를 간직하고 있는 유적을 보는 재미가 있었겠네요.

네. 그리고 또 어떤 유적은 산꼭대기에 있더라고요. 등산하듯 굉장히 높은 산에 올라갔거든요. 그 위에 떡하니 유적이 있는 거예요. 그것도 되게 신비하죠. 그런 산꼭대기에. 그 유적이 푸놈바켕이라고 해서 산 위에 있는 유적인데 일몰로 유명한 데예요.

일몰 보셨어요?

네. 그런데 그날은 날씨가 좀 흐렸어요. 중간쯤 되니 사람들이 바글바글 모여 38도의 폭염 속에, 움직이지도 못하고 산 위 뜨거운 돌 위에 앉아서 해가 지기만을 기다리는 그런 분위기가 재미있더라고요. 또 어떤 곳은 연못 한가운데에 있어요. 제가 갔을 때는 뜨거워서 물이 말라 있었지만 우기에는 물이 가득 차서 되게 신비한 모습을 띤다고 하더라고요. 그러니까 유적의 이름이 아무리 어려워도 외울 수밖에 없는 환경인 거예요. 똑같은 유적이 아니라 다 개성 있고 다르니까요.

김영하 씨 소설에 아까 말씀하셨던 따프롬 사원에 있는 나무와 관련된 문구가 있다고 해서 좀 찾아봤는데요. 혹시 이 중에서 인상적인, 좋아하는 부분 있으신가요?

여기 있네요. 앙코르 와트에서 만난 어떤 스님이 하는 말이거든요.

저도 이 부분 좋아서 줄 쳐놨는데. '세상 어디는 그렇지 않은가. 모든 사물의 틈새에는 그것을 부술 씨앗들이 자라고 있다네. 지금은 이런 모습들이 이곳 따프롬 사원에만 남아 있지만 불과 몇십 년 전만 해도 밀림에서 뻗어 나온 나무들이 앙코르 모든 사원들을 뒤덮고 있었지. 바람이 휭하니 불어와 승려의 장삼을 펄럭였고 당신의 땀을 증발시켰다. 승려의 말은 계속 이어진다. 그때까지 나무는 두 가지 일을 했다네. 하나는 뿌리로 불상과 사원을 부수는 일이요, 또 하나는 그 뿌리로 사원과 불상이 완전히 무너지지는 않도록 버텨주는 일이라네. 그렇게 나무와 부처가 서로 얽혀 구백 년을 버텼다네. 여기 돌은 부서지기 쉬운 사암이어서 이 나무들이 아니었다면 벌써 흙이 되었을지도 모르는 일. 사람살이가 다 그렇지 않은가.'

정말 멋지네요. 앙코르 와트는 사진으로 많이 봐서 이미지가 머릿속에 딱 떠오르기는 하지만, 이런 구체적인 여행 이야기를 들은 건 처음이에요. 유적 하나하나를 파고드는 이야기를 들으니 새롭습니다.

출판사 펭귄클래식 대표를 역임하고, 웅진지식하우스에 오래 재직하며 베스트셀러를 수도 없이 제조해온 에디터로 산 화려한 프로필을 지니고 있지만, 이영미 선배가 내게 더욱 매력적으로 보이는 것은 소개팅 첫날 결혼하기로 결심한 남자와 지금 이십이 년째 같이 살고 있다는 것, 그리고 나이 마흔 넘어서 철인3종 경기를 하겠

다고, 시장바구니 달린 자전거를 타기 시작해서 정말 철인3종 경기 선수가 된 것, 또 전 국민이 다 쓰는 카카오톡을 주말 생활이 망가진 다고 끝까지 사용하지 않으며 삶과 일의 밸런스를 완벽하게 유지하고 있다는 점 등이다. 인터뷰를 하다 보니 역시 여행도 멋지게 하는 구나라는 생각이 떠나지 않았다. 평생 책을 가까이 했기에 머릿속에 도서관 하나쯤 들어가 있는 것 같은 사람, 그래서 무슨 주제를 던져도 너무나 훌륭한 이야깃거리를 가지고 있는 사람, 내가 여행했던 사람들 중 최고의 파트너였기에 심지어 남편과 둘이 떠나는 여행마저 따라가고 싶다는 생각이 들 정도이다. 이런 사람과 앙코르 와트 같은 곳을 같이 가면 매순간 얼마나 내 영혼이 풍요로울까.

이번에 새삼 '여행이란 이런 것이구나.' 하고 느끼신 게 있으실 것 같아요.
그동안 여행보다는 출장을 많이 다녔는데, 유럽의 대도시 위주였어요. 런던이나 파리, 프랑크푸르트 같은 독일의 도시들……. 그런 데를 다니면서 느끼지 못했던 것들을 가난한 아시아 나라에서 느끼게 되는 것 같아요. 일단 사람들이랑 소통하는 게 재미있어요. 그렇다고 현지인들과 사귀는 건 아니고 저희가 가까이 하는 건 가이드나 셰르파나 툭툭이 기사인데 그 사람들을 보며 느끼는 게 가난에 찌들지 않고 어쩜 저렇게 선하게 살아갈까, 하는 거였어요. 유럽 대도시에 가서 선진 문명에 감탄하는 것도 좋지만, 이제는 그런 것보다는 가난한 나라에 가서 사람들의 선한 마음을 나눠 받고 그 사람들에

다시 돌아오기 위해
떠나는 것이 여행이다

게 내가 뭔가 베풀고 오는 그런 여행을 하고 싶다는 생각을 많이 했어요. 그래서 앞으로는 스리랑카나 라오스 같은 나라에 가보고 싶어요.

저는 페루 여행을 갔을 때 체력 좋은 이십대 때 왔으면 좋았을 텐데, 후회했어요. 앙코르 유적도 그럴 것 같아요. 누군가는 좀 더 젊을 때, 또는 영감이 필요했던 때, 아니면 마음에 휴식이 필요할 때 왔더라면 더 좋았을걸⋯⋯. 그렇게 생각할 수도 있을 것 같아요. 어떤 분들께 권하고 싶은 여행지인가요?

화가나 디자이너 분들이 가시면 참 좋을 것 같아요. 앙코르 와트의 컬러에서도 감동을 받았는데, 같은 유적이라도 돌 색깔이며 폐허에서 느껴지는 애잔한 아름다움이 있어요. 또 하나 권해드리고 싶은 건, 더운 나라에 가서는 그 나라에 맞는 옷을 하나 사 입고 유적에 가면 참 좋을 것 같아요. 컬러감이 그렇게 서로 잘 어울릴 수가 없어요. 처음엔 저런 원색 옷을 촌스러워서 어떻게 입어, 했는데 그 옷을 입고 이끼 긴 폐허 위에 서서 사진을 찍으면 정말 환상적인 느낌이 나더라고요. 그런 서정적인 분위기가 예술을 하는 사람들에게 영감을 줄 수 있을 것 같고요. 또 조각 하나하나가 얼마나 섬세하고 예쁜지⋯⋯. 아, 재미있는 일화가 하나 있어요. 『인간의 조건』을 쓴 소설가 앙드레 말로가 1923년에 앙코르 유적 중 하나를 방문했대요. 그런데 조각이 너무나 마음에 들어서 그걸 훔쳐서 몰래 반입하려다가 들켜서 실형을 받았다고 합니다.

세상에, 얼마나 멋지면 그런 지식인이 그런 짓을 했을까요?

실은 저도 막 무너진 돌덩이라도 하나 들고 오고 싶더라고요. 그런 생각이 들 만큼 조각이며 돌무덤 같은 것들이 너무나 섬세하고 아름답습니다. 그리고 생각 외로 사람이 바글바글하지 않아요. 작은 유적에 가면 고요한 유적지에서 혼자 사색할 수 있는 시간을 많이 가질 수 있어요. 그래서 영감을 받고 싶은 사람이나 세상만사가 복잡한 친구들은 거기 가면 새로운 휴식을 얻을 수 있을 것 같아요.

여행을 떠나보면 알게 되는 것들이 있어요. '내가 생각보다 영어를 아주 못하는 건 아니었구나.' '내가 생각보다 혼자 밥도 잘 먹는 아이였구나.' '내가 생각보다 용감한 사람이었구나.' 평소 두려워하던 것에 도전하면서 조금씩 성장하는 나를 발견해내는 일. 우리가 여행에 빠지는 가장 근사한 이유 아닐까요?

아마 그런 경험들 다 하셨을 텐데요. 이영미 선배는 여행하면서 자신에 대해 새롭게 발견하신 게 있으세요?

더러운 걸 잘 참더라고요. 처음에 여기 저기 떨어져 있는 똥 같은 걸 보면 더러워서 까치발로 다니다가 어느 순간 그게 별로 더럽다는 생각이 안 들더라고요.

히말라야도 다녀오셨죠? 그 이야기도 해주세요.

히말라야 트래킹 루트 곳곳에 롯지가 있어요. 롯지라는 건 아주 허름한 여관 같은 곳인데 침구라든가 그런 게 더러울 수밖에 없거든요. 그런데도 불구하고 잠도 잘 자고 상쾌하게 일어났어요. 어디에 내놔도 잠은 잘 자겠구나, 하는 걸 발견했어요.

말씀 듣고 생각해보니 여행을 잘하려면 일단 아무거나 잘 먹고 아무 데서나 잘 자야 해요. 그 두 가지가 안 되면 여행하기 힘들어요.
이제 히말라야 이야기를 해볼까요? 2015년 지진으로 큰 피해를 입어서 아직까지 복구가 안 된 상태라고 하는데 '아, 그 아름다운 곳이, 때 묻지 않은 순수함을 가진 사람들이 그런 일을 겪었다는 게 너무 가슴 아프다'고 여행 다녀오신 분들이 많이 말씀하셨어요. 어느 정도 복구가 되면, 다시 많이 찾아 가서 그분들을 도와드려야 할 것 같아요. 그런데 왜 네팔로 여행을 가기로 하셨어요?
체력이 좋아졌거든요.

철인3종 경기 덕에 건강해지신 거죠? 시작하신 지는 얼마나 되신 거예요?
십 년쯤 됐습니다. 굉장히 천천히 오래 꾸준히 해서 몸 상태에 자신감이 생겼고 그렇다면 버스라든가 바퀴 달린 운송수단을 타고 여행지를 다니는 것보다 내 몸을 이용해 처음부터 끝까지 다녀보자, 라고 해서 고른 첫번째 여행지가 안나푸르나 히말라야 트래킹이었어요.

히말라야 트래킹도 남편과 하시기로 약속을 하신 거예요? 두 분 다 처음이셨나요?
네. 원래 에베레스트는 산 좀 타는 사람들에게는 한 번쯤 등반해보고 싶은 꿈의 산인데 남편도 안 가보고 저도 안 가봤던 건 무엇보다 시간이 없기 때문이었어요. 실은 저희가 여행지를 잘못 골랐어요. 안나푸르나 트래킹에는 세 가지 루트가 있다고 하더라고요. 첫번째가 저희가 갔던 해발 삼천 미터 정도의 푼힐 전망대에 가서 일출을 보는 거고요. 두번째가 ABC라고 에베레스트 베이스캠프까지 올라가는 루트가 있고요. 나머지 세번째가 가장 긴 건데, 안나푸르나를 한 바퀴 도는 서킷 트래킹이라고 하는 보름 걸리는 루트예요. 저희 체력으로는 세번째가 맞지 않았나 싶었는데 처음 가는 곳이라 짧은 코스에 짧게 가는 분위기와 맛을 느끼고 싶었어요. 그래도 8박9일 정도 걸렸어요.

체력이 다르면 경험도 다르다
: 책상물림 아줌마가 철인3종 경기를 완주하기까지

그 정도가 짧은 거군요. 가녀린 체격의 이런 분이 철인3종 경기를 통해 히말라야 트래킹이 가뿐할 정도의 체력을 기르셨다고 하면 상상이 잘 안 갑니다. 히말라야 이야기를 하기 전에 우선 철인3종 경기를 시작하게 된 계기부터 들려주세요.

제가 항상 여행 이야기를 하기 전에 체력 이야기를 해요. 왜냐면 체력이 바뀌면 여행지 선택 자체가 달라지거든요. 아마 제가 운동을

다시 돌아오기 위해
떠나는 것이 여행이다

하지 않았다면 런던이나 파리 같은 대도시나 크루즈 여행 같은 편한 여행을 택했겠죠. 그런데 체력이 좋아지면서 강해진 체력으로 내 몸이 할 수 있는 데까지 한번 해보고 싶다는 마음으로 조금 하드한 여행지를 선택하게 되었거든요.

원래 운동을 많이 하신 건 아니잖아요.

당연하죠. 저는 책 볼래? 운동할래? 하면 당연히 책 볼래, 하는 그런 사람이었어요. 남편이 먼저 철인3종 경기를 시작했는데 저는 옆에서 '어머, 저 사람 미쳤나봐. 어떻게 저런 운동을 해?' 그러면서 이 년 정도를 지켜본 사람이거든요. 그러다 어떤 일을 할 수 있는 것과 못하는 것의 차이가 크다는 걸 깨달은 계기가 있었어요. 부부들이 모여 지리산 등반을 했는데 다들 몸 상태가 다르잖아요. 여덟 커플 정도가 같이 갔는데, 그 중 지리산 등반을 한 팀과 산 밑에서 논 팀으로 갈라졌는데 저는 당연히 아래 팀이었죠. 고기 구워 먹고 놀면서 2박3일을 있다 왔는데, 산을 오른 사람들과 밑에서 논 사람들은 경험이나 느낌이 전혀 다르더라고요.

고기는 마당에서 구워먹어도 되는데, 지리산까지 가서 산을 오르는 사람들을 구경만 하고 온 건 다른 경험이겠네요.

그렇죠. 지리산 올라갔다 온 팀들은 인생의 기쁘고 즐거운 경험을 하고 성취감을 느꼈는데, 그렇지 못한 사람들은 2박3일 동안 먹은 기억밖에 안 남은 거예요. 그때 자괴감을 느꼈어요. 체력이 돼서 올라갔다 온 사람들은 다른 경험을 하고 나는 아무것도 안 남았구나. 게다가 부부가 함께 여행을 와서 서로 다른 경험을 하고 지리산 등반에 대한 다른 추억을 갖고 살게 되어버렸잖아요. 저는 그렇다고 그 운동을 하고 싶다거나 제 몸이 이렇게 튼튼해지리라는 생각은 못 하고 살았는데, 그러다 딱 한 번 남편이 운동하는 모습을 구경한다고 따라 나갔다가 저랑 동갑인 여자를 본 거예요. 남편이 속해 있던 팀에서 같이 운동을 하는 사람인데 저도 그녀도 마흔한 살이었어요.

이미 마흔한 살이요? 원래 체격 조건도 운동선수가 되기에는 작고, 게다가 에디터니까 얼마나 책상 앞에 앉아 있는 시간이 많았겠어요. 지리산 가면 고기 구워먹는 게 더 편했던 분인데, 그런데 남편이 운동하는 걸 구경 가셨다가 자극을 받으셨던 거군요.
저랑은 전혀 상관없는 운동이라고 생각하고 관객의 입장으로 보러 간 건데 저랑 동갑인 여자가 남자들이랑 똑같은 운동을 하고 있는 걸 목격한 거예요. 그게 저한테는 굉장히 큰 영향을 끼쳤어요. 나와 달리 체격 조건이 좋거나 운동을 많이 했던 사람들만 하는 운동이 아닐 수도 있겠구나.

그 이후에 어떻게 운동을 시작하셨나요?

미사리 조정경기장에서 자전거 훈련을 한다고 해서 바구니 달린 자전거를 타고 따라 갔어요. 그 여자 친구는 경기에 나가니까 당연히 싸이클을 탔죠. 제가 한 바퀴 돌 동안 그 친구는 다섯 바퀴를 돌더라고요. 저는 한 바퀴 돌고 지쳐서 자전거를 내던지고 앉아 있는데 그 친구는 이제 자전거 다 탔으니까 뛰어야죠, 이러면서 운동화 갈아 신고 뛰더라고요. 그런데 그 모습이 남편이 이 년 동안 보여줬던 거랑은 완전히 다른 느낌으로 저한테 다가왔어요. 동갑의 여자가 하는데 혹시 나도 빨리 되지는 않겠지만 하다 보면 늘지 않을까? 하는 생각을 하게 된 거죠. 그래서 정말 동네 운동장을 뛰기 시작했어요.

누구한테 훈련 받은 게 아니라요?

한 바퀴 뛰니까 오, 되네? 그래서 그 다음 날은 두 바퀴. 그렇게 한 이틀 뛴 다음에 두 바퀴도 되네, 그래서 세 바퀴, 네 바퀴……. 그러다 열 바퀴까지 뛰어봤어요. 항상 사람은 목표가 있어야 해요. 한 달 후에 하는 5킬로미터 마라톤 대회를 신청했어요. 대회 전날 잠을 못 잤어요. 너무 불안해서요. 5킬로미터 못 뛸까봐. 지금이야 5km는 얼마든지 뛰거든요. 그런데 그때는 잠이 안 오더라고요. 괜히 대회 나가서 망신당하는 건 아닌가. 그런데 운동장을 열심히 뛴 보람이 있었는지 5킬로미터를 뛰게 되더라고요. 그 다음에 10킬로미터 대회 나가고, 하프 대회도 나가고, 하프 대회도 나가보니까 42.195킬로미터 풀코스 마라톤도 뛸 수 있을 것 같아서 그 대회도 나가고 그렇게 됐죠.

5킬로미터 대회에서 42.195킬로미터 대회 완주하기까지 얼마나 걸리셨어요?

한 일 년 정도 걸린 것 같아요.

일 년밖에 안 걸렸어요? 사람의 능력이란 참 대단하군요. 그 대신에 매일같이 정말 꾸준히 하셨겠어요.

매일 할 수는 없었지만 아무튼 틈나는 대로 했어요. 제가 가장 크게 깨달은 게 제 몸의 잠재력이에요. 사람의 몸에는 이렇게 큰 잠재력이 있구나. 우리가 뇌도 평생 십 프로밖에 못 쓰고 죽는다고 하잖아요. 까딱했으면, 내 몸에 있는 이 무한한 잠재력을 전혀 모르고 책상에 앉아 책만 보다가 죽었겠구나, 하는 생각을 지금도 종종 합니다.

와……. 불가능이란 없다는 게 맞군요.

네. 단 하나, 정말 꾸준히, 천천히, 오래 해야 된다는 게 중요해요.

천국이 있다면 이런 모습일까

이제 본격적으로 히말라야에 올라가보도록 할까요? 파리, 바르셀로나, 도쿄, 이러면 호텔 정보도 많고 우리가 봐야 하는 관전 포인트들이 머릿속에 떠오르는데 히말라야 트래킹이라고 하면 어디서부터 어떻게 계획을 해야 될지 막막할 것 같아요. 여행 계획을 어떻게 짜셨어요?

다시 돌아오기 위해
떠나는 것이 여행이다

여행사에서 짜줬죠. 저도 전혀 아는 지역이 아니고 어디서부터 어떻게 가야 하는지도 모르기 때문에 히말라야 트래킹은 전문 여행사의 도움을 많이 받았어요. 트래킹을 할 때 셰르파라고 하죠, 짐을 나눠 들어주시는 분이랑 그 지형을 굉장히 잘 알아서 여행을 이끌어줄 가이드랑 동행을 했어요. 카트만두에 도착해서, 트래킹을 시작하는 포카라라는 도시로 날아간 다음, 거기서부터 차를 타고 바로 트래킹 시작 지점부터 끝나는 지점까지는 그 두 분한테 의지해서 다녔어요.

그 두 분은 여행사를 통해 찾으셨나요?

장소를 먼저 고르지 않고 여행사를 먼저 골랐다고 해야 될까요? 히말라야 트래킹이라는 여행 취지에 걸맞은 여행을 하고 싶었어요. 히말라야야말로 자동차라든가 바퀴 달린 거는 거의 타지 않고, 내 몸만 이용해서 자연환경에 가급적 폐를 끼치지 않고 사람들과 대화를 하며 여행할 수 있는 곳이 아닐까, 고민하다가 그런 게 공정여행이구나 하는 걸 생각하고 공정여행을 잘할 수 있는 여행사를 골라서 다녀왔습니다. 그쪽에서 가이드랑 셰르파를 다 소개해주셨는데, 재미있는 게 셰르파 중 한 분은 한국에 오셨던 사람이에요. 옛날이지만 한국에서 노동자로 일하다가 도로 귀국한 분이죠.

셰르파 고용하고 모든 것을 여행사에서 도와주신 건데, 의사소통 하는 데 힘든 건 없나요?

에디터
이영미

셰르파와 가이드가 한국어 조금과 영어를 해서, 소통에는 큰 문제가 없었어요. 그들은 오랜 세월 셰르파라는 직업을 겪으셨기 때문에 그 지형을 거의 손바닥 보듯 알고 있어요. 그리고 모든 롯지 관계자와 친하게 지내고 다른 셰르파들과도 막역해서 지나가는 셰르파들과 일일이 인사를 합니다. 저희는 공정여행을 하겠다고 마음을 먹었기 때문에 짐을 딱 반으로 나눠서 그 분들이 반을 들고 저희가 반 들고 갔어요. 셰르파라는 사람들이 짐을 드는 전문가이지만, 똑같은 인간이기 때문에 너무 많은 짐을 져서는 안 되거든요. 그런데 자기는 거의 맨몸이고 셰르파들은 머리 꼭대기보다 더 높은 짐을 들게 하는 경우를 많이 봤어요. 제가 이용한 여행사에서 강조하는 하나의 항목이 '셰르파에게 너무 많은 짐을 주지 않는다. 무리한 여행 계획을 짜지 않는다'였는데, 저는 그게 마음에 들었어요.

여행중에 뭐가 제일 재미있으셨어요?

롯지에서의 시간이 좋았어요. 거기는 저녁이면 불을 다 꺼야 돼요. 주위가 너무나 깜깜해지기 때문에 할 일이 따로 없어요. 응접실에 난로가 있거든요. 너무 추우니까 모든 관광객들이 그 난로 주위에 옹기종기 모여 앉을 수밖에 없어요. 그렇게 되면 일본 사람, 서양 사람 할 것 없이 자기들끼리 얘기를 하기도 하고 서로 대화를 나누기도 해요. 난로 주위에 빨래를 널어서 고린내 같은 게 나기도 하는데 그런 것도 재미라면 재미죠. 간단히 맥주를 마시며 서로 얘기를 하는 그런 분위기가 자연스럽게 만들어져요.

롯지의 어떤 점이 또 좋으셨어요?

맨 처음 갔던 롯지가 생각나요. 산에 올라가기 전에 잤던 롯지니까 지대도 낮은 편이었고 추운 지방인데도 꽃들이 환상적으로 피어 있었어요. 그래서 그곳 롯지 이름은 제가 외웠어요. 간두룩 레스토랑이라고. 제 휴대전화에도 그 사진을 띄워놨는데 지금도 힘들거나 일이 꼬일 때마다 그 생각을 해요. 앞에 풀이 있는 넓은 마당이 있어요. 그리고 거기에 식탁이 차려져 있어요. 새벽에 일어나면 눈앞에는 하얀 히말라야가 보이고 식탁에 앉아 있으면 항상 차 마실래? 물어봐요. 그러고는 짜이라는 따뜻한 밀크티를 주죠. 그걸 마시고 있으면 아침을 가져다주는 거예요. 토스트랑 간단한 거지만 그 넓은 풀밭에서 앞에 히말라야를 보면서 아침을 먹는 기분은 말로 표현할 수 없어요. 아마 천국이 있다면 그런 모습이 아닐까. 지금도 자주 생각나는 풍경입니다.

정확히 어느 지점을 출발해서 어디를 거쳐 간 코스인지 알려주세요.

처음에는 포카라라는 도시에서 시작했어요. 드라마 〈나인〉의 배경으로 나왔었죠. 포카라는 일종의 관광휴양지인데 거기서 느릿느릿 하루를 지내다가 다음날 사륜차를 타고 처음 히말라야를 오르겠습니다, 하고 인증 도장을 찍어주는 데를 가요. 거기서부터 시작을 해

서 차츰 산을 올라가는 거죠. 롯지 다섯 군데를 찍으면서 최종적으로
도착하는 곳이 푼힐 전망대입니다. 삼천오백 미터 고지이고요. 거기
서 점점 내려와서 다시 포카라로 돌아오는 일정이었어요.

출발하면 매일 새벽에 일어나서 등반을 하다가 일찌감치 어디 숙소에 들어갔
다가…… 그렇게 하루 종일 걷는 거죠? 그럴 때 혹시 서로 대화를 한다거나 그
런 게 가능한가요? 너무 숨이 차서 자기의 생각 속으로 빠져드는 여행인가요?
우리 팀이 셰르파 두 명과 저랑 남편, 가이드와 인도 여성 한 명이
있었거든요. 그런데 각자 스피드가 달랐어요. 그래서 뭉쳐서 가지는
않고 자기 페이스에 맞게 걸어갔어요. 대화를 나누면서 간다기보다
산티아고 순례길이랑 비슷할 것 같아요. 풍경이 너무 좋아서 풍경을
보면서 생각을 해요. 그리고 현지 마을을 다 통과하게 되어 있거든
요. 아이들을 만나면 아이들과 인사를 하고 소도 보고, 짐승들도 보
고. 일종의 자기 성찰을 하는 길이라고 생각하시면 돼요.

이 여행을 통해 얻으신 건 뭔가요? 버리고 오신 게 있다면 그건 또 뭔가요?
잠깐잠깐 들르는 여행보다 살아보는 여행을 하는 게 어떨까 하는
생각을 하는 게, 여행에서 뭘 보았는가보다 누구를 만나서 뭘 했는
지가 중요하다고 생각하거든요. 저는 거기서 셰르파나 가이드 같은
현지인들과 친하게 지냈어요. 밤이 되면 저희는 셰르파들 꼬셔서 네
팔 소주를 마셨어요. 애는 몇 살인지, 한국에는 언제 다녀갔는지 그

340

다시 돌아오기 위해
떠나는 것이 여행이다

런 이야기를 나누다보면 그들이 단순히 내 짐을 들어주는 사람이 아니고, 친구처럼 느껴지거든요. 저는 여행은 그런 게 아닌가 하는 생각을 하거든요. 사람들과 만나고 정을 쌓고 오는 것. 그게 그런 가난하지만 환경이 좋은 나라를 만나며 얻은 거고요. 버리게 되는 건 도시에 살며, 바쁜 생활을 하다가 생긴 조급증 같은 거죠. 그런 데 가면 나에 대한 생각, 미래에 대한 생각을 많이 하게 되는 것 같아요.

다시 집에 가려고 여행합니다

트래킹 이야기를 많이 했는데 그 외 다른 네팔 지역에도 가보셨어요?
박타프루란 오래된 중세도시에 들렀는데 재미있는 일이 있었어요. 슬슬 돌아다니고 있는데 갑자기 어떤 꼬마가 염소를 끌고 가는 거예요. 그래서 우리가 강아지 끌고 다니듯 쟤는 염소를 키우나보다, 하고 있었는데 혼자만 그러는 게 아닌 거예요. 뒤를 돌아보니 얘도 한 마리, 저기는 세 마리, 쟤는 두 마리. 심지어 줄을 서서 끌고 가는 사람들도 있어요. 그래서 저희가 추리를 했죠. 오늘 염소 콘테스트 날이다. 개 콘테스트 하는 것처럼 누가 일 년 동안 염소를 예쁘게 키웠나, 해서 상을 주는 거다. 그렇게 생각을 하고 한번 얘들 좋아서 콘테스트 보러 가자, 하고 행렬을 따라갔어요. 한참 동안을 걷다 보니 무슨 큰 호수 주변이었는데 거기에 염소를 가진 가족들이 다 모인 거예요. 뭘 했을 것 같아요?

진짜 콘테스트였어요?

바로 그 옆에서 피가 튀었습니다. 네팔의 종교가 힌두교라 소는 굉장히 존중하는 대신 염소 고기를 먹어요. 염소 머리를 바로 그 자리에서 자르더라고요. 그러고는 제사를 지내고 내장이랑 고기를 꺼내서 가족 소풍 온 것처럼 옹기종기 모여 맛있게 먹더라고요.

그런 게 사실 굉장히 존중해야 되는 의식이지만 우리한테는 낯설잖아요.

처음에는 낯설었는데, 제가 여행 자체를 현지문화를 느껴보자는 취지로 갔기 때문에 그렇게 징그럽다거나 너무 야만스럽다거나 그런 생각은 들지 않았고요. 이 사람들은 이런 식으로 축제를 보내고 염소 고기를 맛있게 먹는구나. 염소를 죽이는 장면을 정면으로 보지는 못했지만, 마구 도살하는 게 아니라 의식을 다 갖추고 죽이는 모습이 인상 깊었습니다. 비록 죽여서 고기를 먹지만 예를 다하는 모습에서 생명을 존중하는 문화라는 느낌을 받았어요.

이영미 에디터의 체력단련기부터 트래킹 준비, 사람들과 친해지고 또 뜻밖의 사건들을 마주친 여행 이야기를 듣다보니, 인생을 완성시켜주는 게 여행이구나, 하는 느낌이 듭니다. 우리가 살면서 여행을 해야 하는 이유는 뭐라고 생각하세요?

한두 가지 정도를 생각하고 여행을 하는데요. 첫번째는 대개 여행이라고 생각하면 육체적인 이동을 많이 생각하잖아요. 내 몸이 힘들어서 어디 갔다 오면 좋아질 거다, 라는 생각을 하는데 실은 저는 육체적인 것뿐만 아니라 내적인 발전이 더 중요하다고 생각해요. 익숙한 곳을 떠나 시련과 도전을 겪으면 겉으로는 하나도 달라진 건 없지만 한층 성숙된 인간이 되어 돌아오는 것 같아요. 두번째는 이런 생각을 해요. 내가 왜 여행을 왔을까? 호텔 같은 걸 찾을 때 더러운 롯지 말고 더 깨끗한 데 없나 찾잖아요. 실은 집이 제일 깨끗한데요. 여행이라는 게 그런 것 같아요. 8박9일쯤 여행을 하고 나면 드라마 같은 것도 좀 보고 싶고, 친구들이랑 술집에서 술 먹는 장면도 떠오르고, 엄마도 좀 보고 싶고, 아이도 보고 싶고, 나 여행 다 했어, 빨리 집에 가고 싶어, 그렇게 집이 그리워지는 거예요. 지겨워서 떠나온 현실과 직장의 일도 생각나고. 어쩌면 여행이라는 건 내가 다시 가려는 집으로 돌아오는 길. 멀리 에둘러서 돌아오는 길이 아닐까. 내 삶과 장소와 현실에 대한 고마움을 다시 자각하게 되는 계기가 아닐까, 그런 생각을 합니다.

오늘 만남을 통해 이 멋진 삶의 태도와 철학을 많은 분들에게 전할 수 있어서 기쁩니다.

언젠가 지인들과 만난 자리에서 누군가 이영미 에디터에게 이렇게 말했다. 새로운 취미로 해금을 배우기 시작했고 조만간 아내와 엄마의 이름을 벗고 혼자 유학을 떠나보고 싶어 일본어 공부를 하고 있다는 얘기를 영미 선배가 한 직후였다. "아니 도대체 선배는 어쩌자고 그렇게 멋있는 일은 혼자 다해요? 어떻게 그리 멋있게 살 수 있지?" 똑같은 장소를 여행하고 똑같은 취미를 갖는다 해도 영미 선배가 하면 다르다. 그녀가 책을 통해 만난 세계의 저자들과 세상, 또 책을 만들기 위해 깊은 대화를 나눈 지식인들, 그 모든 만남과 경험, 철저한 자기 관리와 피나는 노력으로 만들어낸 그녀만의 이유 있는 도전이기 때문이다. 이십대의 아들을 둔 엄마임에도 이십대 청년보다 더 미래가 기대되는 그녀, 그녀가 내 선배라서 참 행복하다.

영화와
여행의
공통점

〈베테랑〉 류승완 감독의
영화 속 장소와 사람들

류
승
완

●
○

충청남도 아산시에서 태어났다. 1996년 단편영화 〈변질헤드〉로 데뷔했다. 박찬욱 감독 연출부로 일하며 영화수업을 받고 2000년에 〈죽거나 혹은 나쁘거나〉로 장편영화 데뷔를 했다. 같은해 청룡영화제 신인 감독상을 수상하며 영화계의 주목을 받았다. 류승완 특유의 액션과 거친삶을 담아내는 방식으로 한국의 '액션키드'로 불리며 〈주먹이 운다〉, 〈베를린〉, 〈부당거래〉 등의 영화를 감독했다. 2015년 만든 〈베테랑〉은 관객수 1300만을 기록했다.

누구나 알고 있는 진실인데 아무도 그 실체를 끌어낼 용기를 내지 못할 때 우리는 절망한다. 진실을 밝히기 위해 투쟁을 벌인다 해도 편견과 권력 등에 의해 좌초되는 경우가 허다하지 않은가. 그로 인한 피로감과 무기력함을 이겨내기란 쉽지 않다. 그런 면에서 예술은 때로 큰 위로가 된다. 진실을 마주하려는 작은 노력들이 예술의 옷을 입게 되면 보다 강력한 힘을 지니게 되고 우리 사는 세상을 조금씩 변화시킨다. 그 중에서도 영화는 상당히 매력적인 장르이다. 생생하게 살아 있는 인물들의 말과 행동을 통해, 대부분의 사람들이 외면하는 진실을 속시원히 보여주는 영화가 있다. 특히 류승완 감독의 영화 속 주인공들이 그렇다. '액션키드' '한국의 쿠엔틴 타란티

영화와 여행의
공통점

노' 등의 별명을 가지고 있는 그의 영화는 거친 삶의 터전을 배경으로 시원하고 통쾌한 액션을 담아내는 것으로 잘 알려져 있다.

그런 그가 〈베테랑〉을 통해 다시 한번 유감없이 '한 방'을 날렸다. 천만 관객을 끌어 모으는 기록을 달성했고, 유아인이라는 배우의 진가를 발굴해냈는가 하면 나처럼 액션영화 별로 좋아하지 않는 사람까지도 두 엄지손가락을 치켜 올리게 만드는 데 성공한 것이다. 내가 류감독을 만난 것은 바로 그렇게 영화 〈베테랑〉이 연일 화제가 되던 시기였기에 인터뷰를 하기 위해 엄청난 경쟁률을 뚫어야 했고 만남이 이루어진 것만으로도 월척을 낚은 기분이었다. 그 무렵엔 웬만한 아이돌보다 류승완 감독 섭외하기가 더 어렵다는 말이 돌 정도였던 것이다.

드디어 류승완 감독을 만나는 날, 그는 종종 방송이나 잡지 인터뷰에서 보던 것보다 훨씬 더 수수한 모습으로 나타났다. 길을 가다 마주쳤으면 알아보지 못했을 정도로 평범한 동네 아저씨 같은 모습. 그러나 인사를 나누고 인터뷰를 시작하자마자 류승완이라는 사람이 지닌, 돌덩이처럼 단단하게 영근 매력이 마구 쏟아져나왔다.

· · · ·

손미나 감독님께서 시사회 초대를 해주셨는데 사실 시사회날 전 완전히 꼬인 하루를 보냈더랬어요. 그래서 가는 중에도 몇 번이나 그냥 돌아갈까 생각했었고 심지어 운전을 시작하자마자 내비게이션이 고장났지 뭐예요. 완전 길치라,

정말 어렵게 극장을 찾아갔지요. 그런데 또 상영관을 잘못 찾아서 엉뚱한 곳에 앉아 있다가 영화 시작 직전에 겨우 제대로 자리를 잡았습니다. 그렇게 힘들게 갔는데 초대해주신 제 자리에 앉는 순간 갑자기 기분이 너무 좋아졌어요. 유지 태 씨가 앞에 와서 앉더라고요. 좀 이따가 시선을 훅 끄는 분이 또 오셨는데, 권상우 씨더군요. 그 다음에도 우리나라 최고 미남 배우들이 줄줄이……. 앞이 너무 훈훈해서 일단 기분 좋게 영화를 보기 시작했지요. (웃음)

나는 팬심 가득 담아 준비한 나의 스페인 여행기 『스페인 너는 자 유다』와 프랑스 여행기 『파리에선 그대가 꽃이다』를 선물로 안기며 본격적인 인터뷰를 시작했다.

손미나 영화를 보면서 감독님한테 참 고맙다는 생각을 한 적은 손에 꼽을 정 도인데 그 중 한 번이었습니다. 그래서 꼭 만나고 싶었습니다. 그렇게 멋진 영 화를 만드신 감독님과 이렇게 영화 후일담을 나눌 기회가 생겨 영광입니다. 영 화 감독은 늘 장소 답사도 해야 하고 영감도 받아야 하니 여행을 좋아하시지 않을까 하는 게 저의 짐작인데, 맞나요? 스페인이나 프랑스 쪽도 여행하신 적 이 있나요?
류승완 스페인에서 아주 좋아하는 곳이 있는데, 시체스라는 도시예 요. 장르 영화를 소개하는 유서 깊은 시체스 영화제에 초청 받아 여 러 번 가봤습니다. 시체스의 음식과 날씨와 해변, 모든 것이 좋아요. 시체스 가면 항상 걷고 뛰고 그래요. 외국 여행은 주로 영화 때

영화와 여행의
공통점

문에 가게 되는데요, 프랑스는 〈주먹이 운다〉로 칸 영화제에 간 게 처음이었어요. 도빌이란 해안 도시도 영화제 때문에 갔었죠.

영화제가 열리는 도시는 다 멋진 곳들이더라고요. 시체스, 산세바스티안, 칸, 베를린…….
맞아요. 특히 도빌에선 재밌는 기억이 있어요. 안개가 낀 날 길을 잃어버린 거예요. 프랑스 시골 사람들이 영어를 잘 못하는데 저도 잘 못하거든요. 어떤 청소하는 젊은이랑 마주쳐 숙소 돌아가는 방법을 물어보는데 아주 애를 먹었어요. 그런데 그날 날씨가 되게 추웠거든요. 그 친구가 계속 콧물을 흘리더라고요. 콧물을 닦으면서 길을 알려주려 안간힘을 쓰는데, 그 사람이 알려주는 손가락 방향 대신 콧물이 자꾸 보여서…… (웃음) 그리고 파리는 정말 좋아하는 곳이에요. 너무 멋진 도시죠.

특히 영화하시는 분들에게는 더욱더 영감을 주는 도시일 것 같아요.
아무래도 제가 어릴 때 좋아했던 영화 속 풍경이 파리에는 고스란히 다 담겨 있으니까요.

맞아요. 유럽은 좀처럼 변하지 않으니까요.
그래서 파리 같은 데 있다가 한국에 오면, 아 우리는 너무 빨리 바뀐다는 느낌을 받아요. 좀 아쉽죠.

영화와 여행의
공통점

서울은 육 개월만 외국에 나갔다 돌아와도 정신이 하나도 없을 정도로 변화가 빠르죠.

장단점이 있는데, 그래도 저는 변하지 않는 무언가, 오랜 세월이나 추억을 간직한 것이 그대로 있어주는 게 참 좋을 때가 있더라고요.

저도 그런 편이에요. 영화는 영상으로 시간을 잡아둘 수 있고, 시간을 거스를 수도 있잖아요. 그런 면에서 영화를 만드는 건 매력적인 일 같아요.

6,70년대에 만들어진 영화 속 서울을 보면 지금하고 참 다르거든요. 영화가 사람을 다루는 것이기도 하면서 그 사람들이 살았던 시간과 공간을 모두 담아낸다는 측면에서 제가 하고 있는 일이 어쩌면 생각보다 훨씬 더 많은 가치를 지닌 일이겠구나라는 생각을 하기도 합니다. 어떻게 보면 그런 기록의 역할이 영화가 가진 힘 중 하나가 아닐까 해요.

저는 사실 일부러 여행을 다니는 게 습관이 되어 있지는 않은데요, 영화를 만들면서 낯선 곳을 다니고 새로운 사람들을 만날 수 있으니까, 심지어 영화를 다 만들고 나서도 영화제 참석차 꿈에도 생각지 못했던 곳에 가보기도 하니, 굉장히 큰 축복인 것 같아요.

인생이 곧 영화와 같고 영화 자체가 일종의 여행인 것 같아요. 그래서 사람과 인생을 다루는 영화와 여행은 아주 잘 어울리는 테마인 것 같아요.

한국 제목으로 〈아메리카의 밤La Nuit Américaine〉이라는, 프랑수아

트뤼포 감독이 만든 영화가 있는데요, 영화 만드는 과정에 관한 영화예요. 트뤼포 감독이 실제로 극중 감독으로 출연하기도 하는데요, 그 영화 오프닝은 지금 말씀하신 것처럼, 영화 만드는 것을 여행에 비유하는 내레이션으로 시작해요.

영화 만들기란 역마차 여행과 같다. 처음 출발할 때는 모두가 들떠 여행을 기대하지만 여행의 중간을 지나면 지치기 시작하고 끝날 때쯤 되면 모두가 제발 이 여행이 빨리 끝나기를 바란다. 그런데 여행이 끝나는 그 순간 다시 또 여행을 떠나고 싶어한다. 그런 측면에서 영화 만들기는 역마차 여행과 비슷하다고 표현하거든요. 실제로 영화를 만드는 것, 그리고 보는 행위도 저는 여행하는 것과 유사한 지점이 있는 것 같아요. 새로운 세계를 탐험하고 볼 수 있다는 점에서요.

자기 자리에서 최선을 다하는 사람이 필요하다
: 천만 영화 〈베테랑〉에 담고 싶었던 이야기

그렇게 여행과 같은 영화 인생 이십 년. 그러니까 영화를 통한 여행을 이십 년 정도 하신 셈인데요, 그 세월 동안 세상을 보고 걷고 난 결과물이 〈베테랑〉인 셈이겠죠. 제가 개인적으로, 비전문가 관객으로 느낀 점은 이랬어요. 속이 후련하면서 액션도 너무 좋은데, 그러면서 어떻게 저렇게 재미있을 수 있을까. 그리고 배우 한 분 한 분의 연기가 살아 있으면서 누구 한 사람 밸런스 안 맞는 이가 없다는 느낌.

영화를 만드는 경험이 쌓이다 보니까, 그걸 알았어요. 영화 만드는
전 과정이 저 혼자의 능력으로 해결될 수 있는 일이 아니라는 것을
요. 통제되지 않는 순간들이 오거든요. 그 순간은 그 상황에서 그냥
흘러가게 놔두면 되는데, 예전에는 그게 안 되니까 안달복달하고 화
도 내고 그랬어요. 그런데 이제는 조율, 즉 말 그대로 방향성만 제시
하면서 흘러가게 두는 것이 중요하다는 걸 깨달았어요. 영화의 운명
은 캐스팅 단계에서 많이 정해지는 것 같아요. 감독이 개입을 하지
않아도 배우가 스스로 잘 살아나갈 수 있는 진영이 짜이면, 현장이
잘 흘러가요. 이번 영화는 제가 정말 현장에 없어도 되겠다 싶을 정
도로 배우분들이 너무 잘해주셔서 사실 육체적으로나 정신적으로
나 굉장히 수월하게 작업했어요.

이렇게 표현해도 될지 모르겠는데, 감독님께서 놀이터를 잘 마련해주신 것 같
아요. 밸런스가 잘 맞는다고 느낀 이유가, 지금 말씀하신 것과 같이 배우들이
억지로 연기하는 느낌이 하나도 안 나고 실제 그 인물들이 사는 모습인 리얼
리티를 보는 것 같았거든요.

우리가 이 영화를 시작할 때, 여름 시즌을 노리는 대형 블록버스터
로 출발한 게 아니었어요. 그냥 우리끼리 즐겁고 해볼 만한 이야기,
해야 할 이야기를, 할 수 있는 방식으로 해보자고 시작한 거라 큰 욕
심이 있었던 것도 아니고, 그냥 우리가 즐기면서 좋아하는 것을 잘

해보자는 마음이었어요. 큰 부담도 없었고, 걸작을 만들겠다는 욕망도 없었고, 그래서 사람들이 편안하게 즐겼는데 그 기운이 전달된 것 같아요.

제가 영화 만들기를 여행에 비유하곤 하는데, 감독은 일종의 여행 가이드 역할을 하는 것 같아요. 관객들이 여행지를 직접 찾아오는 여행객들이라면 결국 그 체험은 여행객들 본인이 다 하시는 거지만, 어쨌건 그 가이드가 어떻게 안내하느냐에 따라서 느낌이 달라질 수 있잖아요. 그리고 안내하는 곳곳에 좋은 경험을 할 수 있도록, 그 관광 가이드와 미리 합을 맞춰놓은, 전문용어로 짜고 치는 고스톱을 하는 (웃음) 것이 배우들과 스태프들이고요. 그런 것들이 운 좋게 맞아 떨어진 것 같아요.

2015년 8월 29일 아침, 영화 〈베테랑〉이 천만을 돌파했습니다. 숫자에 별로 연연해하지 않으신다 들었는데, 스코어가 물론 전부는 아니지만 의미가 있다고 생각해요. 소감이 어떠신지요?

주변에서 하도 축하한다고 하니까 저는 숫자에 더 의미가 없어지는 거 같아요. 왜냐면 천만이라는 숫자가 비난하는 숫자라면 그건 고통이잖아요. 그리고 천만 관객분들 중에서도 다 좋아하시는 것도 아니니까. 그럼 이 영화에 실망한 시선은 어디에서 오는가, 이 영화에 대한 비판적인 의식은 어디에서 오는가, 오히려 저는 그걸 보려고 하거든요. 저희 의도와 맞아 떨어져서 좋아해주시는 많은 분들한테 감

영화와 여행의
공통점

사한 것은 두말할 여지없는 거고요. 그런데 자칫 제가 여기에 휩쓸려버리면, 저도 사람이다보니까 어, 이렇게 하니까 흥행도 잘 되고, 사람들이 좋아하네? 그러면 자꾸 재탕하고 싶은 욕심이 생길 거 아니에요. 그러다 보면 그것이 어느 순간 제게 불리하게 온다는 것도 이미 알고 있어요. 그래서 자꾸 발을 떼려고 하죠. 감사한 마음은 감사한 대로 두지만, 이 모든 게 지나간다는 것도 알아요.

이렇게 〈베테랑〉에 대해서 많이 이야기해주시지만, 얼마 후에 더 좋은 영화가 나왔을 때 이 영화는 잊혀질 텐데, 그때 나 몇 달 전에 〈베테랑〉이라는 영화 만든 사람인데 왜 안 알아줘, 이러면 비참하잖아요. 지금의 반응들은 좋든 말든 다 지나가니까 흘려 보내고 또 다음 영화를 준비해야죠.

이렇게 초연한 마음을 가지셨기 때문에 더 오래 사랑받는 작품을 만드실 수 있는 것 같아요. 저도 방송할 때 이게 도 닦는 일이구나 생각한 기억이 있어요. 프로그램을 한창 잘하고 인기가 많아지고 그럴 때쯤 되면 MC가 바뀐다거나 프로그램이 없어진다거나 그런 일들이 있어서, 아나운서란 항상 이별할 준비가 되어 있는 애인을 마음껏 사랑해야 하는 그런 운명이라고 생각했거든요. 영화는 당장 화제가 되지 않더라도 오랫동안 사랑받을 수 있어서 다르다고 생각했는데, 잊혀지고 지나갈 것을 생각하신다는 게 조금 놀랍고 인상적입니다. 어쨌거나 현재의 반응이 뜨거운 것은 사실인데요, 봉준호 감독님이 "한국 사회 심장부를 강타하는 류승완 감독의 역작. 이토록 고발적인 영화가 이토록 오

락적이라는 사실이 경이롭다." 이런 평을 하셨어요. 저도 비슷하게 느꼈고요. 사회의 문제점들을 확실히 보여주는 영화인데 너무 재미있고 무섭고 동시에 막 눈물이 나고 그랬거든요. 이런 영화를 통해서 감독님이 정말 세상에 전하고 싶은 메시지가 어떤 거였나요?

제가 봉준호 감독님 멘트처럼 엄청난 것을 하려고 한 건 아니었던 것 같고요. 결국은 사람이 사람을 어떻게 대해야 하는가에 대한 이야기 같아요. 저는 부가 악이고, 가난이 선이고 그런 생각을 하는 사람은 아니에요. 좋은 부자도 있고, 나쁜 빈자도 있다고 생각해요. 다만 지금 우리 사회의 모든 가치의 중심이 경제로 가고 있는 것이 가장 큰 위험 요소인 것 같아요. 대체 자기 통장에 얼마나 있어야 행복해질지, 끝이 없잖아요. 부에 대한 욕망을 어느 순간 멈추고 이를 테면 조금 가진 거 안에서, 우리가 할 수 있는 거 안에서 좋은 사람 만나서 여행도 다니고, 맛있는 것도 먹고 그럴 수 있으면 좋을 텐데 말이에요.

우리가 무슨 호텔에서 몇십만 원짜리 음식을 먹어야 행복한 거 아니잖아요. 일례로 고속버스 타고 전주에 가면 진미집이라는 콩국수집이 있는데, 칠천 원이면 얼마든지 좋은 맛을 즐기고 좋은 풍경을 즐길 수 있거든요. 왜 더 좋은 것을 누리기 위해서 지금 하고 싶은 일을 참고, 지금 더 고생해야 도달할 수 있어, 라고 사람들을 몰아가는지 모르겠어요. 마치 그 고난과 고생을 당연한 것으로 받아들이게 하고, 거기에 중독되게 만드는 것 같아요. 그러다 보니까 정작 자기가 해야 하는 이야기, 이것이 옳다 그르다에 대한 이야기를 못하게 되고, 잘못된 것을 잘못됐다고 얘기했을 때 자기한테 불이익이 될까봐 행동하고 싶은 대로 하지 못하고……. 그런 게 답답했어요.

그리고 돈으로 보상 받고, 그 돈을 마구 쓰는 행위로 스트레스를 풀려는 심리도 이 사회에 만연한 것 같아요.

제가 어릴 때 캐셔 일을 한 적이 있는데, 그때 돈 던지는 사람들이 정말 싫었거든요. 담배 사면서 천 원짜리를 툭툭 던져요. 제가 볼 때는 사람이 서로의 자존감을 지켜주고, 각자 자기가 가치 있는 사람이라는 것을 느끼고, 그 자존감을 지키며 살면 어떤 위치에서건 상대를 함부로 대하거나 내가 당하게 되는 일은 줄어들지 않을까 싶거든요. 그런 제 생각이 반영된 거예요. '베테랑'이라는 제목을 쓰고, 형사들을 등장시킨 것은, 각자의 영역에서 자기 일을 온전히 제대로 해낼 수 있는 사람들이 자기 역할만 해줘도 세상이 지금보다 훨씬 더 좋아질 것 같다는 생각에서였어요.

어떤 테러리스트가 사람들을 죽이기 위해서 배를 일부러 침몰시켜 몇백 명의 사상자가 나온 게 아니잖아요. (이 부분에서 류감독은 세월호 사건에 대해 말하고 있었다) 각자 자기 영역에서 무언가를 덮어두고 눈감아버리고 하는 일이 쌓이니까 엉뚱한 희생자들이 나온 거라고 생각해요. 90년대부터 다리가 무너지고 백화점이 무너지고……. 이런 현실은 계속 반복되고 있어요.

이런 일들을 겪으면서 자신이 맡은 일이 무엇이고, 어떻게 하고 있는지 자각하고, 그것을 명확하게 해내는 진짜 베테랑들이 존재하는 것이 중요하지 않은가라는 생각을 하게 되었어요. 그래서인지 이 영화를 보신 분들이 우리 현실에서 이런 이야기는 판타지가 아니냐, 반쪽짜리 쾌감이라고 말씀하신 분들도 많았어요.

영화는 범죄자에게 수갑을 채우면서 끝났지만, 마지막 순간에 저도 조금 있다 풀려나는 거 아닌가, 그런 생각을 하게 되더라고요.

그게 쓸쓸하면서도 의도했던 바였어요. 왜냐면 우리의 주인공 서도철이, 그 광역수사대 형사가 자기 관할 밖의 일을 그렇게까지 해서 수갑을 채우는 것 자체가 이미 그 사람이 할 수 있는 영역 범위를 넘어서서 해낸 거란 말이죠. 그 다음은 우리 몫인 거죠. 시민들이 계속 감시하고 눈을 뜨고 사법 정의가 제대로 구현될 수 있도록 '우리가 눈뜨고 보고 있어, 우리 죽지 않았어, 안 죽어'라는 메시지를 계속 던지는 것 말이에요.

시민들이 둘러서서 사진을 찍고 그 상황의 목격자가 되는 마지막 장면에 그런 의도가 들어간 건가요?

그런 상황에서 개입하지 않고 찍고만 있는 것에 대한 비판이 조금은 담기기도 했지만, 후반부로 가게 되면 그 시민들이 자기들이 둘러싼 그 스크럼을 안 풀어요. 그래서 악당이 빠져나가지 못한 거거든요. 거기서 시민들은 자기들의 역할을 한 거죠. 만약 어떤 시민이 그 악당이 재벌3세라는 걸 알았다, 그러면 누구 하나가 도움을 주었을 수도 있죠. 그 악당에게. 그러나 선입견이 없는 상황에선 누가 봐도 명백히 잘잘못이 가려지는 거니까, 사람들은 거기에서 그것을 계속 기록하고 지켜보고 못 빠져나가게 하는 것만으로도 큰 역할을 하고 있는 거라고 봅니다.

유아인, 천진한 악당을 창조하다

: 영화 〈베테랑〉을 만든 사람들

캐스팅 이야기를 안 할 수가 없는데요. 유아인이라는 배우가 출연한 것은 정말 의외였어요. 더군다나 그런 악역을 한 적이 없는 배우가 어떻게 그 역할을 맡도록 설득하셨나요?

부산영화제에 유아인 씨는 〈깡철이〉로, 저는 〈베를린〉으로 참석했을 때였어요. 한 술자리에서 아인 씨를 만났어요. 사실 영화인들은 모이면 어색하니까 다음 작품 뭐 해? 이런 화제로 이야기를 풀어가거든요. 그때 아인 씨한테 이 프로젝트에 대한 이야기를 했어요. 저도 내심 관심 가져주길 바라고 이야기를 했는데, 아인 씨가 너무 적극적으로 관심을 표명하는 거예요. 그래서 약간 놀랐어요. 시나리오 빨리 보고 싶으니까 매니저 통하지 말고 자기 개인 메일로 보내달

라고 해서 보냈는데, 너무 관심 있다고 진짜 빠른 시간 안에 연락이
왔어요. 황정민 선배나 제작진이 만세를 불렀죠.

유아인 씨가 이런 역할을 잘해낼까 하는 의구심은 전혀 없으셨나요?

결정이 되고 나서 생각해보니, 지금까지 유아인 씨가 나쁜 역할 하
는 걸 본 적이 없는 거예요. 심지어 양복 입은 모습도 못 봤어요. 항
상 뒷골목의 청년이었죠. 그런데 제가 몇 번 유아인 배우를 사석에
서 만날 때마다 되게 귀티나게 생겼다 생각했거든요. 그리고 연기
잘하는 배우들은 언제나 뒤틀린 역을 해보자는 도전 의식이 있으니
까. 그래서 유아인이란 배우를 만나면서, 이 배우의 어떤 지점이 조
태호와 맞물릴 수 있을까 고민했어요. 저는 그길 오히려 소년성에서
찾은 거죠. 유아인 씨는 자신의 소년성을 탈피하고자 이 악역을 선
택한 거지만요.

　저는 조태호란 인물에 대해 '만들어진 괴물'이라는 표현을 쓰는
데, 이 친구는 자기가 뭘 잘못했는지를 아예 모르고 관심도 없는 친
구거든요. 어린 아이들이 벌레를 죽이거나 개구리 다리를 자르는 장
난을 칠 때, 자기가 하는 일이 뭔지 모르고 하는 걸 보면 섬뜩하잖아
요. 잘잘못에 대한 개념이 생기는 건 교육에 의해서거든요. 그러니
까 수천 년간 권선징악의 플롯으로 많은 이야기가 있었고, 그 교훈
을 전달하려는 노력이 있어왔죠. 공동체에서 살아가는 데 있어서 이
정도의 선은 최소한 지키면서 살아야 한다는 것은 교육을 통해 학

영화와 여행의
공통점

습되어지는 거라고 봅니다. 그런데 한 소년이 그런 교육을 못 받은 채 권력을 쥐고, 그것도 무시무시한 힘을 쥐고 살아간다면 정말 무서울 것 같았어요.

그래서 유아인이란 배우한테 일부러 어떤 악을 집어넣기보다, 그냥 이 사람이 하는 행위가 너무너무 나쁘니까 이 사람은 그냥 천진하게 두는 게 좋겠다 생각했어요. 그리고 실제로 영화 속에서 하는 행동들—엘리베이터 탈 때 환자분들 같이 태우세요, 라고 말한다든지 폭행한 다음에 돈 주면서 진짜 안쓰러워 한다든지—그런 것이 연기가 아니라 이 사람의 본심이라고 생각을 해요. 진짜 측은지심이죠. 그 인물의 그 순간에 대한 자연스런 반응인 거예요. 그게 유아인이란 배우가 가지고 있는 소년성, 천진한 미소랑 잘 맞은 것 같아요.

혹시 사생활에서 진짜 저러는 거 아닌가 싶을 정도로 너무 연기를 잘하셨어요. 황정민 씨나 오달수 씨, 정웅인 씨 같은 경우 너무나 연기를 잘하시는 분들인 걸 원래도 알았기 때문에, 그냥 와~ 했지만 유아인 씨는 정말로 깜짝 놀랐어요. 어떻게 저렇게 소름 끼칠 정도로 인물을 입체적으로 표현하나 싶어서요. 아마 의외성에서 오는 쾌감도 있었을 거예요. 전혀 이 배우한테서 기대하지 않았던 모습이 시리즈로 나오니까요.

〈베테랑〉에서 인상 깊은 여러 장면들이 있지만, 저는 개인적으로 맨 처음 범인들을 잡으러 가는 데 있죠? 부산이라고 들었는데. 너무 재밌으면서도 스릴도

있고 빵빵 터지는 액션과 장소가 어우러져 무척 좋았어요.

네. 신선대부두라는 곳에서 촬영을 했죠.

맨 마지막에 명동 시퀀스도 대단했고요. 어떻게 촬영하셨는지 궁금합니다.

제가 영화 만들 때 공간에 대해 중요하게 생각하는 사람이어서 특
히 이 영화가 주는 공간의 사실성이 잘 전달되었으면 좋겠다 생각
했었어요. 실제 설정해놓은 명동의 한 건물에서 시작된 액션이 충
무로와 을지로를 지나 진짜 서울 강북의 도로를 좍 보여주길 바랐
는데, 그렇게 제안하니까 프로듀서들이 다른 건 다 해줄 수 있는데,
그건 할 수가 없다, 감당이 안 된다고 하더군요. 실제로 카 체이스를
찍는다는 게 굉장히 복잡한 문제거든요. 왜냐면 시민들한테 피해가
많이 가는 거니까요. 그래서 고민고민 하면서 로케이션지 헌팅을 계
속 다니다가, 명동 도로가 막혀 있는 상태를 본 적이 있어요. 아, 저
기를 돌파해버리면 그동안 못 봤던 영화 속 상황이겠다 싶었죠. 그
렇게 돌파하고 나서 명동 골목 안으로 들어가면 설정은 명동인데
실제 촬영지는 청주였어요. 구시가지인데, 본정통이라는 곳이에요.
〈짝패〉라는 영화도 청주에서 촬영했거든요. 저희 프로듀서가 청주
출신이어서……. 여담이지만 청주 출신 영화인들이 정말 많아요.
유해진 배우, 이범수 선배, 감독 중에는 박광현 감독님, 이번에 〈소
수의견〉의 김성재 감독 이런 분들이 다 청주 출신이거든요. 본정통
은 예전부터 번화가로 개발된 곳이라 블록 같은 곳이 명동하고 비

슷해요. 청주에서 촬영을 하고 설정은 명동이라고 한 거예요. 컴퓨터그래픽의 도움도 많이 받았죠. 영화 보면서 명동이라고 인지를 하시는 이유가 남산타워가 계속 나와요. 왜냐면 남산은 서울의 상징이잖아요. 계속 남산타워를 CG로 심어놓고 만들었죠.

사실 영화인들은 지방 촬영하는 걸 되게 좋아해요. 서울 촬영을 하면 현장과 집을 왔다 갔다 하는 게 너무 힘들어요. 아침 여섯시에 집합해서 밤늦게까지 촬영을 하고 또 집으로 가야 하니까요. 그런데 숙소생활을 하면 동시에 좍 나갔다가 좍 들어오고 하니까 같이 모여서 술 한잔하기도 좋고. 그래서 청주 촬영, 부산 촬영, 이렇게 지방 촬영하면서 배우들과 스태프들끼리 호흡도 훨씬 좋아진 것 같아요.

촬영지에서 생긴 일

팀워크라는 거, 영화에서 빠질 수 없겠죠.

맞아요. 밥도 항상 같이 먹다 보니 영화인들은 맛집 찾아다니는 데 목숨을 걸거든요. 청주에도 맛집이 많아요. 백로식당이라는 고추장불고기로 유명한 곳이 있는데 마지막에 사장님이 밥을 되게 맛있게 볶아주시죠. 청주 메밀국수집도 좋고요. 염소 고기가 또 끝내줘요. 틈나는 대로 먹으러 다녔어요. 액션영화를 찍다 보면 사우나를 해야 되거든요. 청주 가까이에 초정리 광천수 나오는 탄산온천이 있어요.

청주 촬영 갔을 때 놀란 게 온천의 메인 탕이 찬물이에요. 탄산이 타다닥 튀어요. 거기 몸을 담그면 따가울 정도예요. 머리까지 담그면 되게 시원하고, 탈모에 좋대요. 그래서 배영 자세로 누워 계신 분들이 많아요. 그렇게 온천하고, 장기간 촬영하다 보면 관광객들이 다니는 맛집 말고, 지역 주민들이 다니는 맛집을 알게 되죠. 전주나 부산이나 이런 데, 촬영할 때마다 맛집 다니는 재미가 정말 크죠.

또 숨겨둔 맛집 기억나는 곳 없으세요?

저는 전주 가면 전주남부시장 뒤쪽에 진미집이라는 콩국수집에 꼭 가요. 놀란 게 〈부당거래〉 찍을 때 황정민 선배 따라서 갔었는데, 전라도 지역에서는 콩국수에 설탕을 쳐 먹어요. 그런데 그게 너무 말도 안 되게 맛있는 거예요. 게다가 면이 메밀로 만든 거예요. 워낙 메밀국수를 좋아하기도 하는데 그 집 콩국수 먹고 완전 놀라서 전주영화제 가면 꼭 들러요. 단 한 번도 실패한 적이 없지요. 전주 가시면 진미집 꼭 가보시길 권합니다. 전주 물짜장도 유명하잖아요. 남부시장이랑 몇 군데 맛집들이 있는데, 제가 가는 곳은 노벨반점이라는 식당이에요. 테이블도 몇 개 없고, 사람들이 밖에 줄 서 있는데, 가면 다들 물짜장만 먹고 있거든요. 이런 맛이 있구나 싶어요. 부산 가면 부산 음식은 아닌데 진주냉면을 먹죠.

진짜 맛집을 많이 아시네요. 영화인들에게 맛집 정보가 많다는 게 사실이군요!

영화계의 슬픈 역사이기도 한데, 예전부터 영화사에 놀러가면 항상 밥을 먹여서 보내는 풍습이 있거든요. 지금도 그렇고. 방송하고 큰 차이가 영화 스태프들은 밥을 같이 먹잖아요. 이 사람들한테 개런티를 충분히 못 주기 때문이에요. 예전 영화계가 너무 열악할 때 그래도 밥은 먹여서 보낸다, 그런 게 있는 거죠. 같은 값이면 맛있는 걸 먹으려고 하고요. 임권택 선배님 세대의 분들은 너무 척박하고 어려울 때 영화를 하셔서 촬영할 때 맛집 다니는 게 큰 낙이었던 거예요. 실제로 영화계 선배님들 보면 처음 가는 곳인데도 풍수지리를 보고 맛집을 찍는 분들이 계세요. 가다가 저 집 괜찮을 거 같아 그러고 가면 대체로 맛있어요.

좋은 팁을 하나 배웠는데, 우리가 대부분 정보가 전혀 없는 지역에 가면 기사식당에 가라고 하잖아요. 기사님들이 맛에 민감하신 분들이라. 그런데 기사식당도 전혀 없는 곳에 갔을 때는 그 지역에서 가장 오래되어 보이는 슈퍼마켓을 찾아요. 집안살림하는 장소가 같이 붙어 있는 슈퍼마켓 있잖아요. 물건이랑 찌개나 라면 같은 걸 같이 파는 그런 곳이요. 그런 곳을 찾아서 김치찌개 같은 가장 일반적인 메뉴를 시켜요. 그런 집엔 대부분 할머니들이 계시거든요. 두 숟가락 정도 먹다가 "할머니 저희 여기 일하러 온 사람들인데요, 집에서 드시던 젓갈 있으면 좀 주실래요?" 그러면 "아 이런 걸 누가 먹는다고 그래" 하시면서 할머니가 드시던 젓갈을 냉장고에서 꺼내 병째 주신다는 거죠. 그러면 그게 밥도둑인 거죠. 영화판에 있는 사람들은 그런 분들이 집에서 드시는 반찬을 *끄집어내는 진정한 고수죠.

감독님이랑 얘기하다 보니 답사를 다니고, 밥 먹으면서 배우들과 스태프들이
친해지고 호흡도 맞추고 하는 모든 과정들이 하나의 길고도 촘촘한 한 편의
영화이자 여행 같다는 생각이 듭니다.

실제 촬영을 삼사 개월 한다면, 영화 전체를 완성하는 기간은 빨라
도 이 년이거든요. 그러다 보니까 사실은 영화 만들면서 가장 중요
한 행위 중 하나가, 걷는 거예요. 스태프들, 배우들과 계속해서 대화
하면서 함께 걷는데요, 피곤한 다리를 쉬기 위해 걸터앉아 생각하
고, 걷는 동안 허기진 배를 달래려고 음식을 먹으며 생각을 나누고,
그러다 보면 의견이 모이고, 정리가 되죠.

버럭 황정민, 연습벌레 장윤주
: 배우들의 숨겨진 면모들

쟁쟁한 배우들이 출연했잖아요. 황정민 씨 연기 두말하면 잔소리고요. 정웅인
씨도 진짜 트럭 운전하는 분처럼 어찌 말할 수 없이 열연을 하셨고요. 그런데
좋은 이야기는 어디서나 하시니까, 혹시 뒷담화 같은 것 있음 들려주세요.

장윤주라는 배우를 결정할 때 내부에서도 위험한 모험이란 얘기가
있었어요. 영화 속 미스봉이라는 캐릭터를 누가 하면 좋을까 해서

오디션을 많이 봤거든요. 황정민 선배가 직접 들어와서 오디션 볼 때 상대 대사를 쳐주고 그랬어요. 좋은 배우들이 많이 왔었죠. 되게 예쁘고 멋진 배우도 오고 웃긴 배우 연기 잘하는 배우도 오고, 그런데 모두가 저한테는 미스봉처럼 느껴지지 않는 거예요. 그냥 좋은 배우로 느껴지지. 제가 〈신시티〉라는 영화의 미호 캐릭터를 되게 좋아하거든요. 장윤주 배우에게 그런 이미지가 있었어요. 신비한 동양인의 느낌. 서구적인 체형에 시원시원하잖아요. 장윤주라는 배우에 대해 조사해보니까 영화 연출을 전공했더라고요. 그리고 음악 활동도 하고 라디오 디제이도 하고 다재다능하잖아요. 사실 무대가 다를 뿐이지, 수많은 카메라와 사람들의 시선 앞에서 여러 옷을 입고 자신과 다른 모습을 보여준다는 의미에서는 꽤 오랜 기간 연기를 해온 사람이었던 거죠. 만나고 보니 일단 이 사람의 기운이 너무 좋은 거예요. 유쾌하고 건강하고, 오디션을 하는데 대사도 훈련되어 있는 배우들이 하는 패턴에서 벗어나 있는 것이 신선했어요. 저는 데뷔작을 만들 때부터 아마추어 배우들하고 일하는 데 두려움이 없어서 주저 없이 장윤주 씨를 캐스팅했어요. 현장에서도 너무 열심히 하시고 분위기를 계속 띄워줬어요. 굉장히 큰 복덩이가 들어온 셈이죠. 무대 인사 다니면 지치고 그러는데 장윤주 씨는 무슨 수상소감 발표하듯이 열심히 해줬어요. 장윤주 씨는 본인이 영화배우로서 '내가 어떻게 해야겠어' 이런 강박이 없어서 좋았어요.

단점이라면 한 분야의 최고로서 꽤 오랜 시간을 살았던 사람이

영화와 여행의
공통점

잖아요. 연기하는 동안 뭔가를 하면 대충 하면 안 되고 잘해야 되는 거예요. 너무 열심히 해서 좀 지치게 하기도 했어요. 〈베테랑〉 후반부에 중요한 단서를 제공하는 수사를 해서 장윤주 씨가 병원에서 좍 얘기하는 게 있잖아요. 그거 촬영하는 날 꽤 오래전부터 현장에 나오면 자기하고 눈 마주치는 사람에게 "신진물산에서 119센터로 전화 온 시각하고……" 이 대사를 계속 하는 거예요. 얼마 전 홍보 때문에 라디오에 나갔는데, 라디오 작가들도 알고 있더라고요. 자기 라디오 프로 진행하면서도 계속 "신진물산에서 걸려온 119센터……"를 반복해서 사람들이 무서울 정도였대요.

배우들에 대한 뒷담화라……. 황정민 선배 같은 경우에는 나이 들어서 그런지 아침 잠이 없어서 현장에 일찍 나와요. 주인공이 그렇게 일찍 나오면 다른 사람들은 어쩌라는 거예요. 게다가 다른 취미도 없어서 끝나고 안 들어가고 그렇게 간섭을 해요. 저쪽 골목도 막아야 하는 거 아니냐, 이거 치우는 거 내가 치울까. 이러니까 본인이야 좋아서 하지만 스태프들은 얼마나 불편해요. 아 좀 빨리 들어가라고, 보기 싫다고 그러면 나는 괜찮다고 신경 쓰지 말라고 하는데 신경이 안 쓰이나요……. 아침부터 전화해서 네시에 눈 떴는데 할 일 없으니 목욕 가자고 하고 그래요. 힘들어 죽겠어요. (웃음) 또 황선배는 버럭버럭 잘 하거든요. 왜 그러냐면, 영화 촬영을 하면서 시민들한테 불편을 주거나 그런 걸 못 견뎌요. 배우가 자기 연기만 봐야 하는 순간이 있는 법인데, 도로 촬영할 때 주변 상황을 다 신경 쓰는 거예요. 사람들 너무 막고 있는 거 아닌가, 여기 사람들 장사해야 하는데 우리가 너무 펼치고 있는 거 아닌가, 그러면서요. 현장 스틸 보면 차 스턴트 장면이나 스태프들이 차 밀고 그런 장면들이 있거든요. 보면 황정민 선배가 항상 끼어 있어요. 자기는 이 상황이 빨리 끝나야 마음이 편하기 때문에 막 돕는 거죠.

원래 불의를 보면 못 참고, 남한테 피해 주면 안 되고······. 그런 성격이시군요.

불의를 못 참는다기보다 성격이 급한 거예요. (웃음) 자기가 생각할 때 약간 아니다 싶은 걸 잘 못 숨겨요. 혈색이 원래 좀 빨간 데다 더 빨개져요. 그러니까 돌발상황이 너무 많이 발생해요. 몇주 전에 무대인사할 때 극장 안에서 가장 연세가 많으신 분한테 우리가 선물을 드리기로 했는데, 그분이 좀 뒤쪽에 계셨어요. 일어나서 나오셔야 하는데 머니까 황정민 선배가 제가 갈게요, 그러면서 무대에서 내려와서 뛰어가는 거예요. 그러니까 경호팀은 엄청 당황할 수밖에요.

그만큼 자연스러운 사람인 거잖아요.

네, 되게 멋있어요. 현장에서 이 사람한테 감동한 게 많아요. 일이 잘못되었을 때, 제가 조수들이나 팀 사람들한테 막 화내고 그러면 저한테는 "내가 데리고 가서 한소리 해야 될 거 같아." 그러고는 그 친구들을 데리고 꼭 저녁에 밥 사주면서 같이 제 뒷담화도 해주고 그러더라고요. 감독이 다 챙기지 못하는 것까지 챙겨주는 거죠.

영화와 여행의
공통점

얼마나 든든하실까 싶어요. 황정민 씨도 영화 속 캐릭터와 동떨어지지 않나봐요.

이 영화 속 주인공을 만드는 데 황정민이라는 사람이 제게 영향을 준 게 많죠. 보기에는 되게 겸손하고 자긴 아무것도 안 한다고 그러지만 그게 아닌거죠. 미술팀 회의하는 데도 들어오고 의상팀 회의에도 들어오고 그래요. 영화 할 때 주인의식이 굉장히 강한 사람이에요. 이번에 광역수사대 팀원들하고 액션스쿨에서 액션 훈련할 때도 광수대 팀들 훈련이 끝나면 집에 못 가게 하는 거예요. 같이 밥 먹으러 가서 시나리오 펼쳐놓고 리드해주고요. 취재할 때 도움 많이 줬던 형사들하고 만날 때도 꼭 같이 만났어요.

정웅인 선배님 같은 경우도 실제 화물연대 소속 기사분들을 따로 만나서 취재를 많이 하셨어요. 트럭 핸들에 바나나우유 꽂아놓고 통화하면서 마시는 장면 있거든요. 그거는 화물연대 기사분이 간식 드시는 걸 보고 제안하셨고요, 우리가 기름값 없어서 팔십 킬로로 일곱 시간씩 운전한다는 대사도 정웅인 선배님이 화물연대분들하고 만나 취재를 해서 저한테 제안을 하신 거예요. 우리 영화에 나오신 분들이 다 그런 식이었어요.

〈베테랑〉이란 영화를 통해 하신 긴 여행에 대한 소회를 말씀해주신다면요?

사회 시스템을 다루는 것은 이전에 제가 해왔던 방식이기는 하지만 과연 그것이 우리 이후 세대, 그러니까 십대나 이십대에게 명확하게 어필할 수 있을까 하는 의문이 있었어요. 보다 젊은 세대가 영화를

함께 보았으면 하는 바람이 있었거든요. 좋은 선생님은 어려운 문제를 쉽고 재미있게 풀어주는 사람이잖아요. 그래서 사회 시스템이라는, 형태가 안 보이는 거대한 주체보다 눈앞에 현존하는 악당을 설정해서 조금 더 명쾌하게 보여주고 싶었죠. 그렇지만 여전히 조태오라는 악당 개인의 문제는 아니라고 생각해요. 그 사람이 그 어느 것에 대해서도 책임을 지지 않도록 내버려둔 사회의 문제죠. 그런 사회를 만들어온 윗세대들의 문제이고요. 조태오는 단지 상징적인 인물일 뿐입니다.

젊은이들이 현실에 좌절하고 많은 걸 포기하고 있지만 영화를 보고 아직 희망이 있다는 생각을 했으면 좋겠어요. 다음 세대들과도 소통하고 싶었던 제 첫번째 영화에요. 〈베테랑〉을 사랑해주시고 응원해주신 관객 모두에게 진심으로 감사드립니다. 영화를 만드는 동안 제 까탈스런 성격 다 받아주고 원하는 걸 만들어주기 위해서 노력해준 스태프와 배우들께도 진심으로 감사드리고요.

· · · ·

감독으로서 자신을 '베테랑'이라고 생각하느냐는 질문에 그는 고개를 설레설레 흔든다. 아직도 대중 스타들을 보면 설레고 '골든벨 누나'와 마주 앉아 인터뷰를 하는 것도 마냥 신기하다면서. 그러나 자신보다는 배우, 스태프들을 추켜세우고, 완벽하고 화려한 액션보다는 조금 헐렁한 듯 허를 찌르는, 사람 냄새 나는 액션을 만들 줄 아는 감독, 류승완은 그야말로 베테랑이라 할 수 있을 것이다. 시원한 게 생각나는 더위가 찾아오면 맛있는 국숫집이나 같이 가자며 웃던 그의 소탈한 모습이 오래도록 여운으로 남을 것 같다.

영화와 여행의
공통점

가치와
의미를
따라가는
인생 여행

역사 여행가 권기봉이 안내하는
서프라이즈 서울 기행

권
기
봉

●
○

가깝지만 잘 알려져 있지 않은 근현대기의 사건과 사람, 그리고 그 맥락을 짚어내기 위해 애쓰는 작가이자 역사 여행가이다. 2005년부터 2008년까지 SBS 기자로 일했으며, 이후 계간 『보보담(步步譚)』 편집장을 지내기도 했다. 삼성언론상을 비롯하여 SBS 특종상과 올해의 시민 기자상 등을 수상했다. 서울시 미래유산보존위원회 위원, 서울시 명소 스토리텔링 자문위원으로 있다. 쓴 책으로 『서울을 거닐며 사라져가는 역사를 만나다』(2008)와 『다시, 서울을 걷다』(2012), 『권기봉의 도시산책』(2015) 등이 있다.

　지금으로부터 십 년 전 여행작가라는 직업군이 새롭게 부각되었을 때를 기억한다. 아나운서실에 휴직계를 내고 스페인에 가서 공부를 하고 돌아왔더니 책을 쓸 기회가 생겼고 운 좋게 베스트셀러 여행작가라는 타이틀을 거머쥐게 되었다. 사람들은 스페인 이야기에 열광했다기보다 안정적인 직장에 사표를 던지고 여행가라는 다소 불안해 보이는 이름으로 살겠다고 선언한 나에게 주목한 듯했다. 하긴 내가 이분을 처음 봤을 때도, 나 역시 그런 길을 택한 사람임에도 그 배경과 이유가 궁금해 미칠 지경이었으니. 전직 SBS 기자로 특종상까지 받은 바 있고, 또 학창시절엔 서울대에서 지구과학교육을 전공해 교사로 안정적이고 보람차게 살 수도 있었던 권기봉 작가.

그런 그가 그야말로 돌연 사표를 내고 진정한 의미의 프리랜서 작가가 되었다. 그런데 나는 그를 여행작가라고 부르기보다 역사여행가, 혹은 역사탐험가라고 칭해야 하지 않을까 생각한다. 단순히 풍광을 보고 감상을 전하는 여행기가 아니라 근현대사와 관련한 깊이 있는 글로 한국인들이 잘못 알고 있는 지식을 깨주고 있는 분이기 때문이다. 권기봉 작가의 역사 여행 이야기를 한번 듣고 완전히 반한 나는 이분의 이야기를 반드시 여러 분들과 나누어야 한다고 생각해 인터뷰를 청했고, 그는 흔쾌히 나의 초대에 응해주었다.

· · ·

손미나 『서울을 거닐며 사라져가는 역사를 만나다』, 『다시 서울을 걷다』, 『권기봉의 도시산책』 등 이미 묵직한 저서들이 여러 권이시네요. 너무 많이 받으신 질문이겠지만, 어떤 계기로 기자를 하다가 여행작가가 되셨어요?

권기봉 원래 여행을 하고 답사하는 데 관심이 많았는데, 그 중에서도 역사와 문화재에 관심이 많았어요. 삼국시대, 고려, 조선과 관련한 문화재나 현장 공간에 관해서는 그래도 좀 문화재라는 인식이 있다 보니까 보존하려는 마음도 있고 정책도 있는데, 정작 우리의 삶과 더 가까운 근현대사와 관련해서는 철근 콘크리트로 지어진 건물이 많고, 시대적 특성상 교외나 산보다는 시내 안에 있는 게 많다 보니까 개발 압력에 밀려서 하나둘 철거되고, 혹은 자본의 이해나 정치적 입장에 따라 사라져가는 것을 보면서, 더 늦기 전에 기록을 하고, 사람들과 이야기를 나누어야겠다는 생각을 했어요.

기자를 하면서도 할 수 있는 일 아닌가요?

방송사에 계셔서 아시겠지만 바쁘잖아요. 안팎의 스트레스 탓에 정
신적으로도 많이 힘들었고 이런저런 사고도 치고 그랬습니다. (웃
음) 방송기자는 하루하루 내일을 알 수 없을 정도로 바쁘게 사는데,
그보다는 좀 더 긴 시간을 들여 충분히 생각하고 답사하고 인터뷰
하고 그러고 싶었어요.

회사를 그만두고 여행하는 삶을 선택하다

**지금 얼굴이 굉장히 편안하고 행복해 보이세요. 늘 걸어 다니는 삶을 사시고,
그런 자율적인 삶이 조직에 속해 있는 것보다 훨씬 잘 맞다, 잘한 선택이다 생
각하시는 거죠?**

저한테는 좋은 것 같습니다. 회사 다닐 때도 나름대로 재미있었지만
제가 스스로 제 앞길을 열어가는 과정 속에서 배우는 것도 많고, 좀
더 여유롭게 세상을 볼 수 있게 된 것 같아요.

SBS에서 어느 부서에 계셨나요?

사회부에도 있었고 스포츠부에도 있었는데 주로 사회부에 있었죠.

사 년 정도 있었습니다.

많은 사람들이 생각해요. 나도 스스로 생각하면서 여유롭게 살고 싶다고. 하지만 실행에 옮기는 건 또 다른 일이잖아요. 어떤 두려움을 어떻게 극복해야 실행할 수 있는 걸까요?

사실 이런 선택이 얻는 것도 많지만 잃는 것도 많을 수밖에 없거든요. 대학 시절 취직을 하기 전에, 그리고 회사 그만두기 전에 생각을 해봤어요. 살아가는 데 얼마가 필요할까. 여행과 답사를 하기 위해서는 차비도 필요하고 식대도 필요하잖아요. 제가 생각하기에는 한 달에 70~80만 원 정도면 살아갈 수 있을 것 같았어요. 다행스럽게도 당시 집은 전세여서, 월세가 들어가지 않았어요. 식대와 차비, 통신비 정도 생각을 했는데, 그 정도면 가능하겠다 싶더라고요. 주위에서는 너무 적지 않느냐, 힘들지 않겠느냐 하는 의견도 있었지만 기본적으로 좋아하는 일을 하다 보면 경제적인 것이야 두번째 문제라는 생각이 들었어요. 어떻게 보면 너무 한가한 생각이 아닌가 싶지만요. 좀 무모했죠.

그런데 지금 잘하고 계시고, 작년에 결혼도 하셨잖아요. 혹시 부인께서 그런데 불만은 없으신지. 은근히 이제 적당히 하고 어디 취직하면 어때? 그런 압력을 주실 수도 있잖아요.

그렇지는 않아요. 연애할 때도 그랬지만, 그런 부분에 대해서는 불만은커녕 오히려 지지를 해주고, 답사나 여행에 시간 내서 함께 가 주기도 해요. 좋은 동반자라는 생각이 듭니다.

권기봉 작가님과 SNS 친구를 맺어 살짝 엿보았는데, 두 분이 정말 탐험가처럼 여행을 다니시고, 멋있게 사시더라고요.

조금 있으면 둘 다 마흔이 되거든요. 앞으로 여행을 같이 다닐 시간이 얼마나 있을까 따져보면 길어야 삼십 년일 것 같아요. 나이 일흔 정도 되면 사실 몸도 힘들고 지치고 하니까 마음껏 다니지 못하잖아요. 그래서 더 열심히 다니려고 주말마다, 또 주중에도 서울 시내가 되었든 어디든 멀지 않은 곳으로라도 여행을 다니려고 노력합니다. 저희 부부에게는 그렇게 쌓아가는 추억이 더 없이 훌륭한 자산인 것 같습니다.

두 분이 그렇게 잘 맞으니 얼마나 행복한 일이에요. 최근에도 가족 여행을 다녀오셨다면서요.

작년 11월에 일본 후쿠오카와 히라도라는 섬에 갔었어요. 히라도는 후쿠오카 서북쪽에 있는 작은 섬인데요, 네덜란드인들이 나가사키 데지마에 앞서서 상관을 설치하고 교역을 했던 교두보였습니다. 지금은 다리가 놓여 있어 차로도 갈 수 있습니다만, 저희는 배로 갔습니다. 제 아내의 일과 관련이 있는 곳이라 일부러 코스에 넣었어요. 11월이면 추울 것 같았는데 거기는 남서태평양에서 올라오는 쿠루

시오 해류가 지나다 보니 상대적으로 따뜻합니다. 천천히 섬을 걸어 돌아보면서 좋은 경험을 하고 왔습니다.

해류 이름을 이렇게 정확하게 거론하시다니요. 그도 그럴 것이 지구과학교육을 전공하셨죠? 저는 지리를 잘 모를 뿐만 아니라 길치여서 여행을 다니면서 문학적인 관점에서 보는데, 백그라운드가 다르다보니까 다르게 설명하시는 게 참 재미있습니다. 오늘 소개해주실 곳은 또 어떤 다른 관점으로 새롭게 보여주실지 기대가 됩니다.

우리가 몰랐던 서울 이야기

비행기 표를 끊을 필요도 없이 아주 저렴하게 갈 수 있는 곳입니다. 여행을 굳이 왜 그곳으로 가냐고 의문을 가질 수도 있지만, 그래도 속살을 들여다보면 또 다른 면을 발견할 수 있는 곳, 서울로 떠나볼까 합니다.

숨 쉴 때 산소 생각을 하지 않듯이, 늘 접하는 서울에 대해 생각해보지 않는 것 같아요. 가족만큼 잘 모르는 사람이 없는 것처럼요. 서울도 실은 잘 모른 채 살아가고 있는지 모릅니다. 권 선생님과 함께 서울 이야기를 하다 보면 겉모습은 알고 있는데 속을 몰랐던 친구를 정말로 사귀게 되는 느낌일 것 같습니다.

가치와 의미를 따라가는
인생 여행

서울. 무슨 뜻일까요? 우리나라 도시 이름 대부분은 지금은 한글로 표기하지만 기본적으로 한자 지명이거든요. 서울 같은 경우는 최근에는 한자로 표기는 해뒀어요. 오세훈 전 시장 이전 시절까지만 해도 한성이라고 한자 표기를 했었는데, 오시장 재임 이후 '수이首尔'라고 써요. 서울이란 이름을 중국식으로 발음하면 '셔우얼'이라고 하는데 최대한 비슷한 발음으로 하자고 바꾼 거예요. 억지춘향 식인 거죠. 서울이 한글 이름이다보니까.

그렇다면 뜻은 뭘까요? 1977년에 돌아가신 양주동 박사라는 분이 계십니다. 국문학자시죠. 이분이 신라 향가 연구의 권위자인데요, 그분이 〈처용가〉를 연구하면서 제일 앞머리에 나오는 "東京(동경)"이란 지명을 '새벌'이라고 풀어내요. 바로 지금의 경주를 가리키는 신라어인데, 바로 그 '입말' 새벌의 음운이 변해서 서라벌이 되고 셔불을 거쳐 나중에 서울까지 된 것이 아닌가 추정한 겁니다. 가장 처음의 이름이었던 새벌은 솟아 있는 울타리를 의미한다고 합니다. 울타리는 성이라는 의미로 해석할 수 있겠는데요, 높은 성, 혹은 성곽에 의해 둘러싸인, 다른 곳보다 신성하고 권위 있는 도시를 의미하는 것으로 본 거예요. 그리스 아테네의 아크로폴리스도 아크로스와 폴리스의 합성어인데 그것도 다른 지역, 다른 마을보다 높은 도시 혹은 고귀한 도시라는 뜻입니다.

그런데 하마터면 이 도시의 이름이 서울이 아니라 우남시가 될 뻔한 적이 있었어요. 우남은 이승만 대통령의 호거든요. 1945년 8월

15일 전까지는 대일본제국에 속해 있다가 해방이 되면서 다시 조선으로 가기에는 그렇고, 이미 임시정부도 있었기 때문에 대한민국, 즉 민民의 나라로 가자고 정한 판국에 도시 이름을 과거지향적으로 한양이나 한성부라고 하기도 그렇고, 그렇다고 일제 때 쓰던 케이조, 경성京城을 그대로 쓰기도 뭣해서 당시, 그러니까 1956년에 열린 지명 지정위원회에서 정한 이름이 우남시였습니다. 당시 대통령의 호를 따서. 그렇지만 너무하다고 생각했던지, 다시 논의해서 정한 게 서울특별시였습니다.

〈독립신문〉이 일제 강점 이전, 이미 구한말에 나오기 시작했는데, 그때 영문판도 함께 발행했었거든요. 그때 이 도시를 가리키는 말로 쓴 것이 SEOUL, 즉 서울이었습니다. 이제 막 해방돼서 자원이 있어도 개발할 기술과 자본이 없고 교육 수준도 아직은 낮은 나라에서 먹고 살 길이라고는 해외로 나아가야 한다는 생각에, 이왕이면 외국에서 많이 알고 있는 이름을 쓰자고 해서 서울을 택한 것입니다. 미국인을 비롯한 외국인들이 익히 알고 있던 이름이었기 때문에, 어찌 보면 한국인의 주체적인 판단보다는 해외의 인식을 먼저 생각했던 이름이었던 겁니다. 이렇게 도시의 이름 하나에서도 절박했던 당시 상황과 권력 지형을 읽어낼 수 있는 거죠.

조금 아쉽기도 하네요. 원래 갖고 있는 뜻을 살려서 한자도 짓고 영어로도 알려졌으면 좋았을 텐데요. 갑자기 반성이 되는 게, 해외여행을 하게 되면 그 도

가치와 의미를 따라가는
인생 여행

시 이름이 무슨 뜻일까, 그런 걸 찾아보거든요. 부에노스아이레스는 '맑은 공기'란 뜻이란 걸 모르면 마치 상식이 없는 사람인 것처럼 생각하면서, 막상 우리가 살고 있는 서울에 대해서는 궁금해하지 않았네요. 자, 이제 서울의 어디로 먼저 가볼까요?

외국의 여행자들이 꼭 들르는 장소이기도 하고요, 한국에서도 수학여행이나 소풍으로 많이 가는 곳인데 서울 한복판에 있는 경복궁으로 가볼까요?

경복궁은 조선시대의 공간이라기보다는 근현대의 공간이 아닌가 싶을 정도로 많은 것들이 근현대사와 깊은 관련이 있습니다. 지금 경복궁에 가보시면 여러 건물들이 있는데, 그 중에 조선시대 건물은 몇 안 되거든요. 당장 광화문만 해도 지난 이명박 대통령 시절에 지은 것이고, 그 안쪽에 있는 홍례문도 마찬가지고요, 그 안에 있는 근정전이나 경회루 등 극소수의 건물만이 조선 후기 건물이지 대부분은 많이 파괴되었기 때문에 해방 이후에 새로 지었어요. 경복궁의 건립부터 성장, 쇠퇴, 재건축의 모습을 보면 한국의 역사를 죽 볼 수 있습니다.

경복궁은 조선 초기 정도전의 구상 하에 지어지게 되는데요, 정도전이 꿈꾼 조선 사회의 모습이란 왕과 신하가 적절히 대화와 토론을 해가면서 운영해가는 나라였던 것 같습니다. 그러다 보니까 공간적으로도 그렇게 구현되었어요. 경회루는 왕과 신하가 만나는 교류의 공간이에요. 그걸 기준으로 해서 동쪽은 왕을 비롯한 왕실의 영역이고요, 서쪽은 신하들의 공간입니다. 궐내각사闕內各司라고 해서 다양한 행정 관청들이 있던 곳입니다. 지금 가보시면 궐내각사, 즉 경회루 서쪽 지역은 거의 남아 있는 것이 없거든요. 수정전이라고 하는 집현전 학자들이 썼던 건물 외에는 남아 있지 않은데요, 여튼 조선 초부터 여러 전각들이 있었지만 임진왜란 때 경복궁이 불에 타면서 파괴되었습니다. 다른 설도 있기는 하나 일단은 KBS 드라마로도 만들어졌던 서애 유성룡 선생의 〈징비록〉에 따르면 성난 백성들이 불을 질렀다고 기록해두고 있어요. 왕이 백성을 버리고 몽진을 떠나니까.

불에 탄 이후에 이백칠십여 년 동안은 폐허로 남아 있었어요. 왕이 돌아왔지만 경복궁을 다시 지을 만한 예산도 없고 그럴 처지도 아니었어요. 구한말 고종이 즉위할 때까지 폐허로 남아 있었어요. 오랫동안 버려진 궁이었죠. 왕은 창덕궁이나 창경궁에 거주했고요. 이제 나라가 안팎으로 힘들고 왕권이 하도 낮아지니까 흥선대원군이 경복궁을 다시 짓는데, 국가 재정이 여의치 않아 당백전이라는 별도의 화폐를 발행해서 예산을 마련했습니다. 우리는 경복궁 재건을 왕권의 확립, 역사의 복원이라고 좋게 배우지만, 그 당시를 살았던 한양 주민이나 조선 백성들 입장에서는 인플레이션이 발생하니 어떤 면에서는 득보다 실이 많았거든요. 실물경제가 받쳐주지 않는 상황에서 인위적으로 화폐를 발행해서 대형 토목 공사를 하니까 고생이 많았어요. 인플레이션 때문에 당시 경제의 중추였던 쌀값이 여

가치와 의미를 따라가는
인생 여행

섯 배나 폭등했다는 이야기도 있습니다.

　그렇게 재건한 경복궁의 전각들이 일제 때 들어 하나둘 다시 철거되기 시작합니다. 일본은 조선에 대해서만 그렇게 했던 건 아니고 일본 내에서도 권력 지형이 변함에 따라 봉건 영주의 공간들을 폐허로 만들거나 공원화했어요. 한반도에서도 왕의 권위가 남아 있는 곳들을 헐어버리거나 공원으로 만들어서 유희의 공간으로 바꿔버렸습니다. 대표적인 공간이 창경궁이죠. 창경원이란 이름의 동물원으로 바꿨습니다. 벚꽃놀이도 하고 하마도 보고, 케이블카 같은 게 있어서 데이트나 소풍 공간으로 이용하게끔 했죠.

곳곳에 스민 아픈 역사를 마주하다

일본에 의해 변형되고 훼손된 공간은 또 어디가 있을까요?
서울광장 동남쪽 끝 웨스틴조선호텔과 롯데호텔, 프레지던트호텔 사이에 환구단이 있습니다. 고종이 황제가 되었음을 선포한—중국 여행하시면 천단이라고 있거든요. 그와 비슷한 성격의 건물입니다.—그 공간도 황궁우라고 하는 건물 하나만 남겨두고 다 철거해버렸어요. 황제의 상징 공간이었기 때문이었죠. 목조 건축물은 해체, 이전, 재조립이 가능하니까 헐어낸 건물로 뭘 했냐면, 정 반대의 성격으로 활용했습니다. 황제의 상징을 헐고 그 건물들을 가져다가 일본을 돋보이게 하는 시설, 박문사라고 하는 사찰의 건물로 썼는데요. 박문사는 유추하실 수 있겠지만 이등박문을 기리는 절이었습니다. 이토 히로부미, 일본이 조선을 강점하는 데 일본 입장에서는 큰 공을 세운 사람이죠. 일본은 이토가 안중근 의사에 의해 처단된 다음에, 23주기를 맞아 그를 기리는 사찰을 서울에 세웠습니다. 지금의 신라호텔 자리예요. 그 건물을 그냥 지은 게 아니라 환구단의 석고각을 헐어다가 지금의 종을 걸어놓는 건물로 쓰기도 하고, 또 조선의 5대 궁 가운데 하나인 경희궁의 정문인 흥화문을 헐어다가 박문사 정문으로 쓰기도 했고요.

갑자기 화가 나려고 하는데요.

화를 내실 필요는 없고, 그것이 권력의 모습입니다. 의도가 있었던 겁니다. 조선인들로 하여금 너희 원래 나라는 이제 망했어. 발전한 나라 일본을 봐. 이런 메시지를 보내는 거죠. 망한 나라의 옛 건물들이 새로 떠오르는 나라의 상징물을 지탱하고 있는 지극히 대비적인 모습을 통해 조선인들이 자괴감이나 패배주의에 빠지게 하고, 나아가 일본에 대한 동경심을 이끌어내려 했던 거죠. 박문사의 위치마저도 조선의 입장에서는 중요한 곳이었어요. 장충단을 밀어버리고 세운 거였습니다. 지금은 장충단 하면 3호선 동대입구역 내려서 남산 쪽으로 올라갈 때 그 작은 공원, 어르신들 쉬고 젊은이들 산책하는 공간으로 알고 있는데, 원래의 장충단은 지금의 신라호텔뿐만 아니라 국립극장이 있는 곳까지를 아우르는 면적을 자랑했었어요. 그럼 왜 장충단이냐. 장충단은 을미사변과 관련이 있거든요. 을미사변 하면 명성황후가 일본인들에 의해 죽임을 당할 때, 혼자 죽은 게 아니라 홍계훈을 비롯한 조선군인과 관원들이 일본인들과 대적을 하다 함께 죽었거든요. 을미사변 오 년 뒤인 1900년에 고종이 그들의 명복을 빌기 위해 만든 제단이 장충단이었어요. 일본에 대한 저항 의지를 북돋기 위해 만든 제단인 거죠. 그와 같은 장충단의 대부분을 밀어버리고, 설치한 것이 박문사였습니다.

무시무시한 이야기군요. 서울시 중심에 있는 호텔들은 어찌 보면 꼭 즐겁지만은 않은 역사들이 숨겨져 있는 터군요.

웨스틴조선호텔 식당에서 보면, 환구단에 조명을 켜놓으면 멋들어진 공원처럼 보이거든요. 그런데 그 호텔 자리에도 그 이전에 다른 호텔이 있었어요. 이름하여 조선철도호텔. 환구단을 밀어버리고 지은 근대적인 호텔이었어요. 철도와 호텔이란 것은 근대의 상징물과도 같은 것이죠. 구체제, 즉 옛 봉건왕조시대는 저물고 새로운 시대가 열렸다는 것을 환구단과 조선철도호텔의 대비를 통해서 보여주기 위해서였습니다. 이런 다양한 장치들이 곳곳에 놓여 있습니다.

경복궁에서는 어떤 건물들이 철거가 되었나요?

1915년을 전후해 철거가 시작됐어요. 강제병합된 것이 1910년인데

약 오 년쯤 지나서 대형 행사가 경복궁에서 열렸기 때문이에요.

그게 어떤 행사였나요?

일종의 엑스포인데요. 그 당시에는 공진회라고 이름 붙이긴 했습니다만, 정식 명칭은 '시정 5년 기념 조선물산공진회'. 조선을 지배하기 시작한 지 오 년이 된 것을 기념해, 그동안 일본의 기술에 의해 조선의 물산, 즉 생산품이 얼마나 발전했는지를 보여주는 박람회를 연 거였습니다. 그러면서 행사장을 마련한다는 구실로 전각들을 헐어서 팔아버렸거든요. 그렇게 건물들이 하나둘 사라져갔습니다. 이 공진회가 끝이 아니라 이후 해방될 때까지 대여섯 차례에 걸쳐서 박람회가 열렸습니다. 경복궁의 원래 모습이 점점 사라져간 거죠. 일부 건물은 요정으로 팔려 가고요, 또 일부 건물은 일본인 유지들에게 팔려 나가고, 일부 건물은 심지어 일본으로까지 팔려 갔습니다. 해체해서 배에 실어 일본으로 가서 재조립해서 썼던 거죠. 일부는 한국에 돌아왔습니다.

돌아온 것은 자선당이라는 건물인데요, 자선당은 세자와 세자비가 거처했던 건물인데 왕의 처소 동쪽에 거처를 마련했기 때문에 '동궁'이라고도 부르죠. 세자를 '동궁마마'라 부르는 까닭도 거기 있습니다. 아무튼 그 건물을 헐어서 일본 도쿄로 가지고 갑니다. 오쿠라 기하치로라는 사람인데, 이 사람은 조선총독부 청사를 건축했던 건설사 중 하나인 오쿠라구미(현 다이세이 건설)의 대표예요. 이 사

● 일본으로 팔려갔다 화재로 소실되어
석축만 남은 경복궁 자선당

람이 자선당을 가지고 가서 재조립해서 1920년대 초까지 조선관이란 이름의 사설 박물관으로 썼습니다. 다만 지금은 그곳에 건물이 남아 있지 않은데요, 1923년 관동대지진 때 불에 타버렸거든요. 이후 석축만 남아 오래 방치되어 있던 것을 해방 한참 이후에, 그러니까 1993년에 대전 목원대의 김정동 교수가 발견해서 한국 사회에 알리게 되고, 이 년 뒤인 1995년 12월 말에 오쿠라 측이 삼성문화재단에 기증하는 형식으로 환수해오게 됩니다. 지금은 경복궁 가장 안쪽에 놓아둔 상태인데요, 말 없는 돌무더기의 운명이 참으로 처연하게 다가옵니다.

갑자기 마음이 찡하네요.
원래는 그걸 가지고 복원하려고 했던 움직임도 있었는데, 한번 불을 먹으면 화강석은 석질이 푸석푸석해지거든요. 그래서 그 위에 건물을 지을 수 없었습니다. 그런데 일본만 탓할 수는 없는 게, 해방 이후에도 경복궁의 처량한 신세는 계속 되었거든요. 일제 때 경복궁의 일부 건물이 팔려 나가서 용산에서 일본 사찰로 쓰였는데 해방 이후에는 한국의 원불교 교단의 사유물이 됐습니다. 그런데 이걸 다시 해체해서 전남 영광으로 옮겨서 역시나 원불교 건물로 쓰고 있습니다. 뿐만 아니라 동국대에 가시면 정각원이란 건물이 있어요. 그 역시도 숭정전이라고 하는 경희궁의 정전이에요. 그게 일제 때 일본 사찰의 법당을 거쳐 지금은 학생들에게 다도나 예절을 가르치는 건물로 쓰이고 있습니다.

참 이건 말하기 조심스럽고 여러 논란이 있을 수 있지만, 문화재가 많지 않은 나라에서 갈기갈기 찢겨 있다는 건 너무 안타깝습니다. 다 모아도 부족한데.

사실 문화재라는 인식이 지금처럼 발달한 것이 그다지 오래된 건 아닌 것 같아요. 해방 이후에도 경복궁은 수난을 당했거든요. 5·16 군사쿠데타 이듬해인 1962년, 경복궁 정전인 근정전 마당에서 행사가 열렸어요. 당시의 이름은 5·16 군사혁명 참여군인 위문공연. 쿠데타에 참여한 군인들을 위로하는 행사 장소가 경복궁이었습니다. 당시 사진도 남아 있는데 군인들이 근정전 앞마당에 앉아 있고, 거기에 무대를 설치해서 반라의 여성들이 춤추고 노래하고 있는 걸 볼 수 있습니다. 같은 해 7월에 열린 '한미 친선의 밤' 행사 장소도 바로 경복궁 뜰이었어요. 창경궁에서도 해방 이후에 산업박람회가 몇 차례 열렸습니다. 일제 때 궁궐이 능멸당했다며 안타까워 하는 한국인들이 적지 않은데, 사실 그런 모습들은 해방 이후에도 오랜 기간 지속되었다는 점에서, 지배자가 누구냐를 떠나서 우리가 역사적인 공간들을 어떻게 봐왔는지를 고민해보는 계기가 될 수 있지 않나 싶습니다.

지금 우리가 경복궁에 가서 산책을 하고 건축물들을 살펴볼 때, 어떤 마음을 가지고 무엇을 느끼면 좋을까요?

우리가 보통 문화재를 향유의 대상이나 보존의 대상으로 인식하곤 해요. 또 우리가 이렇게 예술적으로 건축적으로 훌륭한 유산을 남긴 위대한 조상들의 후손들이야, 라고 자족하기도 해요. 그런데 사실 문화재란 것은 상당히 정치적이거든요. 우리 할머니 할아버지가 살았던 초가는 문화재가 아니지만 왕의 공간은 문화재로 보잖아요. 과연 어떤 시각과 태도가 그런 것들을 결정했는가. 그런 고민도 사실은 필요한 거죠.

이런 공간이 왜 지금까지 남아 있을까. 일제 때 파괴되었음에도 왜 다시 복원을 할까, 하는 고민도 필요하고요. 흥선대원군 때는 경복궁 중건 사업 때문에 많은 백성들이 힘들었거든요. 그러나 지금은 문화재 복원이란 이름으로 다시 짓고 있어요. 사실 말이 좋아 복원이지, 복원이란 말 자체가 어폐거든요. 그때와는 사람도 다르고 기술도 다르고, 재료도 달라요. 근본적으로는 짓는 '목적' 자체가 다릅니다. 그런 면에서 복원은 역사를 빙자한 또 다른 토목사업이기도 한데, 여하튼 일제가 훼손한 문화재를 다시 지음으로써 당시의 아픔을 극복한다는 의미도 부여할 수 있겠지만 그 속에 녹아 있는 국가주의적인 모습들도 때로는 생각해보셨으면 좋겠습니다.

과거를 잘 알지 못하면 미래를 알 수가 없잖아요. 문화재에 숨겨진 역사를 알고 새롭게 보는 과정은 중요하다는 생각이 듭니다.

우리나라 역사 공간들, 나아가 중국이나 일본 유럽에 가서 만나는

가치와 의미를 따라가는
인생 여행

문화유산들도 보기에는 멋들어지고 낭만적이고 운치 있어 보이지만, 거기에는 우리가 잘 알지 못하는 수많은 다사다난한 역사의 숨결들이 녹아 있는 것이거든요. 그런 것들을 조금 더 깊이 들여다볼 때 그 사회, 역사를 좀 더 올곧게 바라볼 수 있지 않을까 생각합니다.

경복궁 이야기만으로 3박4일은 할 이야기가 있겠지만, 서울의 다른 곳도 둘러볼까요.

일상의 공간에 있기 때문에 쉽게 볼 수 있는 곳인데요. 독립문으로 떠나볼까요. 독립문 사거리 한 귀퉁이에 있죠. 원래는 사거리 한복판에 있었는데, 고가도로를 만들면서 교통 소통에 방해가 된다고 해서 옮긴 것입니다. 당시에는 가능했죠. 사람보다는 차가 먼저였고, 가치보다는 속도가 먼저였으니까요. (웃음)

그렇다고 그걸 옮긴다는 게…….

그뿐인가요. 서울 광장의 대한문―덕수궁의 정문이죠―역시도 원래 자리가 아니거든요. 원래 서울광장 쪽으로 좀 더 나와 있었는데 이게 몇 차례에 걸쳐서 후퇴하면서 지금 자리에 나앉게 된 것이에요. 지금은 문화재라고 하면 최대한 손대지 말자. 복원하자 보존하자라는 인식이 있지만, 서울올림픽 전까지만 해도 효율과 속도의 희생양이 되었습니다.

독립문은 어떤 독립의 상징일까?

독립문이 있는 도로의 이름이 의주로, 혹은 의주대로라고 불렸어요. 의주는 북한에 있는 지역입니다. 압록강을 사이에 두고 중국을 마주 보고 있는 신의주를 둘러싼 곳인데요. 왜 서울 한복판에 있는 도로 이름이 의주로일까. 그 길을 통해 구파발을 지나 파주를 지나 개성 평양에 이어 의주까지 갈 수 있기 때문인데요, 한마디로 중국으로 통해 있는 길이라는 의미예요. 그래서 조선 말기까지만 해도 독립문이 있던 자리에는 원래 다른 이름의 문이 하나 놓여 있었어요. 영은문迎恩門인데요. 환영할 영자에 은혜로울 은자. 은혜로운 나라의 사람을 환영하는 문. 사대주의의 상징과도 같은 시설물이죠. 그도 그럴 것이 조선 사신들이 중국에 갈 때 그 길을 통해 갔었고, 반대로 중국 사신이 올 때도 바닷길보다는 육로로 왔었거든요. 지금 인천공항에 도착하면 웰컴 투 코리아라고 붙어 있듯이, 그런 의미로 이해하시면 됩니다. 영은문을 지나면 그 앞에 모화관이라는 건물이 있었는데, 그곳에서 환영 연회를 베풀었습니다.

그랬던 영은문이 사라지고 바로 그 자리에 독립문이 들어선 것이거든요. 영은문은 완전히 없앤 것은 아니고 지금은 독립문 앞에 가면 돌기둥 두 개가 서 있습니다. 이것을 깃발 세워두는 깃대라고 생각하시는 분도 있는데, 영은문의 주초석, 즉 기둥입니다. 돌기둥 두 개가 있고, 그 위에 목조 문루가 있던 것인데, 그걸 헐어버리고 돌기둥만 남겨둔 거죠.

독립문은 우리가 알고 있는 이미지와는 실제적으로 거리가 먼 건축물입니다. 몇 년 전에 제가 신촌에 살았는데, 선거 직전만 되면 지역구 의원들이 의정 보고서를 보내오잖습니까. 그 내용 중 눈에 딱 띄었던 게 뭐냐면 서대문 독립공원 성역화 사업 예산을 따냈다는 거였는데, 서대문 독립공원이라고 하면 독립문과 서대문형무소를 아울러 부르는 건데요, 독립의 상징인 독립문과 항일의 상징인 서대문형무소를 아울러서 전체를 재정비하고 나아가 성역화한다는 내용이었어요. 그런데 독립문은 그런 의미가 아닌데, 지금은 독립의 상징으로 알려져 있단 말이죠.

사실 독립문이 세워진 시점은 역사 시간에 배웠던 시모노세키조약과 관련이 있습니다. 청일전쟁의 결과로 맺어진 것이 시모노세키조약인데, 부산에 가시면 부관페리라는 것이 있어요. 부산과 하관이라고 하는 일본 시모노세키를 잇는 페리인데, 시모노세키 여행을 가시면, 여러 여행지가 있지만, 순판로春帆樓라는 복어요릿집이 있습니다. 아주 오래된 복어집인데, 그 앞 도로 이름이 리훙장로이거든요. 리훙장이 누구냐, 시모노세키조약을 맺을 때 청나라의 전권 대사로 왔던 사람이에요. 전쟁을 멈추는 강화조약이었지만 실질적으로는 그때 청나라가 졌잖아요. 즉 패전국의 대표 이름을 도로 이름에 붙인 거죠. 승리자의 여유랄까. 복어요릿집에서 조약이 열렸는데, 제1조1항에 이런 내용이 있어요. 청국은 조선이 완전한 자주독립국임을 인정한다. 청나라와 일본이 조약을 맺는데, 난데없이 조선이 맨 앞에 나와요. 그것도 자주독립국이란 말이 나오는 거죠. 청나라와 일본이 전쟁을 한 이유는 조선, 한반도에 대한 패권을 다투기 위한 거였잖아요. 이전까지는 조선이 외교 문제나 여러 가지를 결정할 때 중국과 상의를 했었거든요. 사대교린 관계에 있었기 때문에. 그러니 청일전쟁 이후에는 이제 중국 너희는 조선과 관련한 문제에서 빠져라, 자주국이니까 일본과 조선이 이야기를 할 때는 둘이 하겠다. 사실은 이게 그 내용입니다.

바로 그 이듬해에 세워진 건축물이 독립문이었습니다. 그 자리는 영은문이 있던 곳이었고요. 즉 중국에 대한 사대교린의 상징인 영은문이 독립문으로 대체된 겁니다. 또 하나 재밌는 것은 이 독립문이 프랑스 파리 개선문을 모델로 한 건데요, 독립을 이야기하지만 결국은 근대화된 서구 사회에 대한 어떤 동경이 있었던 것이죠. 그런 모습을 띤 것도 독특하고, 독립문 건설의 주체였던 독립협회에 가장 많은 보조금을 냈고 또 위원장을 맡았던 사람이 이완용이었던 것도 독립문의 성격을 말해주죠. 경복궁 환구단 장충단 같은 것들은 상당 부분 훼손되거나 철거됐지만, 정반대로 독립문은 일제강점기 때 문화재로 지정되어 보호됩니다. 의미를 아시겠지요?

일본이 정한 거죠?
독립문을 함부로 손대지 못하게 고적 32호로 지정해서 보호합니다.

가치와 의미를 따라가는
인생 여행

• 중국에 대한 사대교린의 상징이었던 영은문.
•• 시모노세키조약 다음해 영은문이 있던 자리에 세워진 독립문.
앞쪽으로 영은문의 주초석이 남아 있다.

독립문이 조선의 일본으로의 접근, 친선을 의미한다고 봤기 때문이죠. 독립문이라고 하면 흔히들 완전무결한 독립의 상징이라고들 생각하지만 저와 같은 속뜻이 있었던 것입니다. 씁쓸한 풍경이지요.

아마 깜짝 놀라실 분도 계실 것 같아요. 독립문은 이름부터가 독립문이니까요. 왜 이런 사실이 별로 알려지지 않았을까요?

그런 내용들을 다루기에는 아직 껄끄러워들 하는 것 같아요. 식민지와 관련한 아픈 역사를 가리키는 것들을 보통 부정적인 유산 혹은 네거티브 헤리티지라고 해요. 한국 사회를 돌아보면, 그런 것들은 대부분 방치되어 있는 경우가 많습니다. 일제 때의 신사 같은 경우 유구, 즉 남아 있는 구조물들이 좀 있는데, 그냥 방치되어 있어요. 노기신사 등 서울 남산에도 좀 있고요. 눈 내리고 얼고 녹고 하다 보면 균열이 가서 깨지고 그럴 수밖에 없거든요. 저는 이런 것들을 우리가 함께 바라볼 때 교훈도 얻을 수 있지 않나 싶어요. 아이가 잘못하면 뭘 잘못했는지 알려줘야 하잖아요. 그래야 반복하지 않으니까요. 사회도 국가도 마찬가지입니다. 역사도 아픔의 역사를 볼 때 비로소 자성할 수 있고, 그러한 자성을 통해 그 사회도 진보할 수 있다고 생각해요.

　권기봉 작가의 이야기를 들으며 강하게 든 생각은, 자신이 원하는 삶을 살면서도 이토록 이 사회를 위해 누군가 꼭 해야만 하는 일

가치와 의미를 따라가는
인생 여행

을 할 수 있다니 얼마나 근사한가 하는 것이었다. 역사를 바로 안다는 것, 혹은 잘 이해한다는 것은 곧 미래를 보는 눈과 지혜를 갖는 것 아닌가. 안정된 생활을 위해 현실과 타협하기보단 스스로를 탄력적인 인간으로 무장해서 슬기롭게 현실을 헤쳐 나가는 '행동하는 역사가'의 모습을 권기봉 작가는 보여주고 있다. 저널리스트다운 예리한 통찰과 타고난 호기심, 해박한 역사적 지식, 세상을 향한 따스한 시선까지 갖춘 그이기에 이러한 결과물과 스토리들이 나올 수 있지 않을까.

서울을 다시 한번 느낀 다는 게, 이렇게 가슴에 큰 울림을 줄 줄 몰랐어요. 서울을 답사하시다 보면, 맛집도 많이 발견하셨을 것 같아요.

역사와도 관련이 있고, 맛있는 집이 여러 곳 있는데요, 그 중에 장충동 족발집 많이들 아실 겁니다. 보통 원조집이라고 하면 평안도할머니집이나 뚱뚱이할머니집 두 군데를 이야기하는데요, 사실은 같은 집에서 시작되었습니다. 여성 세 분이 하다가 갈라져서 두 집이 되었는데요. 맛도 있지만 역사도 무척 재미있어요.

왜 장충동일까. 일제 땐 일본군 장교 관사가 여럿 있던 곳이에요. 해방 이후에 적산불하가 되면서 큰 필지의 건물들이 들어섰는데, 부잣집이 많다 보니까 한국전쟁 와중에 피난민으로 내려온 이북 사람들이 이왕이면 부잣집 근처에 터를 잡았다고 합니다. 그 당시는 잘사는 사람 못사는 사람 섞여 살던 때이기 때문에 이왕이면 좀 잘사는 동네에 가서 장사도 하고 주거지도 마련했다고 하는데, 그래서 장충동이나 주변 남산 일대에 이북 사람들이 많이 살았습니다. 이분들이 밑천이 부족하다 보니까 작은 음식점을 많이 했는데, 서비스 안주로 만들었던 족발이 인기를 얻어 결국 메인 음식까지 된 거예요. 이 족발집 중 일부에는 일제 때 모습이 많이 남아 있어요. 보통 족발을 뭐에 찍어 드세요?

새우젓이죠.
그 새우젓 저장고로 일제 때 판 방공호를 이용하는 집들이 있어요. 쉽게 이야기해서 땅굴이죠. 일본군 장교 관사가 있다 보니까, 태평양 전쟁 때 미군 폭격에 대비해서 방공호를 판 곳이 서울시에 몇 군데 있는데, 장충동에도 있거든요. 그곳을 아예 사가지고 족발집을 만든 겁니다. 거기에 새우젓을 보관하고 그걸로 이북음식인 족발을 팔고. 음식 맛도 맛이지만, 그곳에 서려 있는 이야기들이 우리의 근현대사를 그대로 보여주는 거죠.

족발집에도 그런 역사가 서려 있군요. 제일 맛있는 집이 어딘가요?
두 집의 특징을 말씀드리면, 제가 주방까지 다 취재를 해봤는데요. 평안도할머니집은 그때그때 삶아서 내옵니다. 그래서 말랑말랑하고 부드러운 게 특징이라면, 뚱땡이할머니집은 보통 아침에 한번에 다 삶아서 식혀서 내는데, 보기에 감칠맛이 더 강한 것 같아요. 젤라틴

가치와 의미를 따라가는
인생 여행

이 더 굳다 보니까 식감이 찰집니다. 간장뿐 아니라 된장으로도 삶아낸다는 특징이 있습니다. 두 군데 다 드셔보는 것도 좋을 것 같습니다. 두 분 다 가끔 카운터에 나와 계시는데요, 손님이 적은 시간에는 예전 이야기들 물어보시면 들려주실 겁니다.

역사란 고정불변이 아니다
: 서대문형무소가 품어야 할 또 다른 반쪽의 역사

서울 투어의 마무리는 어디예요?

서대문형무소 이야기로 마무리해볼까요? 독립문 바로 옆에 있지요. 역사 답사를 위해 학생들이 많이 방문하는 곳이에요. 그런데 이곳에서는 절반의 역사만을 뚝 떼어 알려주고 있다는 생각이 듭니다. 서대문형무소는 일본이 조선의 외교권을 박탈하고 이 년이 지난 1907년에 지어지기 시작했고, 해방 이후 1987년에 들어서야 문을 닫게 됩니다. 전체 역사가 팔십 년 정도 되는 셈이죠. 그런데 그 역사를 다 보여주는 게 아니라, 지금 역사박물관으로 바뀐 서대문형무소에 가보시면 딱 전반기 사십 년만 이야기하고 있어요. 정확히 1945년 8월 15일까지만, 항일투사들이 투옥되었던 항일의 공간으로서만 보여줍니다. 절반의 역사만을요.

　그것은 서대문형무소를 올곧게 기념하는 게 아니라고 생각합니다. 그냥 거칠게 생각해서, 1945년 8월 15일을 기준으로 가둔 자와 갇힌 자가 바뀌는 게 상식적으로 맞을 것 같지 않으세요? 그런데 서대문형무소의 역사를 들여다보면 가둔 자는 계속 가두기만 했고, 갇힌 자는 계속 갇히기만 했어요. 일제 때는 독립운동해서 갇혔고, 해방 이후에는 이른바 빨갱이라는 이름으로 다시 갇히는 겁니다. 거의 비슷한 사람들이. 해방 이후 독재가 오래 지속되어왔고 지금에 이르렀는데, 1945년 8월 15일부터 1987년 경기도 의왕으로 이전해갈 때까지 서대문형무소는 일반 잡범도 투옥되었겠지만, 기본적으로 민주화운동이나 남북 통일운동을 했던 사람들이 거쳐 가는 그런 곳이었어요. 그런데 그 부분은 싹 지워버린 거죠.

어떻게 그럴 수가 있죠? 역사적인 관점으로 볼 때 너무 이르다거나 그런 건가요?
기본적으로 정리는 끝났어요. 군사정권은 말 그대로 독재정권이었고, 이승만 정권도 장기 독재를 꿈꾸다가 시민혁명을 촉발해 결국 대통령이 해외 망명을 해야 하는 상황이었다고 정리가 끝났습니다. 하지만 친일에서 반공, 독재로 이어지는 한국 근현대사의 모순들이 명확히 청산되지 않은 상황에서 역사에 대한 평가들이 아직도 충돌하는 지점이 많이 있기 때문에 논란의 여지가 있는 것들을 애써 피하고 싶어하는 게 아닌가 싶습니다. 그나마 최근 들어 이런 지적들 때문에 사진 패널을 하나 정도는 만들었어요. 전체 전시물 중 딱 하나, 박정희 정권 시절 벌어진, '사법 살인'이라 일컫는 제2차 인혁당 사건을 다룬 사진 패널이 한 장 있습니다.

일제 때는 항일운동의 공간이었고, 해방 이후에는 민주화 운동의 공간이었는데, 그러한 서대문형무소 팔십 년의 역사 전체를 아우르는 것은 '인권'이란 생각이 들어요. 항일운동이란 조선인들이 우리도 인간으로서의 권리를 누리고 싶다는 운동이었죠. 민주화운동도 마찬가지로 인권을 위한 투쟁이었고요. 그런데 지금까지도 서대문형무소는 그저 항일, 나아가 반일의 공간으로만 다루고 있습니다. 그마저도 왜 식민지가 되었으며, 그 과정은 어땠는지 거기에서 우리가 뭘 성찰해야 할 것인지를 보여주기보다는 일본에 대한 반감을 유발하는 내용으로 점철되어 있습니다. 최근 몇 년 전에는 심지어 전기고문 체험 장치도 있었어요. 체험학습이 워낙 인기이다 보니까, 학생들이 조그마한 나무상자에 손가락을 집어넣으면 찌릿찌릿한 약전류를 흐르게 해 전기고문을 간접체험할 수 있는 장치였어요. 역사를 상당히 희화하는 풍경이었죠. 이후 저와 같은 이들의 지적과 비판으로 전기고문 체험 장치는 자취를 감추었어요.

이런 모습을 보면서 문화재, 그리고 역사 공간이라는 것이 누군가에 의해 주어지는 것이 아니라 우리가 이야기하고 행동할 때 바뀌어갈 수 있다는 생각이 듭니다. 역사란 그리고 문화재란 고정불변하는 것이 아니라 그 시대의 공감대, 합의에 의해 변해가는 것이고, 또 그런 과정 속에서 시민 사회의 성숙도도 높아지는 것이 아닌가 하는 생각이 들어요.

특별히 역사에 관심을 가지게 되신 이유가 궁금합니다.

저는 이과 공부를 했거든요. 지구과학교육을 공부하다 보니, 조금 더 과학적이고 논리적인 사고에 익숙할 수밖에 없는 환경이었던 것 같아요. 그런데 근현대사의 공간을 돌아보면 이것은 논리나 이성이 아니라 감정, 때로는 주술적인 모습까지 보이는 거예요. 이게 과연 21세기 사회일까, 하는 의문이 들었습니다. 우리가 이걸 어떻게 바로 볼 수 있을까 하는 관심을 갖게 되었어요.

대표적인 게 경복궁 앞 조선총독부 청사가 있었잖아요. 나중엔 중앙청으로 이용되었죠. 김영삼 정부 때 철거되었는데요. 전체를 다 없애서 버린 게 아니라 일부의 부재들은 남겨두었습니다. 기둥의 일부는 서울역사박물관 마당에 있고, 가장 상징적이라 할 수 있는 돔 부분은 그대로 떼어다가 천안에 있는 독립기념관 야외전시장에 가져다두었어요. 거기 갔을 때 느낌이 정말 놀라웠어요. 좋은 쪽의 놀라움이 아닙니다. 야외전시장에 가보면 땅을 5~6미터 깊이로 파고 그 웅덩이에다 돔을 세워놓았거든요. 안내판에 '조선총독부의 첨탑을 지하 5미터에 매장 전시함으로써 일제 잔재를 청산한다'고 씌어 있었어요. 다분히 주술적이면서도 이해할 수 없는 사고방식이었습니다. 우리가 생각하는 일제 청산이라는 것이 이런 수준에 머물러 있는 것인가? 하는 생각을 많이 했습니다. 이런 이야기들을 여러 사람들과 나눠야겠다는 급한 마음에 글을 쓰게 된 것이고, 책을 엮고, 현장 답사를 하고, 강연을 하고, 이렇게 인터뷰도 하게 되었습니다.

가치와 의미를 따라가는
인생 여행

자료 수집은 주로 어떤 식으로 하시나요?

당시를 다룬 논문들도 있겠지만, 1차 사료를 보려고 노력해요. 당시에 썼던 일기, 공문서, 편지, 신문들. 물론 기록자에 따라 오류도 있을 수 있고 신문기사에는 간혹 오보도 있기 때문에 교차 확인도 해야 하지요. 당시를 살았던 사람들을 직접 인터뷰하기도 하고요. 현장 답사도 하고요. 품이 많이 드는 작업입니다. 국회도서관에 자주 가는 편인데요, 그곳에 옛 자료들이 많이 있습니다.

열심히 자료를 모으고 연구하신 덕에 저희들이 많이 배우게 되는 것 같습니다. 우리가 사랑하는 도시 서울에 이런 역사가 숨어 있었다니, 놀랍고 또 여운이 많이 남는 이야기였습니다. 권기봉 작가님의 책을 찾아 정독해봐야겠다는 생각이 듭니다.

. . .

권기봉 작가는 자기가 가진 모든 연료를 아주 적절히 태우며 위험한 길도 즐겁게, 또 열심히 가는 오토바이 같은 느낌이다. 사범대 출신이라 그런지 선생님처럼 자상한 데다, 기자 경험이 있어 예리하고, 기자 중에서도 방송 기자 출신으로 목소리까지 좋아서 아무리 오래 여행 얘기를 들어도 질리지 않을 것 같았다. 이런 모든 달란트와 경험을 살려 위험한 곳, 아름다운 곳, 비밀스런 이야기가 숨겨져 있는 곳, 인간의 발길이 닿은 적이 없는 곳, 사랑의 손길이 필요한 곳 등을 거침없이, 자유롭게, 그리고 가볍게 질주하는 오토바이. 더구나 그는 얼마 전 늦깎이 새신랑이 되었다. 인생의 반려자도 어쩜 그리 본인에게 잘 어울리는 분을 만났는지. 네덜란드 대사관에 근무하는 지성과 미모를 겸비한 재원인 유정 씨가 있어 이제 그의 새로운 도전과 여행길은 외롭지 않단다. 권기봉 작가가 방송사를 박차고 나와 세상 밖으로 걸어 나가게 된 것은 우리 모두에게 큰 소득이라고 확신하는 한 사람으로서, 그가 앞으로 들려줄 역사 이야기들이 벌써부터 손꼽아 기다려진다.

가치와 의미를 따라가는
인생 여행

여행이 아니면 알 수 없는 것들

ⓒ 손미나 2016

초판 1쇄 발행 2016년 10월 20일
초판 7쇄 발행 2021년 2월 5일

지은이 손미나
펴낸이 이상훈
편집인 김수영
본부장 정진항
편집2팀 허유진 이현주
마케팅 천용호 조재성 박신영 성은미 조은별
경영지원 정혜진 이송이

펴낸곳 한겨레출판(주) www.hanibook.co.kr
등록 2006년 1월4일 제313-2006-00003호
주소 서울시 마포구 창전로 70(신수동) 화수목빌딩 5층
전화 02)6383-1602~3 팩스 02)6383-1610
대표메일 cine21@hanibook.co.kr

ISBN 979-11-6040-014-4 03810

• 책값은 뒤표지에 있습니다.
• 파본은 구입하신 서점에서 바꾸어 드립니다.